Maurice Richardson
Mord auf der Herreninsel

Maurice Richardson, geb. 1994 in Bad Aibling in Bayern, ist der Magie des Schreibens verfallen. Er lebt in Rosenheim und lässt sich durch seine Heimat, das aktuelle Weltgeschehen und seinen Reisen zu spannenden Geschichten inspirieren. Neben spannenden Kriminalromanen liest er selbst auch Fantasy-Werke und taucht gerne in fremde Welten ab. In den letzten Jahren hat er schon mehrere Kurzgeschichten in Anthologien veröffentlicht.

Maurice Richardson

Mord auf der Herreninsel

Kriminalroman

PIPER

Mehr über unsere Autoren und Bücher:
www.piper.de

Wenn Ihnen dieser Roman gefallen hat, schreiben Sie uns unter Nennung des Titels »Mord auf der Herreninsel« an empfehlungen@piper.de, und wir empfehlen Ihnen gerne vergleichbare Bücher.

ISBN 978-3-492-50891-9

www.piper.de
Für direkten Kontakt und Fragen zum Produkt wenden Sie sich bitte an: info@piper.de
Redaktion: Franz Leipold
Satz auf Grundlage eines CSS-Layouts von digital publishing competence (München) mit abavo vlow (Buchloe)
Covergestaltung: © Alexa Kim »A&K Buchcover«
Covermotiv: Verwendete Lizenzen von saiko3p@shutterstock.com und zatvor@depositphotos.com
Printed in the EU

Für Steffi,
deren Stärke mich jeden Tag aufs Neue
beeindruckt und inspiriert.

12. Juni 2023
06:53 Uhr

Rauschend schwappte das Wasser über den Steg. Die Dielen des Touristenbootes knarzten, als die »Waltraud« zum Stillstand kam. Silke Ruland verließ das Passagierschiff als Erstes. Auf ihrem Klemmbrett notierte sie sich die Anzahl ihrer ersten Gruppe an diesem nebligen Morgen, an dem der Dunst wie Watte über ihren Köpfen hing. Sie zählte sorgfältig nach, machte für jeden, der das Schiff verließ, einen Strich auf ihrer Liste. Trotz der frühen Stunde war die Meute aufgeweckt. Die Mehrheit bildeten Senioren, die das Kloster und die Schlossgärten besichtigen wollten, bevor der große Ansturm losging und es am Nachmittag zu warm wurde. Die meisten von ihnen trugen wetterfeste Kleidung, Sonnenhüte und hatten Wanderstöcke bei sich. Aber auch ein junges Pärchen mit prall gefüllten Rucksäcken machte die Touristenführerin unter ihnen aus. Silke gähnte herzhaft. Die ganze Nacht hatte sie wach gelegen und über den Streit mit ihrem Ex am Abend zuvor nachgedacht. Zum wiederholten Male hatte er ohne triftigen Grund eines von Saras Papa-Wochenenden abgesagt. Inzwischen war Silke darüber enttäuschter als die Siebenjährige. Dennoch versprach sie sich, das Beste aus dem neuen Tag zu machen. Laut Wetterbericht sollte es ein wunderschöner Tag am Chiemsee werden.

Sie führte die Gruppe weg von der Anlegestelle und schlug den Weg Richtung Kloster ein, das nur wenige Gehminuten entfernt lag.

»Im Jahr 629 hat es hier bereits ein Kloster gegeben, das vermutlich auf den irischen Mönch Eustasius zurückging.

Ende des 8. Jahrhunderts gründete dann Herzog Tassilo III. von Bayern eine Benediktinerabtei. Das Augustiner-Chorherrenstift war seit 1261 auf der Herreninsel ansässig. Allerdings geht die Klosteranlage, wie sie heute vorzufinden ist, auf das 17. und 18. Jahrhundert zurück. Den meisten Besuchern imponiert die Bauweise des heutigen Chorherrenstiftes, das aus vier Flügeln besteht. Sie umschließen einen großen Innenhof mit einem idyllischen Rosengarten umschließen, der im Sommer wunderbar herrlich blüht«, berichtete Silke der interessierten Gruppe unterwegs. Eine rüstige Rentnerin mit kleinen Augen nickte bei jedem ihrer Worte, was Silke ein schwaches Schmunzeln entlockte. Die Touristenführerin ließ ihren Blick schweifen. Sie erreichten die Stelle, an der zu späterer Stunde die Kutschen warteten, um die Inselbesucher über das Schlossgelände zu bringen.

Silkes Augenmerk blieb am narbigen Stamm eines Baumes am Ufer hängen, seine Äste tauchten wie knochige Finger ins Wasser hinein. Unter dem Astwerk machte sie etwas Helles aus, das ihr noch nie zuvor aufgefallen war. Als routinierte Touristenführerin besuchte sie das Schloss Herrenchiemsee und die dazugehörige Insel mehrmals täglich, daher besaß sie ein geschultes Auge für Auffälligkeiten oder Dinge, die nicht dort hingehörten. Das machte sie stutzig. Sie gab der neunköpfigen Gruppe zu verstehen, dass sie sofort zurückkommen würde und näherte sich dem hellen Gegenstand mit wachsender Neugier. Ein Libellenpaar glitt brummend über das Schilf, als sie erkannte, dass sie sich getäuscht hatte. Es handelte sich nicht um einen Gegenstand. Unter den Ästen ragte ein menschlicher Unterarm hervor. Silkes Puls beschleunigte sich. Abwechselnd wurde ihr heiß und kalt. Ein Schauer schrecklichen Entsetzens flutete ihren Körper. Eigentlich wollte sie überhaupt nicht mehr wissen, wer oder was da unter diesem Baum lag. Doch andererseits könnte es sich um eine jemanden handeln, der verletzt, durchgefroren oder bewusstlos war und dringend Hilfe benötigte.

Schwer schluckend, näherte sich Silke vorsichtig dem reglosen Körper; in der nächsten Sekunde stieß sie einen schrillen Schrei aus.

Sie kannte die Person, die dort leblos und mit weit aufgerissenen Augen im Schmutz lag. Der markerschütternde Ton hallte über den See, scheuchte Wasserläufer und Vögel auf. Der Anblick des Toten ließ Silke das Blut in den Adern gefrieren.

Mit den Armen rudernd, kämpfte sie gegen die aufkommende Panik.

Es war der Moment, in dem all ihre Probleme nebensächlich wurden. Vergessen war der Streit mit ihrem Ex und die darauffolgende schlaflose Nacht. Unbedeutend die Gruppe von Menschen hinter ihr. Auf Herrenchiemsee war jemand ermordet worden. Und sie hatte die Leiche gefunden.

12. Juni 2023
08:50 Uhr

Kaya ließ ihren Blick über den nebelverhangenen Chiemsee schweifen und gähnte herzhaft. Fröstelnd schlang die Kommissarin ihre Arme um den Oberkörper. Obwohl es bereits Juni war, griff am frühen Morgen noch eine unangenehme Kühle um sich. Kaya liebte die unendliche Weite des »Bayerischen Meeres«. Glänzend reflektierte das tiefblaue Wasser die ersten Sonnenstrahlen. Ein angenehmer Windhauch kitzelte ihre Wangen. Schon als Kind fühlte sie sich vom Wasser angezogen wie eine Motte vom Licht. *Es könnte so ein schöner Moment sein,* dachte sie. Doch dann vernahm sie das Wimmern der in sich zusammengesackten Frau auf einer Sitzbank des Panoramaplateaus. Hinter ihr ragte das alte Kloster in die Höhe. Kaya war bereits vor Dienstbeginn aus dem Bett geholt und an den Ort des Geschehens gerufen worden. *Ausgerechnet der Chiemsee,* war ihr erster Gedanke gewesen. Dass sie dort eine völlig aufgelöste Silke vorfinden würde, damit hätte sie nicht gerechnet.

Seit ihrer gemeinsamen Schulzeit hatte sich die zierliche Frau kaum verändert. Bis auf die neugewonnenen Lachfalten, den Pony und die Brille verfügte sie immer noch über die gleiche zurückhaltende Körperhaltung und das sanfte Wesen, das Kaya früher so sehr geschätzt hatte. Verblüfft hatte sie festgestellt, dass aus der ehemaligen grauen Maus eine beflissene Touristenführerin geworden war. Die feuerroten Haare fielen glatt auf ihre Schultern. Auf der Brust ihres weißen Hemds prangte das Emblem des Touristenverbandes. Die Urlauber standen mit ratlosen Mienen um die schluchzende Frau herum, klammerten sich hilflos an ihre bunten Rucksäcke.

Kaya sah zu den Rettungssanitätern hinüber, die den Blick auf den Leichnam verdeckten. Trotz ihrer gedämpften Stimmen zeichneten sie ein ernüchterndes Bild. Ihre kreidebleichen Gesichter sprachen Bände. Eine männliche Leiche, soviel stand bereits fest. Kaya schluckte schwer. Ihr erster Mordfall. Und dann auch noch ausgerechnet an diesem Ort. Alles in ihr sträubte sich dagegen, doch die junge Kommissarin wusste, dass sie sich den Toten ansehen musste. Die erste Touristengruppe, die an diesem nebelverhangenen Morgen nach Herrenchiemsee gekommen war, hatte den Mann in der Nähe der Anlegestelle entdeckt. Dort lag er halb verborgen unter einer alten Erle. Kaya erspähte einen Kollegen im Overall, der, mit einer Kamera bewaffnet, um den Fundort streifte.

»Da bist du ja endlich, Benaty!«

Von anderer Seite näherte sich ihr ein leicht untersetzter Mann mit hochrotem Kopf. Sein Schnauzer erzitterte bei jedem Schritt. Christoph Steinert trat schwer atmend neben seine junge Kollegin. Er machte einen übernächtigten Eindruck, was sicherlich auch an der frühen Stunde lag. Wie Kaya selbst war auch Steinert knapp über eine Stunde aus München angereist.

»Kommen wir gleich zur Sache, bevor die Chefin hier auftaucht. Ansonsten können wir uns schon einmal warm anziehen«, schlug Steinert vor. Seine dunklen Augen unter den niedrigen Augenbrauen musterten sie abschätzig, während er sich mit den Fingern an der Knollennase kratzte. Er nahm einen großen Schluck aus einer schwarz glänzenden Thermoskanne und näherte sich den Kollegen in den Overalls. Der Duft von warmen Kaffee drang an Kayas Nase und erweckte ihre Lebensgeister. In kürzester Zeit streifte sie sich ebenfalls einen weißen Schutzanzug über und zog Latexhandschuhe an, ehe sie Steinert in seinen hineinhelfen wollte. »Lass das! Ich schaffe das schon ...«, maulte der ältere Kollege sie an, während er seinen kugelartigen Bauch in den dünnen Stoff zwängte. Kaya wich achselzuckend zurück und widmete sich dem Leichenfundort.

Die Spurentechniker begrüßten sie mit einem angedeuteten Nicken, während sie schweigsam mit ihrer Arbeit fortfuhren. Als die Kommissarin neben den Leichnam trat, lief ihr ein eiskalter Schauer über den Rücken. Der leere Blick des Mannes richtete sich gen Himmel, die Gesichtszüge waren grau und starr. Seine blutleeren Lippen waren zu einem stillen Schrei verzerrt. Ansonsten war der bullige Körper des Opfers komplett unbedeckt. An der Innenseite seiner Oberarme entdeckte sie grün-bläuliche Blessuren. Um die große Kopfwunde herum hatte sich ein dunkler Fleck gebildet. Blut, das allmählich im Gras versickerte. Ein Mord? Hier am Chiemsee? Kaya konnte es nicht fassen. Allerdings wusste sie, dass sich der Anblick ihrer ersten Leiche unwiderruflich und auf ewig in ihre Erinnerung einbrennen würde. Steinert schob sich räuspernd an ihr vorbei. »Bestimmt ein Verbrechen unter Schwulen!« Der Kommissar zwinkerte den Kollegen von der Spurensicherung vielsagend zu.

»Woher willst du das denn wissen? Selbst wenn das Opfer homosexuell gewesen sein sollte, wofür es keine Indizien gibt, dann wäre ein homophob motiviertes Hassverbrechen weitaus wahrscheinlicher als eine Beziehungstat«, gab Kaya schnippisch zurück.

Steinert verzog eine säuerliche Miene. »Ihr von der Organisierten Kriminalität denkt wohl, ihr habt die Weisheit mit Löffeln gefressen, was? Du wirst dich schon noch umsehen, Kleine.«

Der breitschultrige Kommissar ließ Kaya einfach stehen und widmete sich der Inspektion der Leiche. Die junge Polizistin blieb sprachlos zurück. Ihren Alltag beim K11 des Kriminalfachdezernats 1 in München hatte sich die 32-Jährige weiß Gott anders vorgestellt. Nach drei Jahren bei der Organisierten Kriminalität, in denen sie sich hauptsächlich mit Sexual- und Drogendelikten auseinandersetzen musste, war es ihr größter Traum gewesen, in die Königsklasse der Polizeiarbeit aufzusteigen. Das Angebot von Regina Wachtner kam für sie aus heiterem Himmel, aber sie hatte sich wahnsinnig gefreut. Nachdem sie vor drei Wochen dann ihren ersten Tag beim K11 angetreten hatte, stellte sich bald Ernüchterung ein. Bis auf die Leiterin der Abteilung gab es nur eine weitere Kollegin, Sina Miller. Die meisten Mitarbeiter ihres neuen Teams waren alteingesessene Herren, die dem Klischee des typisch bayerischen »Bullen« entsprachen. Frauenfeindliche wie auch homophobe Sprüche standen hier auf der Tagesordnung, solange die Tür der Chefin geschlossen blieb. Kaya war stolz, als jüngstes weibliches Mitglied beim K11 ermitteln zu dürfen, doch wohl konnte sie sich in dieser Rolle noch nicht fühlen. Die Zusammenarbeit mit dem engstirnigen Macho Steinert machte die Sache nicht gerade besser.

»Willst du da etwa Wurzeln schlagen?«, blaffte Christoph Steinert mit einem überheblichen Lächeln. Die Kommissarin ging kommentarlos zur Leiche, kniete sich hin und betrachtete aufmerksam den bereits erkalteten Körper. Auf den Grashalmen um den leblosen Mann herum funkelte Tau, der metallische Geruch des Blutes übertünchte alles. Die Haut des Opfers war kalkweiß. An seinem Nacken entdeckte sie weitere dunkle Flecken. Ihr erstes Bauchgefühl sagte Kaya, dass der Unbekannte eines qualvollen Todes gestorben war. Sie schätzte ihn auf Mitte Fünfzig. Bis auf einen grau melierten Haarkranz war sein tropfenförmiger Kopf kahl, und die tiefen Furchen auf Stirn und Wangen ließen auf ein aufregendes Leben schließen.

»Er war gut 1,85 Meter groß und hatte eine bullige Statur. Der Täter muss erhebliche Kraft aufgewendet haben, um ihn zu überwältigen«, stellte Kaya fest.

»Die Wunde am Hinterkopf könnte auch auf einen feigen

Angriff aus dem Hinterhalt deuten«, korrigierte sie Steinert mit einem süffisanten Lächeln. Kaya stimmte nickend zu.

Ein uniformierter Kollege stieß nahezu lautlos zu ihnen. Er wirkte jung und besaß ein charismatisches Lächeln.

»Wir haben jeden Stein von der Anlegestelle bis zum Schloss Herrenchiemsee umgedreht. Keine Spur von der Kleidung des Opfers. Die Kollegen haben sich aufgeteilt und suchen nun den Rest der Insel nach weiteren Hinweisen ab. Wir waren auch bereits im Chorherrenstift. Leider ohne Erfolg.«

Steinert nickte zufrieden. »Gut so, danke.«

Der junge Polizist machte einen unsicheren Eindruck, verabschiedete sich aber schließlich.

Was für ein Start beim K11, schoss es Kaya durch den Kopf. Sie überließ Steinert die Leiche, legte den Schutzanzug ab und näherte sich Silke Ruland, die sich mittlerweile etwas beruhigt hatte.

»Silke ... Es tut mir unendlich leid, dass du das mitansehen musstest.«

Die Touristenführerin sah mit ungläubigem Blick zu ihr auf. »Kaya? Bist du das wirklich?«

Verlegen lächelnd strich sich die Kommissarin eine dunkelblonde Strähne aus dem Gesicht.

»Ist lange her, was?«

»Mhmmm ...« Silke stand auf und ließ sich in die Arme ihrer ehemaligen Freundin fallen.

»Ich habe schon gehört, dass du zur Polizei gegangen bist. Dann bist du also inzwischen Mordermittlerin?«, fragte die Touristenführerin mit zitternder Stimme.

Kaya nickte.

»Ich bin erst vor Kurzem zur Mordkommission gewechselt. Hör zu, wir können uns gerne später weiter über Privates Unterhalten. Zuerst muss ich wissen, was passiert ist. Wie habt ihr das Opf...«, Kaya zögerte einen Moment, »... den Mann gefunden?«

Silke löste sich aus der Umarmung und begann erneut zu wimmern.

»Das ist doch der Robert! Aber mir hört hier ja keiner zu!«

Kaya zog eine Braue nach oben. »Du kanntest ihn?«

Silke senkte den Blick und wischte sich mit dem Handrücken über die feuchtglänzenden Wangen.

»Ja, das ist der Robert Dietrich. Er ist ... war einer von den Gärtnern des Schlosses. Schon seit vielen Jahren.«

»Wann hast du Herrn Dietrich gefunden?«, hakte Kaya weiter nach.

»Ich war heute ganz früh für die erste Tour gebucht. Eine Gruppe von neun Personen, die ich zuerst über die Herreninsel zum Schloss und danach durch das Kloster auf der Fraueninsel führen sollte.«

Silke legte eine bedeutsame Pause ein und atmete tief ein.

»Was geschah, nachdem ihr die Insel erreicht habt?« Kaya schenkte ihr ein ermutigendes Lächeln.

»Wir wollten zuerst zum Augustiner-Chorherrenstift.« Silke Ruland deutete auf das historische Gebäude im Hintergrund. Das Chorherrenstift prägte das Erscheinungsbild des Chiemsees schon seit vielen Jahrhunderten. Im Vergleich zum weitaus bekannteren Kloster auf der Fraueninsel kannte allerdings kaum ein Tourist die prachtvolle Kirche der Augustiner-Mönche, die sich unweit der Anlegestelle befand. Kayas Augenmerk fiel auf eine Sonnenuhr an der kreideweißen Wand des hohen Glockenturms. Als Kind war sie selbst öfter mit ihren Eltern oder ihrer Schulklasse auf der Insel gewesen und erinnerte sich noch gut an das ehemalige Kloster.

»Dort können sich die Teilnehmer der Tour für gewöhnlich erst einmal auf eigene Faust umsehen. Derweil wollte ich die reservierten Karten für das Schloss bei der Ticketstelle am Hafen abholen. Auf dem Weg hinunter entdeckte ich dann zunächst seine Beine ...« Silke versagte die Stimme.

»Wie viel Uhr war es bei deiner *Entdeckung?*«, wollte Kaya wissen.

»Die erste Fähre geht um 06:00 Uhr. Man fährt in etwa zehn Minuten bis zur Insel. Ich schätze so gegen 06:15 Uhr habe ich ihn gefunden.« Silke brach erneut in Tränen aus. Sie war völlig aufgelöst, und Kaya wollte sie zu diesem Zeitpunkt nicht weiter mit Fragen belasten. Immerhin hatte das Opfer nun einen Namen. Die Kommissarin wollte ihrer Freundin aus vergangenen Tagen gerade eine Hand auf die Schulter legen, da tauchte Regina Wachtner in ihrem Sichtfeld auf.

»Benaty! Steinert! Hierher!« Wachtner musterte die Kommissare streng.

Die Stirn der Kommissariatsleiterin lag in Falten. Die brünette Mittfünfzigerin wurde von den meisten wesentlich jünger geschätzt. Mit ihrem adretten Auftreten, der modischen Kurzhaarfrisur und der sportlichen Figur wirkte Wachtner vital wie eine Frau Mitte Zwanzig. Ihre blaugrauen Augen erschienen durchdringend, aber nicht einschüchternd, obwohl in ihrer Stimme immer eine gewisse Strenge mitschwang.

»Was haben wir? Hinweise zur Identität des Toten? Die Todesumstände?«

Die beiden ungleichen Kommissare berichteten ihrer Chefin in knappen Sätzen von der Sachlage. Kaya verkündete stolz, die Identität des Opfers herausgefunden zu haben, woraufhin Steinert verärgert das Gesicht verzog. Wachtner zuckte nicht einmal mit der Wimper. Als Kaya und Steinert beide verstummten, seufzte Regina Wachtner angestrengt.

»Zumindest wissen wir schon einmal, wer unser unbekannter Nackter ist«, meinte Wachtner mit finsterem Blick.

»Wollen wir uns dann gemeinsam die Botschaft des Mörders ansehen?«

Kayas Augen weiteten sich. Steinert stöhnte überrascht auf.

»Botschaft?«, fragte der ältere Kommissar ungläubig.

Wachtner nickte und stellte nüchtern fest: »An der Rückseite des Chorherrenstifts befindet sich eine blutige Nachricht unseres Mörders.«

12 Juni 2023
10:05 Uhr

Die scharlachroten Worte sorgten bei Kaya für eine Gänsehaut. Ein eiskalter Schauer durchfuhr ihre Wirbelsäule und brachte sie zum Erbeben.

In einen Graben musst' er fallen,
Erfreut im Herzen zog ich fort,
Ins ferne Land ja wollt' ich wallen,
In kurzer Zeit nun war ich dort.

Die Zeilen prangten in der Farbe getrockneten Blutes an einer weißen Mauer des alten Klosters. Den Kollegen der Priener Polizei stand der Schrecken ebenfalls ins Gesicht geschrieben. Kaya wandte sich ab. Ihr Blick erfasste eine Handvoll Möwen, die sich um ein paar Brotkrumen stritten. Im Hintergrund glänzte die Oberfläche des Chiemsees. Das ruhige Plätschern des Wassers in ihren Ohren relativierte den ersten Schock über den Leichenfund. Während die Spurensicherung Fotos von der Botschaft machte, hielten sich die Kommissare abseits.

»Was verdammt soll das sein? Sieht so aus, als wäre unser Mörder ein Poet. Wenn du mich fragst, haben die doch alle einen Schuss weg«, echauffierte sich Steinert.

Wachtner schlug sich mit der flachen Hand auf die Stirn. »Mit Sicherheit handelt es sich um ein Rätsel. Die Leiche wurde unter dieser Erle wie auf dem Präsentierteller abgelegt. Ich kenne diese Art von Mörder. Sie fühlen sich uns überlegen, wollen ihre kranken Spiele mit uns spielen«, erläuterte die Kommissariatsleiterin.

»Und außerdem sind sie meist äußerst gefährlich«, schob Kayas Chefin besorgt hinterher.

Steinert kratzte sich irritiert am Hinterkopf. »Dem werden wir schon noch das Handwerk legen.«

»Die Kollegen haben die Touristen bereits vernommen. Keiner von ihnen stammt aus der Nähe oder hat einen Bezug zum Opfer. Nur die Fremdenführerin der Truppe, Silke Ruland, scheint den Mann zu kennen. Steinert, Sie befragen die Frau zu ihrer Verbindung zum Opfer.«

»Silke ist eine alte Schulfreundin von mir«, mischte sich Kaya ein.

»Und genau deswegen übernimmt Steinert die Befragung. Und zwar allein«, erwiderte Wachtner schnippisch.

Steinert nickte und grinste Kaya triumphierend an. Sie gingen zu dritt zum Opfer zurück, blieben vor dem rot-weißen Absperrband stehen und schwiegen eine Weile. Kaya schluckte die Zurückweisung ihrer Chefin gekonnt herunter und analysierte die Leiche erneut.

»Er war verheiratet, starker Raucher und hatte vermutlich mit mehreren Berufskrankheiten zu kämpfen. Ich glaube nicht, dass es viel Körperkraft brauchte, um ihn zu überwältigen«, sagte Kaya, nachdem sie ihren prüfenden Blick über die Leiche wandern ließ.

»Das stellen Sie mit nur einem Blick auf die Leiche fest?«, gab Wachtner verwundert zurück.

»Das sind doch alles nur Spekulationen. Woher willst du das alles denn sonst wissen? Kennst du ihn etwa?«, mischte sich Steinert ein.

Kaya schüttelte den Kopf und zeigte wissend auf den Leichnam. »Seht ihr seine Hände? Die starke gelbe Verfärbung der Fingernägel kommt vom Rauchen. Außerdem muss ihm der Mörder seinen Ehering abgenommen haben. Der helle Streifen an seinem Finger deutet daraufhin, dass er diesen bis vor Kurzem noch getragen hat.«

»Beeindruckend«, lobte Wachtner mit großen Augen.

»Und woher willst du wissen, dass er an Berufskrankheiten litt?«, keifte Steinert.

»Sein seltsam abstehender großer Zeh und sein rechter Daumen lassen darauf schließen, dass diese Extremitäten schon des Öfteren gebrochen waren. Das ist typisch für den Beruf des Gärtners. Hinzu kommt, dass Gartenarbeiter oft mit Rückenproblemen zu kämpfen haben. Eine schwere Abnutzung der Wirbelsäule ist beim dauerhaften Heben von Säcken mit Blumenerde, schweren Gerätschaften und Pflanzgefäßen auch wirklich kein Wunder.«

»Sehr gut, Benaty!«, kommentierte Wachtner wie aus der Pistole geschossen, ehe sie sich Steinert zuwandte.

Es kostete Kaya große Mühe, sich ein triumphierendes Schmunzeln zu verkneifen. *Steinert ist sich seiner Sache zu sicher,* dachte sie.

»An die Arbeit, Steinert. Wir müssen jetzt schnell handeln. Überprüfen sie die Aussage von Silke Ruland und finden Sie heraus, wie der Mann zu Tode kam. Schließlich können wir den Schiffsverkehr für die Insel nicht ewig sperren.«

Steinert verabschiedete sich eifrig nickend und gesellte sich zu den Kollegen der Spurensicherung. Eine kühle Brise wehte um Kayas Nase. Indessen schob sich Wachtner genüsslich eine Marlboro zwischen die rot verzierten Lippen. Wenig später stieß sie eine Wolke bläulichen Qualms in die Luft.

»Sie wissen, warum ich Sie auf diesen Fall angesetzt habe?«

Kaya quittierte die Worte ihrer Chefin mit einem fragenden Blick.

»Sie sind hier aufgewachsen und zur Schule gegangen, das ist doch richtig?«

»Ja, aber das ist lange her. Ich habe Prien am Chiemsee

mit achtzehn Jahren verlassen, um meine Ausbildung bei der Polizei zu machen. Darauf folgte ein Studium, und letztendlich bin ich nie wieder zurückgekehrt.«

Kaya wurde schwer ums Herz, als sie an ihren damaligen Entschluss zurückdachte. Es war ihr nicht leichtgefallen, ihre Heimat hinter sich zu lassen. Doch vermutlich hatte sie allein diese Entscheidung davor bewahrt, einen schweren seelischen Schaden davonzutragen.

»Haben Sie hier noch Bekannte oder Familie?«, wollte Wachtner wissen.

»Meine Mutter und meine Halbgeschwister leben noch hier. Drüben in Prien.«

Wachtner nickte zufrieden. »Prien am Chiemsee verfügt über keine eigene Mordkommission, deswegen haben die örtlichen Kollegen uns angefordert. Ich möchte, dass dieser Fall schnellstmöglich und ohne großen Wirbel aufgeklärt wird, und ich verlasse mich dabei auf ihre Ortskenntnis, Benaty. Ihr Lebenslauf und Ihre Fähigkeiten sprechen für sich. Es gibt genug Gründe, warum ich Sie im Team haben wollte. Das ist Ihre Chance, sich auch bei den Kollegen zu beweisen.«

Kaya nickte entschlossen. »Ich werde Sie nicht enttäuschen.«

Eine Stunde später stand die Kommissarin an der Reling der Fähre, die sie zurück aufs Festland brachte. Ihre Augen fixierten den Steg, bis dieser nur noch ein dunkler Punkt in der Ferne war. Die Sonne stand kurz vor ihrem Zenit und blendete sie durch die Reflexion auf dem Wasser. Ein erfrischender Lufthauch streichelte ihre Wangen. Steinert wartete den geeigneten Moment ab. Kurz bevor sie anlegten, trat er Kaya erzürnt gegenüber.

»Falls du mich eben vor der Chefin bloßstellen wolltest, kannst du dir solche Aktionen zukünftig sparen, hast du verstanden?«

»Bloßstellen? Ich möchte lediglich zur Aufklärung dieses Falles beitragen. Das ist mein Job«, erwiderte Kaya verwundert über den feindseligen Tonfall ihres Kollegen.

Mit einem grimmigen Blick winkte Steinert ab.

»Ich wollte das nur klarstellen, Benaty. Wenn du in unserer Abteilung Fuß fassen willst, dann solltest du dich an *mir* orientieren. Du bist noch grün hinter den Ohren und hast noch viel zu lernen.«

»In Ordnung. Vielen Dank für den Tipp«, gab Kaya schelmisch zwinkernd zurück. Sie hatte keineswegs vor, Steinerts Helferlein zu spielen und sich im Hintergrund zu halten. Schon seit ihrer Ausbildung bei der Polizei musste sie sich immer wieder mit Vorurteilen und Gehässigkeiten auseinandersetzen. In dem von Männern dominierten Beruf war es als Frau nicht einfach, ernst genommen zu werden. Die meisten Ermittlerinnen bei der Kripo gaben sich knallhart und waren stets darauf bedacht, ihre Weiblichkeit abzulegen. Sie sahen ihr Geschlecht als Schwäche, als Hindernis für ihre berufliche Karriere. Deswegen schnitten sie sich die Haare kurz, prahlten mit ihren sportlichen Spitzenleistungen oder versteckten ihre weiblichen Rundungen unter dicken Jacken, um von den männlichen Kollegen akzeptiert zu werden. So wollte Kaya nie werden. Sie würde ihren eigenen Weg gehen und sich dabei auf ihre Instinkte und ihren Verstand verlassen. Schon früh hatte sie erkannt, dass ihre gute Auffassungsgabe, ihr schnelles Reaktionsvermögen und ihr Scharfblick weiter reichten als die der meisten männlichen Kollegen. Häufig wurde sie von Zeugen, aber auch Verdächtigen unterschätzt, und genau das machte sie sich im entscheidenden Moment zunutze.

Für Steinert war das Thema damit offenbar beendet, denn er gesellte sich zu Wachtner, die auf den Sitzbänken des Schiffes in eine Unterhaltung mit einem der Notärzte vertieft war.

»Die Leichen müssen schnellstens untersucht werden. Ich

setze Miller und Unterschlesinger darauf an, die Gespräche mit dem Rechtsmediziner zu führen. Sie beide bleiben hier vor Ort und finden mehr über unseren Toten heraus. Steinert, Sie kümmern sich um die Botschaft unseres Mörders. Die Kollegen der Dienststelle Prien werden Sie tatkräftig bei der Entschlüsselung der Nachricht unterstützen. Benaty, Sie fahren zur Frau des Gärtners und befragen diese«, verkündete Wachtner schließlich, als sie an der Hafenstelle anlegten.

Kaya wippte mit dem Kopf. Ihre Gedanken rasten, während sie in den silbernen Dienstwagen stieg. Die notdürftig versorgte Wunde in ihrer Brust drohte wieder aufzubrechen. All die schmerzhaften Erinnerungen würden ihren sorgsam aufgebauten Damm zum Brechen bringen. Kaya fürchtete sich vor hochemotionalen Begegnungen.

Ihre Vorahnung sagte ihr, dass dieser Fall viel von ihr abverlangen würde. Und das nicht nur, weil sie sich in Prien am Chiemsee ihrer Vergangenheit stellen musste.

12. Juni 2023
12:45 Uhr

Mit einem mulmigen Gefühl schob sich Kaya den letzten Bissen ihrer Butterbreze in den Mund. Zuvor hatte sie Steinert mit dem Dienstwagen an der hiesigen Polizeidienststelle abgeliefert, anschließend auf dem Weg zu der unwissenden Witwe noch einen Abstecher zu einem Bäcker gemacht. Vom Fahrersitz aus beobachtete sie, wie die von den Kollegen angeforderte Seelsorgerin aus einem roten Opel stieg. Kaya verließ den Wagen und winkte ihr zu, woraufhin die Frau zu ihr herüberkam. Sie war ungefähr in Kayas Alter, von der Statur her jedoch wesentlich kräftiger als die Kommissarin. Dunkelbraune Locken fielen ihr bis knapp über das Brustbein, und auf ihren Lippen lag ein verlegenes Lächeln, als sie die Polizistin begrüßte. Sie trug ein weißes Kragenshirt und weit geschnittene Jeans.

»Johanna Meissen. Ich bin die …«

»… Seelsorgerin«, beendete Kaya den Satz mit einem freundlichen Lächeln.

Die Dietrichs wohnten in einem schönen Einfamilienhaus mit hellblauem Anstrich. In Prien existierte noch eine Kleinstadtidylle, die man heutzutage nur an wenigen Orten vorfand. Große grüne Gärten, Nachbarn, mit denen man über den Zaun ein nettes Pläuschchen hielt und sich untereinander gut verstand, sowie eine Ruhe, die man in der hektischen Großstadt schmerzlich vermisste. Besonders seit Kaya nach München gezogen war, hatte sich ihr Blickwinkel in Bezug auf ihre Wohnsituation verändert. München war ihr viel zu schnelllebig. Wehmut kam in ihr auf, wenn sie Orte wie diesen besuchte. Was mit Anfang zwanzig noch aufregend und mitreißend war, empfand sie mittlerweile zermürbend und unangenehm. Sie konnte sich gut vorstellen, schon bald wieder in eine ländlichere Gegend zu ziehen.

Wenige Minuten später saßen die Kommissarin und die Seelsorgerin der völlig aufgelösten Martha Dietrich in deren Küche gegenüber.

Auf dem Tisch vor ihnen befand sich ein bislang unangetasteter Marmorkuchen, den Johanna Meissen immer wieder sehnsüchtig beäugte. Im Hintergrund dampfte und zischte ein Kaffeevollautomat. Die Hände der Seelsorgerin lagen über denen der frisch Verwitweten.

Während Johanna die Mittfünfzigerin über den Tod ihres Mannes unterrichtete, kämpfte Kaya mit einem Gefühl der Hilflosigkeit. Immer wieder suchten ihre Augen eine Ausflucht, hafteten sich an die Fotos an den Wänden, die eine glückliche Familie zeigten, und vermieden so den Blickkontakt mit Martha Dietrich.

Die Witwe trug ein goldenes Kreuz um den schlanken Hals. Kaya hoffte, dass ihr der Glaube genügend Stärke geben würde, um den Verlust ihres Mannes zu verkraften.

Die strahlenden Gesichter Marthas und Roberts starrten ihnen von sämtlichen Bildern in der Wohnung entgegen. Kayas Hoffnung, dass Silke sich bei der Identifizierung des Opfers getäuscht hatte, verrauchte in derselben Sekunde, in der sie das Opfer auf einem Bild mit seinen beiden Söhnen wiedererkannte. Schließlich wandte sich die Kommissarin wieder der Witwe zu.

Martha besaß ein eher längliches Gesicht mit sanftem Ausdruck. Ihre dünnen Gliedmaßen ließen sie schwach und fragil erscheinen. Sie trug ein grünes Satinshirt, an dem sie nervös herumzupfte. In ihren Augen standen Tränen.

Kaya versuchte, einen Schalter umzulegen und jeden Atemzug ihres Gegenübers mit größter Aufmerksamkeit wahrzunehmen.

»Das ist doch nicht gerecht! Mein Robert hat doch nie jemandem etwas getan!« Martha wich jegliche Farbe aus dem Gesicht.

»Was sollen die Kinder und ich denn jetzt bloß machen?«, schluchzte sie verzweifelt.

»Falls Sie jemanden zum Reden brauchen, kontaktieren sie mich zu jeder Zeit. Ich bin für Sie da«, erklärte Johanna Meissen verständnisvoll.

Kaya dankte der Seelsorgerin mit einem Nicken. Ihr selbst mangelte es manchmal an dem nötigen Feingefühl für solch hoch emotionale Zeugenvernehmungen.

»Es gibt also keinen Grund, wieso jemand ihrem Mann etwas antun sollte? Könnte es denn sein, dass er Geheimnisse vor ihnen hatte?«

Kaya schwebten eine Affäre oder finanzielle Probleme vor. Sie spürte, dass bei diesem Verbrechen jede Menge Hass im Spiel war. Eine Beziehungstat. Um solch eine entsetzliche Tat zu begehen, brauchte man für gewöhnlich eine starke emotionale Verbindung zu seinem Opfer. Ehe sie den Mörder finden konnten, mussten sie ihn zunächst verstehen und herausfinden, warum er ausgerechnet Robert Dietrich als Opfer auserwählt hatte.

Die Witwe kramte in ihrem Gedächtnis, ehe sie heftig den Kopf schüttelte und sich einem weiteren lauten Schluchzen hingab. »Musste mein Robert denn leiden?«, wollte sie wissen.

»Dazu können wir leider noch keine Aussage treffen. Wir konnten ihn nur aufgrund der Aussage einer Zeugin identifizieren, die ebenfalls auf der Insel arbeitet und ihn dort gefunden hat.«

Während der Frau weitere Tränen in die Augen schossen, senkte Kaya den Blick. Eigentlich hätte sie ihr noch sagen müssen, dass sie den Leichnam auf offiziellem Wege identifizieren müsste, brachte es in diesem Moment jedoch nicht übers Herz. Sie schämte sich für ihre eigene Feigheit.

Nachdem Martha Dietrichs Heulkrampf schließlich abgeebbt war, setzte Kaya erneut an.

»Es tut mir unheimlich leid, Frau Dietrich. Fühlen Sie sich denn überhaupt in der Lage, meine Fragen zu beantworten?«

Die frisch Verwitwete nickte, ohne sich umzuschauen.

»Ich will, dass derjenige gefasst wird, der meinem Robert das angetan hat!«

»Das freut mich. Falls es Ihnen zu viel wird, geben Sie mir einfach Bescheid«, erklärte Kaya einfühlsam.

Martha Dietrich nickte entschlossen.

»Ich würde gerne mehr über Ihren Ehemann erfahren. Was war er für ein Mensch?«

Martha Dietrich lehnte sich zurück. »Mein Robert war ein ganz feiner Mann. Und tüchtig war er auch. Solche Männer gibt es heutzutage gar nicht mehr, wie den Robert. Der kann ...«, sie stockte, »... konnte noch richtig anpacken. War nicht so ein Weichei wie die Männer heutzutage.«

Kaya verkniff sich ein Lächeln. »Wie lange sind Sie schon verheiratet?«

»Seit fünfundzwanzig Jahren. Wissen Sie, ich bin nicht von hier, sondern stamme aus dem Ruhrgebiet. Ich habe Robert hier kennengelernt, als ich mit meinen Freundinnen im Urlaub war. Wir haben monatelang eine Fernbeziehung geführt. Damals gab es noch kein Internet, und wir haben uns noch Briefe mit der Hand geschrieben, so richtig romantisch. Ich habe dann schnell beschlossen, mein Leben in der Heimat aufzugeben und zu Robert zu ziehen. Damals hat er schon als Gärtner auf der Insel gearbeitet.«

»Sie erwähnten Kinder. Wie viele haben Sie?«

»Zwei Söhne haben wir. Schlau sind die, müssen Sie wissen. Theo ist neunzehn und erst letztes Jahr zum Studieren zu seinem Bruder nach Regensburg gezogen. Er studiert Marketing und Daniel Maschinenbau. Der ist einundzwanzig und schon vor einigen Jahren ausgezogen.«

»Wie sehen Ihre sozialen Kontakte aus? Hatte Ihr Mann viele Freunde?«, wollte Kaya wissen.

Die Witwe dachte einen Moment nach. Dann schüttelte sie den Kopf.

»Früher hatten wir viele Freunde, aber Sie wissen ja, wie das Leben so ist. Jeder ist mit sich selbst beschäftigt, hat seine eigenen Sorgen, und tiefere Freundschaften verlaufen mit den Jahren im Sand. Robert war aber oft beim Schorsch. Fast jeden Tag nach Feierabend haben die sich beim Schorsch in der Bootshütte zum Feierabendbier getroffen.«

»Schorsch?«

»Äh, ja ... der Schorsch halt. Georg. Georg Huber.«

Bei dem Namen klingelte etwas in Kayas Gedächtnis. Eine Erinnerung in den Tiefen ihres vernebelten Unterbewusstseins, die sie nicht greifen konnte. Sie notierte sich den Namen und fuhr fort.

»Hatte ihr Mann bestimmte Rituale? Dinge, die er regelmäßig getan hat? Besondere Angewohnheiten oder Orte, die er oft besuchte?«

»Na ja, bis auf das Feierabendbier beim Schorsch eigentlich nur das Gärtnern. Obwohl er damit beruflich den ganzen Tag verbrachte, hat er auch in seiner Freizeit sehr viel Schweiß und Herzblut in unseren Garten gesteckt.« Die Witwe unterdrückte ein Schluchzen. »Der Garten war sein Ein und Alles. Und er ist jeden Morgen schon frühzeitig auf die Insel gefahren, bevor die ersten Touristenboote dort eintrafen. Dafür hat er sich vor vielen Jahren ein Elektroboot zugelegt.«

Kaya hob eine Augenbraue.

»Dann ist Ihr Mann also heute in den frühen Morgenstunden wie jeden Tag zur Arbeit aufgebrochen?«

»Nein ...«, Martha Dietrich verdrückte sich eine Träne.

»Robert kam gestern Abend nicht von der Arbeit nach Hause. Natürlich hat mich das gestört, aber es war nicht das erste Mal, deswegen habe ich mich nicht gewundert. Ich

12. Juni 2023
16:45 Uhr

Begleitet vom Kreischen der Möwen, trafen sie an der Seehütte ein. Nur eine abschüssige Rasenfläche und ein hölzerner Steg trennte die alte Kate vom Chiemsee. Ein kleines Elektroboot dümpelte neben dem Steg, wurde vom Wind sanft hin- und hergeschaukelt. Es musste wunderschön sein, jeden Morgen aufzuwachen und die Sonne hinter dem Chiemsee aufgehen zu sehen, sinnierte Kaya verträumt. Sie steckte sich eine lose Strähne ihres langen dunkelblonden Haares hinter das Ohr und folgte Steinert über einen ordentlich gepflasterten Weg zur Haustür.

Zuvor hatten sie Wachtner über die Neuigkeiten in Kenntnis gesetzt. Im Gegenzug versprach die Kommissariatsleiterin, dass die Leiche gleich am nächsten Morgen obduziert werden würde.

Außerdem sollten sich die beiden Kommissare nach einer günstigen Bleibe für die nächsten Tage umsehen. Es war nicht abzusehen, dass sie den Mordfall in kürzester Zeit aufklären konnten. Die nächsten Arbeitstage würden lang und arbeitsreich werden, sodass ein tägliches Pendeln nicht infrage kam; immerhin lagen zwischen München und Prien knapp 90 Kilometer.

Bei dem Gedanken, auch nur eine Nacht in Prien verbringen zu müssen, begann Kayas Puls zu rasen. Alles in ihr sträubte sich gegen diese Vorstellung. Im Grunde wusste sie jedoch, dass es keinen Sinn hatte, mit ihrer Chefin zu diskutieren. Sie wollte bei ihrem ersten richtigen Fall in der Mordkommission einen guten Eindruck machen. Kaya stand wahrlich mächtig unter Druck.

»Sieht aus, als wäre niemand zu Hause«, bemerkte Steinert, nachdem er an der mächtigen Holztür geklopft hatte. Eine Klingel gab es nicht, dafür konnte Kaya in der Mitte der Tür ein eingeritztes Herz ausmachen. Sie ließ den Blick über das Haus streifen, und ein Gefühl der Trostlosigkeit erfasste sie. Völlig lieblos aufgeschütteter Kies lag auf zwei Steinplatten im Vorgarten herum. Dahinter entdeckte sie ein kaputtes Ruderboot, das wohl seit geraumer Zeit nicht mehr benutzt worden war.

Trotz des warmen Junitages waren alle Fensterläden dicht. Alles wirkte abweisend auf sie, doch Kaya wurde das Gefühl nicht los, dass sehr wohl jemand zu Hause war.

»Herr Huber, bitte öffnen Sie die Tür. Hier ist die Kriminalpolizei. Mein Name ist Kaya Benaty.« Nichts geschah.

»Lass es uns morgen noch einmal versuchen. Das hat doch keinen Sinn«, schlug Steinert genervt vor.

Kaya bedeutete ihm still zu sein und lauschte an der Tür, während sie es erneut versuchte.

»Robert Dietrich wurde ermordet! Falls Sie uns die Tür nicht öffnen, könnte Ihnen das im schlimmsten Fall falsch ausgelegt werden«, rief sie nach zwei weiteren Atemzügen.

»Spinnst du? Du kannst hier nicht einfach den Namen unseres Opfers rumbrüllen! Zurzeit sind das höchst kritische Interna, die nicht an die Öffentlichkeit gelangen dürfen. Die Nachbarn haben ihre Ohren sicherlich überall«, regte sich Steinert auf, sah sich misstrauisch um und versuchte, seine Kollegin fortzuzerren. Kaya stemmte sich gegen ihn und sah sich erneut um. In Sichtweite des Hauses gab es keine weiteren Hütten, Steinerts Vorwürfe waren also vollkommen haltlos.

»Bis auf die Fische im See gibt es hier weit und breit niemanden«, gab sie in scharfem Tonfall zurück. Plötzlich vernahmen beide ein dumpfes Rumpeln innerhalb der Hütte.

»Herr Huber, ich muss Sie bitten, die Tür zu öffnen. Hier ist Kriminalkommissar Steinert von der Kripo München«, rief Steinert.

Die Tür öffnete sich langsam. Hinter ihr kam ein Mann mit kahlem Kopf zum Vorschein. Unter seiner mit Ölflecken bedeckten Latzhose trug er ein weißes Feinripp-Shirt. Dicke Tränensäcke zierten seine kleinen Augen. Sein hochroter, breiiger Kopf schüttelte sich hin und her.

»Was glam Sie einglich, wer Sie san? Hauns endlich ob!«

Kaya fiel es wie Schuppen von den Augen, als sie den Mann wiedererkannte.

»Wir möchten Ihnen nur einige Fragen zu Herrn Dietrich stellen«, erwiderte Steinert mit gestrafften Schultern.

Die Worte schienen Wirkung zu zeigen, denn Huber gewährte ihnen Einlass. Im Inneren des Hauses schlug ihnen bläulicher Qualm entgegen. Es wirkte schäbig und heruntergekommen, und Kaya sehnte sich nach ihren eigenen vier Wänden. Ihre Wohnung war zwar nicht groß, doch die gemütliche Leseecke, die modernen Gemälde und offene Raumgestaltung machten sie für Kaya zu einer Oase der Behaglichkeit.

Sie sah sich mit großem Unbehagen um und entdeckte uralte Angeln mit rostigen Haken an der Wand. Von der Decke des tristen Wohnzimmers hing ein löchriges Fischernetz. Die Luft roch abgestanden und modrig. Das Innere der Hütte hatte etwas Maritimes, wirkte aber trotzdem ungepflegt und schäbig. Sie nahmen auf dem abgenutzten Sofa Platz und musterten Huber skeptisch. Sofort fühlte sich die Kommissarin in ihre Jugendzeit zurückversetzt.

Der »alte Schorsch« hatte sie immer wüst beschimpft, wenn sie als Jugendliche am Kai herumhingen, Musik hörten und Alkohol tranken. Mitunter waren das noch die besten Erinnerungen, die Kaya an Prien hatte. In diesen Nächten hatte sie sich so frei und unabhängig gefühlt wie nur selten danach wieder. Damals hing ein Hauch von Unendlichkeit in der Luft, durch den sie sich unbesiegbar gefühlt hatte.

Mittlerweile konnte sie nachvollziehen, dass der Mann sich durch den Lärm belästigt gefühlt haben musste, doch die damaligen Aktionen des Fischers schossen über die Grenzen des Annehmbaren deutlich hinaus. Einmal hatte er ihre Freunde mit stinkenden Fischabfällen beworfen, erinnerte sie sich. Glücklicherweise war sie damals nicht dabei gewesen, weil sie sich mit Johannes zum Knutschen auf einem Parkplatz in der Nähe verabredet hatte. *Johannes.* Der Name traf sie wie ein heftiger Schlag in die Magengrube. Ihr Brustkorb zog sich zusammen. Sie musste sich ermahnen, ruhig zu atmen und sich nichts anmerken zu lassen.

Ein dünner Schweißfilm trat auf ihre Stirn, während sie Steinerts Worten lauschte.

»Wie Sie bereits durch meine Kollegin erfahren haben …«, der Kommissar warf Kaya einen tadelnden Blick zu, »… hat man Robert Dietrich heute Morgen tot aufgefunden. Wie wir wissen, hatten sie ein enges Verhältnis zu Herrn Dietrich. Wie würden Sie Ihre Freundschaft beschreiben?«

Georg Huber schaute die Ermittler an, als würde er jedes seiner nächsten Worte auf die Goldwaage legen. Es schien beinahe so, als würde er abwägen, welche Antwort man von ihm hören wollte.

»Mia warn friara hoid oft beim Angeln. Da Schorsch war a Guada, des kennans ma glam!«

Für Kaya klang es wie eine Schutzbehauptung.

»Hmm … Äh … Wie lange kannten Sie sich schon?«, kam es von Steinert. Der Kommissar war vor vielen Jahren der Liebe wegen von Bielefeld nach Bayern gezogen, hatte aber immer noch Probleme, den bayerischen Dialekt zu verstehen. Kaya unterdrückte ein Grinsen und richtete ihre Aufmerksamkeit wieder auf Huber. Die Körperhaltung des Mannes straffte sich. Er wirkte auf sie angespannt wie ein Läufer kurz vor dem Startschuss.

»Na ja … Mia san zammad aufgwachsen. De zwoate Frau von seim Vater war de Schwester meiner Mutter.«

Kaya nickte. »Wie würden Sie Ihre Beziehung zu Herrn Dietrich beschreiben?«

»Beziehung?« Die Ermittlerin registrierte ein Flackern in Hubers Augen.

»Mia ham doch koa Beziehung ghabt! Wos foid erna einglich ei!«, echauffierte er sich.

»Aber Sie waren doch befreundet, oder?«, mischte sich Steinert ein.

»Ja, freilich warn ma des!«

Das wird eine zähe Zeugenbefragung, dachte Kaya und legte sich eine neue Strategie zurecht. Sie schaute sich in dem beengten Zimmer um und wurde sofort mit einem Geistesblitz belohnt.

»Ist das Aalfischen am Landessteg Chieming immer noch so beliebt wie früher?«, warf sie ein.

Hubers verdutzte Miene signalisierte ihr, dass ihn diese Frage völlig aus dem Konzept brachte.

»Angeln Sie denn a am Chiemssee?«, wollte der sichtlich irritierte Huber wissen.

Kaya schüttelte mit dem Anflug eines Lächelns den Kopf.

»Nein, aber mein Vater hat früher gerne dort geangelt und mich öfter mitgenommen. Ich erinnere mich daran, dass es an dieser Stelle besonders prächtige Aale gab.«

Huber taute auf und nickte mit Begeisterung.

»Letztens hob i an riesigen Glasaal rauszogn! Den hättens seng soin!« Seine zuvor trüben Augen klarten etwas auf.

Kaya grinste. »Ich erinnere mich noch gut an den beißenden Geruch von Essig, wenn mein Vater seine Jigköpfe in Essig eingelegt hat.«

»Des is as beste Hausmittel!«, gab Huber verzückt zurück.

Kaya zwinkerte dem älteren Herrn vielsagend zu. Steinerts Blick wechselte verwirrt zwischen den beiden hin und her.

Die Spannung in den Schultern Hubers ließ etwas nach. Sein Gesichtsausdruck wurde sanft.

»Können Sie sich vorstellen, wieso jemand Robert Dietrich etwas Böses wollen würde?«

»Na, des konn I ned. Wirklich!«

»Wo waren Sie gestern Abend und heute Nacht?«, fragte Steinert mit ernster Miene.

»I war gestern den ganzen Abend über beim Mesner in der Wirtschaft. Des kennans a gern überprüfen!« Huber sog scharf die Luft ein, dann legte er den Kopf in die Hände.

»I woas doch ned, in was der Robert da verstrickt war. Wir ham uns immer nur samstags zum Angeln gseng. Aber er war scho länger nimmer bei mir dahoam. As letzte moi vor drei oder vier Monat. I hob nichts damit zum doa! Ehrlich!«, fügte Huber ernst hinzu.

»Sind Sie sicher?«, hakte Kaya nach. Immerhin hatte die Ehefrau des Opfers erzählt, dass er sich immer noch regelmäßig mit Huber traf und dort übernachtete.

»Ja, da bin i sicher! Meistens san mia mit meim Elektroboot zum Fischen rausgfahrn. E jeden Samstag. Aber so richtig bei mir war da Robert as letzte Moi vor a bar Monat.«

Kaya nickte. Sie notierte Huber ihren Namen und ihre Nummer.

»I woas wirklich ned, was da bassiert ist!« Georg Huber schaute die Kommissare verständnislos an. Die beiden Ermittler bedankten sich für die Unterhaltung, ehe sie sich auf dem Weg zur Haustür machten.

»Danke. Falls Ihnen noch etwas einfällt, rufen Sie mich einfach an!«, rief Kaya noch, während die Tür hinter ihnen ins Schloss fiel.

Die Kommissare sprachen erst wieder, als Steinert den Motor des Dienstwagens startete. Kaya versank tief im Beifahrersitz.

»Da passt irgendetwas nicht ins Bild. Sieht so aus, als hätte Robert Dietrich wirklich etwas vor seiner Frau verheimlicht und Huber als Alibi benutzt.«

Steinert lachte dreckig. »Ich wette, der gute Gärtner hatte eine Affäre.«

»Durchaus möglich. Aber das ist zum aktuellen Zeitpunkt nur eine Spekulation. Wir sollten Dietrichs Leben komplett auf den Kopf stellen und jeden seiner Schritte in den letzten Tagen aufarbeiten.«

Angespannt knetete Kaya ihre Oberschenkel. Dann sprach Steinert aus, was sie bereits befürchtete.

»Aber zuerst suchen wir uns eine Unterkunft für die Nacht und eine anständige Mahlzeit.«

13. Juni 2023
00:36 Uhr

Er stand einfach nur neben dem Bett und beobachtete sie. Sein schlanker jugendlicher Oberkörper lag frei. Eine weite Bluejeans saß locker um seine Hüften. Durch das geöffnete Fenster wehte eine leichte Brise herein und zerzauste seinen dunklen Schopf. Seine Haut wirkte nahezu gläsern. Er atmete schwer. Die Züge seines blassen Gesichts konnte sie kaum ausmachen.

»Kaya. Du bist endlich zu mir zurückgekehrt«, flüsterte er liebevoll. Beim Klang seiner weichen Stimme erschauderte sie.

Kaya versuchte, nach seiner Hand zu greifen, doch er wandte sich ab. Langsam drehte er sich zum Fenster und löste sich in Rauch auf, ehe sie ihn zu fassen bekam.

»Johannes«, murmelte sie verschlafen. Ihr Laken war schweißgetränkt, ihr Mund ausgetrocknet, und auf der Zunge fühlte sie einen rauen Belag.

Hatte sie geschrien? Ein kurzer Blick auf den Wecker neben dem Bett verriet ihr, dass es spät in der Nacht war. Es lag schon eine Weile zurück, dass Johannes ihr das letzte Mal im Traum erschienen war. Mit Sicherheit lag es an ihrer Rückkehr nach Prien. Johannes gehörte unwiderruflich zu ihrer Heimat. Immer wenn sie an die traumhafte Ortschaft, die Berge im Hintergrund und das verführerische Flüstern des Sees dachte, dann erschien auch er in ihren Gedanken. Ihre erste Liebe. Erschöpft richtete sie sich auf und sah aus dem Fenster. Dann ließ sie ihren Blick durch das Zimmer des alten Gasthofs schweifen, in dem Steinert und sie untergekommen waren. Kaya ertappte sich dabei, wie sie nach Johannes' Duft schnupperte. Steinert schlief im Zimmer nebenan und musste ihre Schreie bestimmt gehört haben. Die Schamesröte stieg ihr ins Gesicht. Fünfzehn Jahre lag sein Tod mittlerweile zurück. Kaya war gerade siebzehn geworden und dachte noch, die Welt gehörte ihr.

Sie schüttelte die beklemmende Erinnerung ab und ließ sich zurück in die Kissen fallen. Der bevorstehende Tag würde anstrengend werden, und den Schlaf hatte sie dringend nötig. Eine Weile lang kreisten ihre Gedanken noch um die damalige Nacht. Es war ein lauer Herbstabend gewesen, das wusste sie noch. Doch was war damals wirklich mit Johannes geschehen?

13. Juni 2023
09:07 Uhr

Sina Miller staunte jedes Mal erneut über die Größe des Instituts für Rechtsmedizin der Ludwigs-Maximilians-Universität München. Das Gebäude, ein unansehnlicher Kasten mit zahlreichen Fenstern, löste bei der Kommissarin ein Gefühl der Beklemmung aus. *Der Tod hat etwas Faszinierendes,* dachte sie. Zugleich machte ihr die Vorstellung Angst, diese Welt für immer zu verlassen. Wohin würde sie dann gehen? Sie schwankte zumeist zwischen dem Bild des paradiesischen, lichterfüllten Jenseits und einer undurchdringlichen, alles verschlingenden Dunkelheit. Schon seit ihrer Jugend war sie ein begeisterter Fan von Aktenzeichen XY. Seit Neuestem hörte sie sogar regelmäßig True-Crime-Podcasts oder sah sich auf Netflix Dokumentationen über Serienmörder an. Ihr zwiespältiges Verhältnis zum Tod hatte sie letztendlich auch zur Mordkommission geführt, wo sie tagtäglich mit den schrecklichsten Schicksalen konfrontiert wurde. Vielleicht half ihr das eines Tages, ihren eigenen unabdingbaren Tod zu akzeptieren.

Der Linoleumboden gab mit jedem ihrer Schritte ein Stück nach, während sie durch die weißen Flure schritten. Die langen Korridore erinnerten sie an die Flure eines Krankenhauses. In ihrer Nase kitzelte der beißende Geruch von Desinfektionsmitteln. Ihre Fantasie mischte dem Ganzen eine Note von Verwesung unter.

Bernd Unterschlesinger stapfte genervt neben ihr her. Er überragte sie um beinahe zwei Köpfe und seine tief stehenden grauen Augen verbargen sich unter buschigen Brauen.

Seine langen Haare waren fast vollständig ergraut, doch insgesamt machte er einen sportlichen und vitalen Eindruck, wie Sina fand.

»Bist du sicher, dass du mit reinwillst?«, fragte Unterschlesinger vorsichtig.

Sina nickte bestimmt. Sie wollte vor dem älteren Kollegen keine Schwäche zeigen.

»Ich kenne sogar richtig harte Kerle, die reihenweise umgefallen sind, als sie bei einer Obduktion zugesehen haben«, erklärte der Kommissar ernst.

»Dann ist es ja gut, dass die Obduktion der Leiche bereits abgeschlossen ist und wir uns nur mit dem Rechtsmediziner über die pathologischen Ergebnisse unterhalten wollen«, antwortete Sina frech.

Hinter einer dicken Metalltür erwartete sie ein steriler Raum mit weißen Kacheln. Über ihnen summten alte Leuchtstoffröhren, die alles in ein grelles Licht tauchten. In der Mitte des Raumes stand ein dunkelhaariger Mann Ende dreißig. Seine Augen blickten aufmerksam, seine Miene wirkte mürrisch. Vor ihm lag die Leiche, aufgebahrt auf einem metallenen Rollwagen. Der Anblick drehte Sina den Magen um. Der Oberkörper des leblosen Mannes wies eine große Schnittwunde auf, die behelfsmäßig wieder zugenäht wurde. Ihren Würgereiz unterdrückend, schüttelte sie die Hand des Rechtsmediziners und sah ihn erwartungsvoll an. Er stellte sich ihnen als Oliver Marquart vor und begann sogleich, ihnen die Ergebnisse der Obduktion mitzuteilen.

»Robert Dietrich, 57 Jahre alt, 1,83 Meter groß, 94 Kilo schwer. Er hat eine Kopfverletzung. Dorsal. Direkt über dem Hinterhauptbein. Wir sprechen ohne Zweifel von Gewalteinwirkung durch einen stumpfen Gegenstand. Ich vermute einen Stein oder etwas Ähnliches als Tatwerkzeug. Leider können wir nicht genau bestimmen, wie lange der Mann bereits im Wasser lag. Der Todeszeitpunkt dürfte grob geschätzt zwischen 01:00 Uhr und 3:30 Uhr liegen.«

Sina nickte, Unterschlesinger stand teilnahmslos daneben.

»Die Hämatome an den Armen und im Nacken des Opfers lassen auf den ersten Blick auf einen Kampf schließen, aber die Leiche zeichnet ein ziemlich klares Bild der Todesumstände.«

»Machen Sie es nicht so spannend, Marquart«, bellte Unterschlesinger.

»Aber natürlich, Herr Kommissar«, erwiderte der Rechtsmediziner spitz und bedeutete den Ermittlern, ihm beim Umdrehen der Leiche zu helfen.

»Die stumpfe Gewalteinwirkung am Hinterkopf war nicht die Todesursache.«

Sina starrte den Gerichtsmediziner erwartungsvoll an.

Marquart deutete auf den zugenähten Brustkorb des Opfers.

»Hier haben wir ein Lungenemphysem. Das bedeutet, dass die Lunge stark überbläht und geweitet ist. Des Weiteren deuten auch das Wasser in den Atemwegen und die Schaumpilzbildung um den Mund auf Tod durch Ertrinken hin.«

»Dann hat unser Täter den Mann niedergeschlagen, ins Wasser gezerrt und dort ertränkt. Anschließend hat er ihn wieder aus dem Wasser gezogen und am Fundort abgelegt?«, fragte Sina mit schräg gelegtem Kopf.

Marquart blickte sie an.

»Davon ist auszugehen. Die Gewalteinwirkung auf den Kopf war zu schwach, um den Mann zu töten. Der Schädelknochen ist intakt, und der Schlag hat lediglich eine Platzwunde verursacht, die vergleichsweise harmlos ist.«

Unterschlesinger rümpfte die Nase. »Dieser Typ ist ein Feigling. Er hat das Opfer aus dem Hinterhalt attackiert und heimtückisch ermordet.«

»Wo kommen dann die Hämatome und Schürfwunden her?«, hakte Sina nach.

»Ich gehe davon aus, dass das Opfer während des Ertrinkens noch einmal aufgewacht ist und sich zur Wehr gesetzt hat«, erklärte Marquart in selbstsicherem Tonfall.

Eine halbe Stunde später traten die beiden Kommissare wieder an die frische Luft. Obwohl die Sonne vom Himmel brannte, breitete sich eine eisige Kälte in Sina aus. In ihrem Kopf spukte das aschfahle Gesicht des Opfers umher. Sie dachte an die Familie des toten Mannes. Wen hinterließ er? Eine liebende Frau? Kinder, die ihren Vater stets für unantastbar hielten? Enkelkinder, die noch nicht begriffen, wieso der Opa so plötzlich aus ihrem Leben gerissen wurde?

»Der Schlag auf den Kopf sollte ihn also nur außer Gefecht setzen. Danach wurde er von seinem Mörder in den See gezogen und unter Wasser gedrückt. Dabei ist unser Opfer allerdings für einen kurzen Zeitraum wieder aufgewacht und hat um sein Leben gekämpft, bis das Wasser schließlich seine Lungen flutete«, fasste Unterschlesinger nachdenklich zusammen.

»Was für ein grausamer Tod«, murmelte Sina.

Ihre Gedanken wanderten weiter. Zu Steinert und ihrer neuen Kollegin, Kaya Benaty. Sie hoffte, dass die beiden den Fall vor Ort schnell aufklären konnten.

13. Juni 2023
10:30 Uhr

»Wie sehr ich das hasse. Früher hätte es das nicht gegeben. Dieses vermaledeite Technikgedöns braucht doch keiner!«, raunte Steinert, während sie im Konferenzsaal der Priener Polizeidienststelle auf den großen Bildschirm starrten. Dienstbesprechung. Zugeschaltet waren ihre Kollegen aus München.

Kaya war mit dem technischen Fortschritt aufgewachsen und genoss die digitalen Errungenschaften ihrer Zeit. *Wir leben in einer privilegierten Zeit,* dachte sie oft. So viele Abgründe das Internet auch hatte, war es doch mehr als praktisch, sich in wenigen Sekunden mit Freunden und Verwandten auszutauschen, die viele hundert Kilometer entfernt wohnten. Beispielsweise telefonierte sie oft per Skype mit ihrer Tante Rosi, zu der sie ein gutes Verhältnis pflegte, die aber im weit entfernten Herford lebte. Sie hatte wenig Verständnis für Menschen wie Steinert, die sämtliche Technik verteufelten.

Wachtner räusperte sich. Es ging los. Auf dem Bildschirm wirkte die Chefin übernächtigt, ihre Hautfarbe hätte Kaya als aschfahl bezeichnet. Sie setzte eine sorgenvolle Miene auf. Neben ihr hatten Sina Miller und Bernd Unterschlesinger Platz genommen. Außerdem war neben den Kollegen Yasin Candemir und Günther Weiß auch der Pressesprecher der Münchener Polizei, Tino Seifert, anwesend.

»Robert Dietrich aus Prien am Chiemsee wurde tot am Rande der Herreninsel aufgefunden. Die Umstände der Tat sind noch schleierhaft, doch laut dem rechtsmedizinischen

Befund wurde Dietrich niedergeschlagen und anschließend im See ertränkt«, sprach Wachtner direkt in die Kamera.

Kaya streckte angespannt den Rücken durch und unterdrückte ein Gähnen. Auch ihre Nacht war nicht besonders erholsam gewesen.

»Wir haben mit der Ehefrau und dem besten Freund des Opfers gesprochen. Dietrich hat seine Frau belogen und vorgegeben, bei seinem besten Freund zu übernachten. Dieser hat uns gegenüber zugegeben, dass es sich um eine Lüge handelt. Wir gehen von einer Affäre aus und werden in diese Richtung weiterermitteln«, fasste Steinert zusammen. Bei dem Wort Affäre musste Kaya schwer schlucken, denn sie untersagte sich Spekulationen jeder Art, solange sie keine handfesten Beweise dafür hatte. Sie fand, dass Steinert die Fakten in einen völlig unwillkürlichen Zusammenhang stellte.

Wachtner gähnte demonstrativ, als erwarte sie mehr von ihren Mitarbeitern.

»Wieso hat sich das Opfer nachts auf der Herreninsel befunden? Wer hat Dietrich vor seinem Tod zuletzt lebend gesehen?« Wachtner sah sich im Raum um, ehe sie sich wieder auf die Kamera konzentrierte. »Das gilt es herauszufinden, dann sind wir dem Mörder einen Schritt näher.«

Wir sollten ihm keinen Schritt näher, sondern einen voraus sein, dachte Kaya. Sie bemerkte, wie Sina sich einige Notizen machte, und musste lächeln. Sie mochte ihre Kollegin und fühlte sich ihr von Anfang an verbunden. Viel lieber hätte sie mit Miller statt mit Steinert ermittelt, doch seinen Partner konnte man sich nicht immer aussuchen. Schon gar nicht, wenn es um Mord ging. Außerdem war die Mordkommission ohnehin chronisch unterbesetzt, und die vorhandenen Mitarbeiter mussten taktisch klug eingesetzt werden.

»Ich finde, wir sollten induktiv ermitteln«, warf Kaya ein.

»Willst du in der Küche ermitteln? Einen Induktionsherd habe ich auch …«, spottete Steinert.

Ein scharfer Blick Wachtners ließ ihn sofort verstummen.

Kaya schüttelte den Kopf. »Wir müssen weitere Fakten sammeln und uns eine Theorie zurechtlegen. Ich halte nichts davon, zum derzeitigen Ermittlungsstand eine Theorie abzuleiten und dann erst die Informationen zu sammeln. Das macht uns befangen.«

Wachtner verzog ihre Miene, wirkte aber zufrieden. »Benaty hat recht. Wir müssen definitiv an mehreren Stellen weitergraben.«

Aus dem Augenwinkel sah Kaya, wie Steinert sie hasserfüllt anfunkelte.

»Die Kollegen aus Prien werden uns tatkräftig bei der Ermittlung unterstützen und euch für Befragungen zur Verfügung stehen. Wir drehen jeden noch so kleinen Kieselstein um, wenn es sein muss.« Wachtner blickte in die Kamera, um zu erahnen, wie ihre Worte auf der anderen Seite des Bildschirms ankamen.

Plötzlich mischte sich Yasin Candemir ein. Er war ein durchtrainierter Mittvierziger, den Kaya noch schlecht einschätzen konnte. Die meiste Zeit über hielt er sich ruhig im Hintergrund, doch wenn er sich zu Wort meldete, dann drückte er sich gewählt und präzise aus. Bis auf die Tatsache, dass er verheiratet war und zwei Kinder hatte, wusste sie jedoch nichts über den schweigsamen Polizeibeamten.

»Die Herreninsel muss eine symbolische Bedeutung haben. Der Mörder hat den Ort des Geschehens gezielt ausgewählt. Ansonsten hätte er sein Opfer nicht auf die Insel locken müssen, sondern hätte ihn auf dem Festland töten können.«

»Sehr gute Theorie, Candemir!«, lobte Wachtner.

Steinert blies schwer aus und grummelte: »Das ist doch auch nur eine Theorie, zu der wir noch keinerlei Anhaltspunkte haben!«

»Spekulationen sind durchaus erlaubt. Jeder Gedankengang kann uns zur Lösung führen, aber trotzdem sollten wir uns an die Fakten halten. Und Fakt ist, dass es sich bei dem Tatort höchstwahrscheinlich um die Herreninsel handelt« antwortete Kaya.

Steinert warf seinen Kugelschreiber verärgert über den Tisch und brummte. »Ach, lasst mir doch alle meine Ruhe …«

»Ihr beiden kümmert euch vor Ort um die weiteren Zeugenbefragungen. Ich erwarte, dass ihr euch den Arbeitsplatz des Opfers genauer anseht.« Wachtner fixierte die Kamera.

»Unterdessen wird sich Candemir mit der Historie dieses Schlosses auseinandersetzen, und Seifert und ich überlegen uns einen Text für die Pressedienststelle. Wir dürfen die blutige Botschaft des Mörders nicht außer Acht lassen. Ich bin mir ziemlich sicher, dass es hier eine Verbindung zum Märchenkönig gibt oder dass der Mörder diese zumindest herstellen will.«

Steinert kräuselte die Lippen, nickte jedoch gehorsam.

Damit war die Dienstbesprechung beendet.

13. Juni 2023
12:17 Uhr

Die reine Luft des Chiemsees schlug ihnen entgegen, als sie am Anleger auf die nächste Fähre zur Herreninsel warteten. Angefressen vom Verlauf der Besprechung, stopfte sich Steinert erst mal ein Salamibrötchen in den Rachen und spülte mit einer eiskalten Cola nach.

Kaya biss zaghaft von einem Müsliriegel ab. Wenn sie unter Druck stand, fiel es ihr schwer, regelmäßige Mahlzeiten einzunehmen. Bei dem ganzen Stress fehlte ihr meistens einfach der Appetit.

In der Schlange vor der Fahrkartenbude schubsten sich zwei Jugendliche und lachten. Unzählige Passagiere drängten sich bereits auf den Steg, obwohl das Schiff noch nicht einmal angelegt hatte. Kaya sah gedankenverloren dabei zu, wie sich drei Möwen um ein altes Stück Brot stritten.

Nach der Dienstbesprechung war Steinert wutentbrannt aus dem Raum gestürmt und hatte seither kein Wort mit ihr gewechselt. Als sie vorschlug, mit der Mittagsfähre auf die Insel überzusetzen, hatte er lediglich genickt und war ihr wortlos zum Dienstwagen gefolgt.

Urplötzlich fühlte sich die Ermittlerin beobachtet. Ihre Instinkte täuschten sie nicht, denn an einer Fahnenstange des Hafens lehnte ein Jugendlicher und starrte sie mit großen Augen an.

»Oh nein«, entfuhr es ihr. Steinert horchte auf.

Sie erkannte ihn sofort, auch wenn sie ihn seit über zehn Jahren nicht mehr gesehen hatte. Das kurz geschorene dunkelblonde Haar, die warmen braunen Augen und das spitze

Kinn, das auch sie selbst besaß. Aus ihm war die perfekt abgewogene Mischung seiner Eltern geworden.

»Was will der denn? Sollen wir den mal filzen?«, schlug Steinert vor. Kaya schüttelte den Kopf. »Ist schon in Ordnung.« Sie stand auf und ging zu dem jungen Mann hinüber, der inzwischen fast sechzehn sein musste und sie um einen Kopf überragte.

»Kaya? Bist du das wirklich?«, fragte er zögerlich. »Seit wann bist du wieder hier?«

In der Brust der Ermittlerin zog sich alles zusammen. Sie hatte gehofft, trotz ihrer Anwesenheit in Prien unter dem Radar zu bleiben. Und nun das. Sie sah den Jungen schief an.

»Niklas?«, fragte sie mit einem dicken Kloß im Hals.

Mit einem verschmitzten Lächeln schüttelte der Junge den Kopf. »Nein, ich bin Maik.«

»Natürlich ... entschuldige, aber das letzte Mal, als ich dich gesehen habe, hast du mir noch bis zur Hüfte gereicht.«

Maik lachte verlegen. Der Jugendliche stemmte sich lässig gegen die Stange. Kaya fielen die winzigen Sommersprossen auf seiner Nase auf. Sie erinnerten sie an ihre Mutter. Eine Gänsehaut überkam sie.

»Wie geht es dir? Mama sieht sich oft deine Profile auf den sozialen Medien an, oder sie versucht es zumindest. Daher habe ich dich erkannt«, erklärte Maik schief lächelnd.

Kaya zuckte die Achseln. Wie es ihr ging? In diesem Moment fühlte sie sich von einer Welle unterschiedlichster Gefühle überwältigt: Trauer, Wut, Fassungslosigkeit und Aufregung strömten auf sie ein und wurden zu einem toxischen Cocktail. Sie fühlte sich zurückversetzt in eine Zeit, mit der sie eigentlich längst abgeschlossen hatte. Zumindest glaubte sie das.

»Mir geht es gut, und euch?«, gab sie steif zurück.

Maik kratzte sich nachdenklich am Hinterkopf.

»Eigentlich gut, aber Mama und Papa streiten oft. Ich kann jetzt verstehen, warum du geflüchtet bist.«

»Geflüchtet? Ich bin nicht geflüchtet ...«, antwortete Kaya etwas zu bissig.

Maik hob schützend die Hände vor den Oberkörper.

»Sorry.«

In diesem Moment erschien Steinert an Kayas Seite.

»Das Schiff ist da. Wir müssen los.«

Kaya nickte. »Du, Maik ... Ich hoffe, dieses Treffen bleibt unter uns. Ich werde nicht lange hier sein und möchte nicht für Unruhe sorgen, okay?«

Der Junge schien einen Moment zu überlegen.

»Das kann ich Mama nicht antun. Sie muss wissen, dass du hier bist.«

Kaya entfernte sich einige Schritte und rief ihm vom Steg aus noch zu: »Ich bitte dich!«

Wenige Momente später legte die Fähre ab.

Augenblicklich entspannten sich die Schultern der jungen Kommissarin. Ihre Augen füllten sich mit Tränen. Sie konnte sich nicht dagegen wehren, es überkam sie einfach.

»Was war das denn eben?«, erkundigte sich Steinert.

»Das war mein Halbbruder. Wir haben uns lange nicht gesehen« antwortete Kaya in einem Ton, der keine weiteren Fragen zuließ. Steinert schien es ohnehin nicht sonderlich zu interessieren, denn er drehte sich um und begab sich sogleich ans andere Ende der Fähre.

Kaya unterdrückte ein Schluchzen und versuchte, sich zu beruhigen. Ihre Knie bebten heftig, und der Wellengang auf dem Schiff machte die Situation nicht besser.

Die Kommissarin dachte an ihre wohlbehütete Kindheit zurück. Damals erschienen ihr ihre Eltern immer so glücklich und erfüllt. Sie waren der Inbegriff einer perfekten Familie gewesen. Doch inzwischen wusste Kaya, dass es so etwas wie die perfekte Familie nicht gab. Unter jeder noch so makellosen Fassade gab es Risse. Manchmal nur oberflächlich, doch oft auch abgrundtief.

Kaya war gerade in die Oberstufe des Gymnasiums gekommen, als ihre Bilderbuchfamilie plötzlich auseinanderbrach. Ihre Mutter gestand ihrem Vater, dass sie eine Affäre hatte, aber das war noch nicht alles. Sie hatte sich in den anderen Mann verliebt und war sogar von ihm schwanger.

Sowohl Kaya als auch ihr Vater fielen in ein schwarzes Loch, doch die Ungewissheit hielt nicht lange an. Torben Benaty verließ seine Familie noch am selben Abend, und Kaya blieb allein mit ihrer schwangeren Mutter zurück.

Wenig später fand ihr Vater einen Job als Wirtschaftsprüfer in München und zog in die bayerische Landeshauptstadt, weit weg von seiner Ex-Frau und ihrem neuen Mann.

Kayas Verhältnis zu ihrer Mutter war ab diesem Moment für immer beschädigt. Sie vertraute ihr nicht mehr und entfernte sich immer weiter von der Frau, die sie geboren hatte. Am liebsten wäre sie sofort zu ihrem Vater gezogen, doch ihre Freunde und vor allem die frisch aufkeimende Liebe zu Johannes hielten sie in ihrer Heimat. Zumindest zunächst.

Kurz danach zog der neue Mann ihrer Mutter bei ihnen ein, und die Zwillinge erblickten das Licht der Welt. Zwei Jungen mit den Namen Maik und Niklas.

Ohne ihre Freunde und vor allem ohne Johannes wäre sie in dieser Zeit vollständig zerbrochen, das wusste sie. Nachdem schließlich auch Johannes gestorben war und sie die Schule mit dem Abitur in der Tasche verlassen hatte, beschloss sie, Polizistin zu werden. Noch am Tag, an dem sie die Zusage der Polizei erhielt, zog sie zu ihrem Vater in die Großstadt. Pernilla, ihre Mutter, versuchte jahrelang, wieder eine Beziehung zu ihrem ältesten Kind aufzubauen, doch Kaya blockte ab. Eine tiefe Unruhe befiel sie stets, wenn sie an ihre Mutter dachte. Nie wieder wollte sie etwas mit dieser Frau zu tun haben. Hin und wieder kamen Kaya ihre Halbgeschwister in den Sinn. In ihrem Herzen wusste sie, dass die beiden nichts für das Geschehene konnten, und doch verband sie die schmerzhafte Vergangenheit immer mit der Geburt der Zwillinge.

»Wir legen an.« Steinerts Worte rissen sie aus ihrem emotionalen Chaos. Kaya wischte sich eine glänzende Träne aus dem Augenwinkel. Sie musste jetzt funktionieren. Es ging nicht anders, sie musste alles andere ausblenden. Steinert stand schweigend neben ihr. Wachtner baute darauf, dass sie beide Robert Dietrichs Mörder fassten.

»Ich bin bereit«, sagte sie, mehr zu sich selbst als zu Steinert. Dann gingen sie von Bord.

13. Juni 2023
15:43 Uhr

Die Vernehmung der Schlossangestellten verlief schleppend. Obwohl Kaya und Steinert von gut einem Dutzend Kollegen der Priener Polizei unterstützt wurden, zogen sich die Befragungen in die Länge. Leider lieferten sie bis dahin keine neuen Erkenntnisse.

Obwohl Kaya das Herrschaftshaus und den dazugehörigen Garten schon sehr oft besucht hatte, imponierte ihr das Bauwerk jedes Mal wieder.

Inmitten der prunkvollen Brunnen und symmetrisch angeordneten Blumenbeete, in denen die Farbe Rot dominierte, sah sich die Kommissarin um. Sie beneidete die zahlreichen Touristen um ihren sorgenfreien Tag. Der Chiemsee erstrahlte in seinem klarsten Blau, die Sonne stand hoch am wolkenfreien Himmel. Für viele Menschen stellte das Schloss Herrenchiemsee einen Sehnsuchtsort dar, an dem sie all ihre Sorgen hinter sich lassen konnten. Kaya fragte sich, ob der Märchenkönig glücklich über sein Vermächtnis wäre. Auf dem Rasenteppich gegenüber dem Schloss tummelten sich weitere Besucher, die Schutz vor der erbarmungslos glühenden Sonne suchten. Andere flanierten zwischen den Brunnen, begutachteten das makellose Abbild der Fortuna darin oder spazierten gemütlich durch den Palastgarten.

Sigmar Plotz, der oberste Direktor der hiesigen Schlossverwaltung, hatte ihnen zwei Lagerräume zur Verfügung gestellt, in denen sie ihre Vernehmungen durchführen konnten.

Steinert und ein junger Kollege sprachen gerade mit einer

Mitarbeiterin des König-Ludwig-Museums, als Kaya sich auf einer im Schatten liegenden Parkbank hinter dem Schloss niederließ. Der Kopf brummte ihr.

Seufzend entdeckte sie ein Plakat, auf dem ihr Ludwig II. entgegenblickte. Es war die wohl bekannteste Darstellung des Märchenkönigs, die den jungen Ludwig in einem blauen Samtjackett zeigte. Sein Blick erschien ihr erhaben, aber gütig. Der Wahnsinn hatte ihn erst viele Jahre später ereilt. Eine weiße Hose, schwarze Lackstiefel und ein Hermelinumhang rundeten das Bild des jungen Königs ab, der schon mit achtzehn Jahren den Thron bestieg. Über das Leben des Königs wurde sich auch heute noch das Maul zerrissen. Die Leute wussten von seinen ärztlichen Diagnosen, seinen Wahnvorstellungen und vermeintlichen sexuellen Vorlieben. Doch niemand ahnte, wie er wirklich verstarb. Manche spekulierten, dass der König ermordet worden sei. Als Erklärung führten sie an, dass er zum Todeszeitpunkt hoch verschuldet war und viele Feinde hatte. Andere behaupteten wiederum, dass es sich um einen Suizid gehandelt habe, da Ludwig im Vorfeld bereits mehrere Selbstmordversuche unternommen hatte. Sein Tod war ein Mysterium, das vermutlich nie vollends aufgeklärt werden würde.

Kaya Benaty ballte ihre Fäuste. Sie schwor sich, dass dies bei Robert Dietrich anders laufen und sie diesen Fall aufklären würde.

»Aber was hast du mit dem Mord an Dietrich zu tun, Ludwig?«, murmelte Kaya gedankenverloren.

Kurz darauf klingelte ihr Handy. Ein Blick reichte aus, um den Mordfall, Ludwig und das Schloss in den Hintergrund zu rücken. Stattdessen befand sie sich in einem stickigen Hotelzimmer mittlerer Klasse. Ihr Atem roch nach Alkohol, Haut rieb an Haut. Der Raum drehte sich. Sie erinnerte sich an die emotionsgeschwängerte Stimmung dieses Abends. An den Mann, seinen Akzent und die intensiven Küsse. Vermutlich würde sie diese Nacht nie vergessen. Henry-Michel Pelletier.

Sein Name auf ihrem Display versetzte sie in Aufruhr.

Ihr One-Night-Stand mit dem Psychologen lag erst gut drei Monate zurück. Kaya wusste nicht, wie sie reagieren sollte. Henry-Michel stammte aus Frankreich, lebte aber inzwischen seit mehr als zwanzig Jahren in Deutschland. Neben seiner überaus erfolgreichen therapeutischen Praxis in München Lehel hatte er bereits zwei Bücher zu den Themen Sozialpsychologie und forensische Psychologie veröffentlicht. Noch bekannter war er jedoch für seinen Podcast »Tatort Psyche«, in dem es um die Abgründe der menschlichen Psyche ging.

Sie hatten sich nach einer seiner Lesungen kennengelernt, zu der sie von ihrer Freundin Mina mitgeschleppt worden war. Als Veranstaltungsort hatte Henry Michel ein bekanntes Münchener Hotel im Stadtteil Neuhausen-Nymphenburg gewählt. Kaya war an diesem Tag regelrecht euphorisch, da sie erst wenige Stunden zuvor den Vertrag zu ihrer Versetzung in die Mordkommission unterschrieben hatte. Mit dem Gefühl, unbesiegbar zu sein, betrat sie den Konferenzsaal des Hotels. Noch während des Vortrags tranken Mina und sie mehrere Gläser Sekt, ehe Henry-Michel interessierte Gäste im Anschluss an seine Lesung noch zu einem gemütlichen Austausch im Foyer einlud.

Mina, die heimlich für den deutschlandweit bekannten Psychologen schwärmte, bestand darauf, zu dem Empfang im Foyer weiterzuziehen. Am Ende hatte der Franzose allerdings nur Augen für Kaya. Die beiden unterhielten sich gut und blendeten alle anderen Anwesenden aus. Die junge Polizeibeamtin hing an den Lippen des zehn Jahre älteren Psychologen, während er über die unterschiedlichen Faktoren dissoziativer Persönlichkeitsstörungen philosophierte und sein Hauptaugenmerk dabei auf neurochemische Ungleichgewichte legte.

Den meisten der anderen anwesenden Gäste – die hauptsächlich weiblich waren – missfiel es, dass sie von Henry-Michel ignoriert wurden. Es war offensichtlich, dass er nur noch mit Kaya sprechen wollte, die von ihren Erfahrungen bei der Organisierten Kriminalität zehren konnte, weshalb sich die restliche Versammlung schnell auflöste. Irgendwann verabschiedete sich auch Mina mit gekränkter Miene von ihrer Freundin und überließ diese ihrem Schicksal. Kaya und der Psychologe zogen weiter an die Hotelbar, wo dieser sie in seiner charmanten Art mit Komplimenten überhäufte. Sie wusste noch genau, dass sie sich schon lange nicht mehr so begehrenswert und attraktiv gefühlt hatte wie an jenem Abend. Letztendlich wollte keiner von ihnen mehr nach Hause fahren. Also landeten sie nach zwei Flaschen Wein gemeinsam in einem der Betten des Hotels. Es war nicht Kayas erster One-Night-Stand, doch am nächsten Tag stellte sich heraus, dass Henry-Michel mit der Tochter eines Immobilienmoguls verheiratet war und mit ihr eine gemeinsame Tochter im Kindergartenalter hatte. Kaya hatte sich zunächst gefreut, als sie sich am Morgen nach ihrer gemeinsamen Nacht an Henry-Michel kuschelte; umso härter traf es sie, als sie wenige Minuten später vom Klingeln seines Handys aus dem Bett gejagt wurde. Seine Frau hatte angerufen, und Henry-Michel antwortete ganz schamlos, als ob nichts passiert wäre. In Windeseile hatte Kaya ihre Sachen zusammengepackt und war ohne Verabschiedung aus dem Hotelzimmer geflüchtet. Inzwischen bereute sie es, Henry-Michel ihre Nummer noch an der Hotelbar vor ihrem Techtelmechtel gegeben zu haben, denn der Psychologe versuchte seit Wochen, sie zu erreichen.

Kaya umklammerte das vibrierende Handy mit festem Griff. Henry-Michel und das Chaos, das er mit sich brachte, waren das Letzte, das sie in diesem Moment gebrauchen konnte.

Auch wenn sie immer wieder sehnsüchtig an die euphorische Ekstase zurückdachte, die sie mit Henry-Michel erlebt hatte, so wusste sie, dass es falsch wäre, seine Kontaktversuche zu beantworten. Dennoch war da eine hoffnungsvolle Unvernunft in ihr, die sie daran hinderte, seine Nummer zu blockieren oder einfach zu löschen.

Die junge Kommissarin saß noch eine Weile auf der schattigen Parkbank und schwelgte in Erinnerungen. Plötzlich nahm sie aus dem Augenwinkel eine Bewegung wahr und fuhr erschrocken herum. Ein schriller Schrei entfuhr ihrer Kehle. Jemand hatte sich völlig lautlos an sie herangeschlichen.

13. Juni 2023
15:50 Uhr

»Robert war eigentlich recht unscheinbar. Er kam stets pünktlich zur Arbeit, war zuverlässig und hat nie Probleme gemacht. Ich kann nichts Negatives über ihn sagen, hatte jedoch auch nicht viel mit ihm zu tun«, erklärte die Mitarbeiterin des Museums unbeeindruckt. Ihre roten Haare standen in einem frechen Pixie-Cut von ihrem Kopf ab. Die grüngrauen Augen fixierten den jungen Kollegen aus Prien, der ihre Worte aufmerksam mitschrieb. Sie schien Interesse an ihm zu haben. Steinert ging das gehörig gegen den Strich, denn er hielt sich trotz seines Alters für wesentlich attraktiver als dieser Jungsporn, dem es in vieler Hinsicht an Erfahrung mangelte. Der erfahrene Kommissar studierte die Mimik und Gestik der Frau sehr genau und prüfte sie auf Unstimmigkeiten, ehe er ihr seine Karte aushändigte.

»Vielen Dank, Frau Krüger. Kontaktieren Sie mich gerne jederzeit, falls Ihnen noch etwas einfällt.«

Die Frau nickte höflich und war schon auf dem Weg zur Tür, als sie sich noch einmal zu Steinert umdrehte.

»Die Marianne kannte ihn besser. Vielleicht fragen Sie die einmal nach ihm.«

Steinert wurde hellhörig. »Marianne?«, wiederholte er neugierig.

Krüger nickte. »Marianne Stanglberger. Sie arbeitet bei der Schlossverwaltung und ist hauptsächlich für Organisatorisches zuständig. Robert Dietrich und sie kannten sich schon seit vielen Jahren. Ich glaube …«, Krügers Stirn legte sich in Falten, »... dass die beiden auch privat miteinander zu tun hatten.«

Steinert rieb sich gierig die Handflächen. *Na endlich! Das ist meine Chance, um Benaty auszustechen,* dachte er zufrieden.

»Wo finde ich diese Frau Stanglmaier?«

»Stanglberger«, korrigierte ihn der uniformierte Kollege und erntete dafür einen finsteren Blick Steinerts.

»Ihr Büro ist im rechten Schlossflügel, sie hält sich aber nur selten dort auf. Vielleicht treffen Sie sie ja dort an.«

»Vielen Dank! Ich mache mich gleich auf den Weg!« rief Steinert, während er mit lebhaften Schritten aus der Tür flog.

13. Juni 2023
15:55 Uhr

»Es tut mir wirklich furchtbar leid! Ich wollte dich nicht erschrecken«, beteuerte Silke immer wieder.

Kaya winkte freundlich lächelnd ab. Mittlerweile hatte sich ihr Puls wieder beruhigt. »Ist schon in Ordnung. Ich war so in Gedanken versunken, dass ich dich gar nicht hab kommen hören.«

Die Touristenführerin zog eine Grimasse. »Das mit dem Robert ist so fürchterlich ... Ich hätte nie gedacht, dass solch ein grausamer Mord in unserem sonst so langweiligen Prien geschieht.«

Kaya legte beruhigend eine Hand auf die Schulter ihrer ehemaligen Freundin. Die beiden Frauen saßen gemeinsam auf der grünen Parkbank.

»Ich gebe mein Bestes, um den Fall schnellstmöglich aufzuklären.«

Silke Ruland nickte schweigend.

»Es ist erst einen Tag her, dass du Robert Dietrich gefunden hast. Bist du sicher, dass du schon wieder arbeiten solltest?«, fragte die Kommissarin aufrichtig besorgt.

Silke lächelte schwach. »Die Arbeit ist doch alles, was ich habe. Letzte Nacht habe ich kaum in den Schlaf gefunden. Roberts starrer Blick hat mich bis in meine Träume verfolgt. Zu Hause würde ich verrückt werden. Solange ich meinen alltäglichen Aufgaben nachgehen kann, bin ich zumindest abgelenkt«, antwortete sie und richtete sich ihren feuerroten Pony.

»Hast du jemanden, mit dem du über diese Sache sprechen kannst?«, wollte Kaya wissen.

Silkes Miene verdüsterte sich augenblicklich.

»Falls du dich fragst, ob ich einen Partner habe, dann ist die Antwort ›nein‹. Ich war einige Jahre verheiratet und habe eine siebenjährige Tochter. Ihr Name ist Sara ...«, erklärte Silke mit traurig glänzenden Augen. »Mein Ex hat mich betrogen und für eine andere sitzen lassen.«

Kaya nahm einen kräftigen Schluck aus ihrer Wasserflasche und seufzte. »Das tut mir leid, Silke ...«

»Und wie ist das bei dir? Hast du jemanden?«

Kaya dachte kurz an Henry-Michel. Umgehend schwebte der Geruch seines Parfüms in ihrer Nase. Zedernholz und Ambra. Dann schüttelte sie energisch den Kopf.

»In den letzten Jahren gab es ein paar Typen, aber nichts Ernstes. Meine Arbeit nimmt mich zeitlich ziemlich stark in Beschlag. Bei der Mordkommission bin ich erst seit Kurzem und investiere meine gesamte Energie in die Ermittlungen. Da bleibt nicht viel Zeit für die große Liebe. Falls diese überhaupt existiert.«

Silkes Miene wurde nachdenklich, während sie sich gegen die Rückenlehne der Bank stemmte.

»Denkst du manchmal noch an Prien? An das, was du hinter dir gelassen hast?«

Kayas Kehle schnürte sich zum zweiten Mal an diesem Tag zu. Ihr fehlten die Worte. Sollte sie Silke von den Nächten erzählen, in denen sie schweißgebadet aufwachte und Johannes' Namen kreischte? Sollte sie von ihrer Mutter erzählen, deren Verrat ihr auch nach so vielen Jahren noch schmerzhaft in der Brust brannte?

»Hin und wieder«, antwortete sie stattdessen in ruhigem Ton, sodass es eher belanglos klang.

»Hmmm ... übernachtest du im Ort? Ich würde dich gerne morgen Abend zum Essen einladen. Bei Sara steht diese Woche wieder eine ›Papa-Woche‹ an, und ich könnte ein wenig Gesellschaft und ein gutes Glas Rotwein gebrauchen.«

Die alte Vertrautheit zwischen uns ist noch da, dachte Kaya selig. Und Silke schien es auch zu spüren. Sie hatten die prägendste Zeit ihres Lebens miteinander verbracht und waren über viele Jahre beste Freundinnen gewesen. Doch Kaya wusste auch, dass das Gespräch mit Sicherheit auf Johannes kommen würde. Schon allein beim Gedanken daran begann ihr Herz zu rasen.

»Ich komme gerne.«

Zur Antwort erhielt Kaya ein zufriedenes Glucksen.

»Ach, Silke! Schön, dass wir uns hier über den Weg laufen!« Eine hochgewachsene Frau schritt zielstrebig auf die beiden zu. Ihr schulterlanger grauer Bob wackelte heftig, und ihre Augen musterten Kaya mit großem Interesse.

Sie trug ein unförmiges graues Kostüm und rote Pumps. Die Ermittlerin schätzte sie auf Anfang sechzig.

»Kaya, das ist Marianne Stanglberger. Sie ist eine Abgeordnete der Schlossverwaltung.«

Die beiden Frauen schüttelten einander die Hände, und Kaya stellte sich vor, ehe sich Stanglberger Silke zuwandte.

»Deine Gruppe wartet vorne am Ausgang auf dich. Wir mussten die Schlossbesichtigung heute etwas kürzer halten, weil ...«, Marianne Stanglbergers Blick wanderte zu Kaya, »... die Befragungen der Polizei sämtliche Mitarbeiter des Schlosses beanspruchen.«

Silke wedelte mit Kayas Visitenkarte und verabschiedete sich. »Vielen Dank, Marianne. Dann mache ich mich mal auf den Weg. Kaya, ich rufe dich später an und schicke dir die Adresse. Viel Erfolg bei den Befragungen!«

Stanglbergers skeptischer Blick blieb an Kaya Benaty haften.

»Sie arbeiten also bei der Schlossverwaltung?«, unterbrach die Kommissarin schließlich das Schweigen.

Stanglberger nickte knapp und machte Anstalten, zurück zum Schloss zurückzugehen.

»Hätten Sie noch einen kurzen Moment für einen Spaziergang? Meine Kollegen werden Sie ohnehin befragen wollen. Ich persönlich finde einen Spaziergang durch die königlichen Gärten aber viel angenehmer als dieses stickige Hinterzimmer.« Kaya lächelte freundlich.

Marianne Stanglberger warf einen genervten Blick auf ihre silberne Armbanduhr und stöhnte auf.

»Na gut, aber nicht lange, ja?«

»Versprochen«, bestätigte Kaya.

Die beiden Frauen liefen nebeneinander in Richtung des ehemaligen Wasserreservoirs. Kaya genoss die Sonnenstrahlen auf ihrer Haut und atmete die frische Luft des künstlich angelegten Waldparks ein.

»Wie gut kannten Sie Robert Dietrich?«, fragte die junge Kommissarin nach einiger Zeit.

Stanglberger brauchte eine Weile. »Mein Mann Ingo und ich waren viele Jahre lang gut mit den Dietrichs befreundet.«

»Woher kennen Sie sich? Und seit wann?«

Stanglberger überlegte kurz.

»Bevor ich in die Verwaltung wechselte, habe ich hier im Schlosscafé gearbeitet. Robert und ich haben etwa zur selben Zeit angefangen, hier zu arbeiten. Das ist aber schon gut dreißig Jahre her.« Kaya sah, wie sich die Vergangenheit vor den Augen der älteren Frau abspielte.

»Wir waren damals eine ganze Clique. Dort habe ich auch meinen Mann kennengelernt. Ingo war damals Wachmann auf dem Schlossgelände. Mittlerweile hat er seine eigene Sicherheitsfirma und zieht massenhaft Aufträge an Land. Robert hingegen hat sich nie verändert. Er liebte die Schlossgärten und wollte nichts anderes machen. Damals sind die beiden jeden Mittag zu mir ins Café gekommen. Nachdem Robert und Martha dann zusammengefunden hatten, haben wir uns oft auch zu viert getroffen. Wir haben Spieleabende veranstaltet, sind gemeinsam in den Urlaub gefahren, und unsere Kinder sind inzwischen ebenfalls gut befreundet.«

Stanglberger schnaufte schwer. »In den letzten Jahren ist der Kontakt immer weniger geworden. Martha und ich telefonieren hin und wieder. Es tut mir so furchtbar leid, was mit Robert geschehen ist. Die arme Frau muss so viel Leid ertragen. Und die beiden Söhne erst. Sie haben ihren Vater viel zu früh verloren.«

»Was war Robert Dietrich für ein Mensch?«

Im Gegensatz zu den meisten anderen Ermittlern, die sich hauptsächlich auf den Täter konzentrierten, rückte Kaya Benaty das Opfer in den Fokus. In der Polizeischule lernte man heutzutage, Täterprofile zu erstellen. Dem Studium nach musste man in den Kopf des Täters eintauchen, um diesen zu überführen. Kaya jedoch fand die Geschichte der Opfer oftmals weitaus interessanter, denn in den meisten Fällen hatte der Mörder einen höchst persönlichen Bezug zum Opfer. Insofern wollte Kaya die Gründe verstehen, warum jemand sterben musste. War die Person ein schlechter Mensch? Hatte nicht jeder Mensch seine Stärken und Schwächen? Was hatte die unbändige Flamme des Hasses in dem Täter entfacht?

Natürlich gab es auch Mörder, die nur um des Mordens willen zu eiskalten Killern wurden, doch in den meisten Fällen gab es ein einschlägiges Motiv. Und solch eines vermutete Kaya auch in diesem Fall. Da es keine sexuell motivierte Tat zu sein schien und der Mörder eine Botschaft mit dem Blut des Opfers hinterlassen hatte, konnte man davon ausgehen, dass Opfer und Täter eine gemeinsame Vorgeschichte haben.

Stanglberger lachte freudlos.

»Früher war Robert ein offener, sympathischer Mann. Er sprühte vor Energie und konnte andere mit seinen Erzählungen in den Bann ziehen. Mit der Zeit wurde er jedoch immer verschlossener, zog sich immer weiter in sich zurück. Ich hatte manchmal das Gefühl, dass er sich zu Hause verkriecht. Martha tat mir teilweise wirklich leid. Nachdem ich bei der Schlossverwaltung angefangen hatte, spürte ich dann eine gewisse Befangenheit mir gegenüber. Robert hat kaum noch mit mir gesprochen und mich während der Arbeit immer wieder mit feindseligen Blicken verfolgt. Ich war ja quasi seine Vorgesetzte. Aber solange er seine Aufgaben erledigte, war mir das egal. Menschen ändern sich nun mal. Das ist der Lauf des Lebens.«

»Woran könnte der Sinneswandel von Robert Dietrich gelegen haben?«, erkundigte sich Benaty, während sie den Weg zur historischen Schlossauffahrt einschlugen.

Stanglberger dachte einen Moment nach.

»Hmm ... wenn ich das nur wüsste. Ich kann es mir doch selbst nicht erklären.«

Kaya war alles andere als überzeugt, gab sich aber zunächst mit der Antwort zufrieden.

»Können Sie sich vorstellen, dass Dietrich ein Doppelleben geführt haben könnte? Es steht die Vermutung im Raum, dass er etwas vor seiner Frau verheimlichte.«

»Ich erkenne diesen Menschen seit Jahren nicht mehr wieder und traue ihm nahezu alles zu. Laut Martha lief alles super, aber die Gute hat sich schon viel zu lange alles schöngeredet.«

»Wie meinen Sie das?«

Stanglberger hob den Kopf. »Hmmm ... verstehen Sie mich nicht falsch. Robert hat sich immer um das Haus und die Kinder gekümmert. Doch in meinen Augen wurde Martha immer mehr zur Nebendarstellerin in seinem Leben. Für ihn war sie gut genug, um die Wäsche zu machen oder für ihn zu kochen, aber die Flamme zwischen den beiden ist schon lange verloschen. Zumindest, wenn Sie mich fragen.«

Kaya Benaty nickte langsam. Steinerts Theorie mit der Affäre wurde immer wahrscheinlicher. Sie mussten unbedingt herausfinden, wo sich Dietrich aufhielt, wenn er vorgab, bei Georg Huber zu sein.

Als die beiden Frauen das Schloss erreichten, wurden sie bereits von Steinert mit hochrotem Kopf erwartet. Er warf Kaya einen bitterbösen Blick zu.

»Willst du mir verraten, was du da tust?«, keifte er sie an.

»Ich muss dann mal zurück an die Arbeit …«, erklärte Stanglberger peinlich berührt und verabschiedete sich von den beiden Polizeibeamten.

»Ich habe mit Marianne Stanglberger gesprochen und einige neue Informationen über das Opfer erhalten. Es hat sich ergeben, dass …«

»Es ist mir egal, was sich ergeben hat! *So* geht das nicht weiter.« Zähe Speichelfäden flogen aus Steinerts Mund und landeten auf der Brusttasche seines karierten Hemdes.

Die umstehenden Kollegen der Priener Polizei und die Schlossbesucher erstarrten zu Salzsäulen und verfolgten den Streit der beiden Ermittler mit neugierigen Augen und spitzen Ohren.

»Du glaubst wohl ernsthaft, du kannst mich sabotieren und vor der Chefin wie einen Vollidioten dastehen lassen! So eine dämliche Emanze wie du hat mir gerade noch gefehlt«, schnauzte der leicht untersetzte Mann. Seine dunklen Augen wurden zu hasserfüllten schwarzen Löchern. Er holte tief Luft, ehe er sich noch weiter in Rage redete.

»So eine wie du eignet sich für einen Job am Telefon oder in einem Modegeschäft, aber nicht für die Mordkommission. Was Wachtner in dir sieht, ist mir ein Rätsel, aber ich werde ihr deutlich zu verstehen geben, dass du in unserem Team nichts zu suchen hast!«

Kayas Mundwinkel sackten herab. In ihren Augen stand pure Fassungslosigkeit. Eine heiße Woge aus Hilflosigkeit und Verzweiflung durchflutete ihren Körper.

»Ist das dein Ernst?«, fragte sie, völlig perplex.

Sie rang nach Worten, begriff nicht, wie ihr gerade geschah. Was hatte sie denn nur getan, um ihren Kollegen derart zu reizen?

Steinerts Lippen verzogen sich zu einem dümmlichen Grinsen.

»Ich hätte nicht gedacht, dass ich dich mal sprachlos erleben würde, aber zur Abwechslung ist das auch mal sehr angenehm.«

Das darauffolgende Lachen dröhnte voller Hohn in Kayas Ohren. Einen Herzschlag später klatschte ihre Handfläche mit voller Wucht auf die Wange des älteren Kommissars. Ein unbedachter Moment. Dann folgte der Schock. Sowohl bei Kaya als auch bei Steinert und ihren Zuschauern. Wie konnte sie nur so die Kontrolle verlieren? Diese Nachlässigkeit würde ihre Karriere mit sofortiger Wirkung beenden. Dessen war sich Kaya Benaty sicher.

13. Juni 2023
17:24 Uhr

»Ich will auch mit dem Panda fahren, Papa!« Der kleine Junge hüpfte aufgeregt von einem Fuß auf den anderen und zeigte auf das Tretboot im Panda-Design. Der Vater lachte und umarmte seinen Sohn. »Das machen wir ein anderes Mal. Versprochen.«

Die Kommissarin lächelte schwach. An der Reling der Fähre standen einige Mädchen und tuschelten aufgeregt. Kaya begriff, dass sie einen jungen Mann anhimmelten, der einsam zwischen den Sitzbänken der Fähre saß. Sie fragte sich, ob sie ihn in diesem Alter wohl auch attraktiv gefunden hätte. Derweil rückte die Herreninsel hinter ihnen immer weiter in die Ferne. Steinert stand am Bug des Schiffes und war mit einem Priener Kollegen ins Gespräch vertieft.

Das war's, dachte Kaya finster. Sie war einem Kollegen gegenüber handgreiflich geworden. Eine Backpfeife war kein unbedeutendes Delikt. Sobald Steinert die Angelegenheit meldete, konnte sie sich für immer von ihrem Traumjob verabschieden. Er könnte sie sogar wegen Körperverletzung anzeigen. Wie konnte sie nur so dumm sein? Und seit wann war ihre Zündschnur dermaßen kurz?

Trotz des schönen Wetters wirkte der Priener Hafen trist und düster auf sie. Möglicherweise lag es auch an ihrer aktuellen Stimmung. Auch wenn sie diese Ermittlung vermutlich nicht beenden würde, wollte sie bis zur letzten Sekunde alles geben. Nach dem Gespräch mit Stanglberger war ihr eine Idee gekommen, die sie eigentlich mit Steinert teilen wollte, doch dann hatte sich alles anders entwickelt.

Sie zückte ihr Handy und betätigte eine der Kurzwahltasten.

»Möge die Macht mit dir sein, Prinzessin Benaty!«

Kayas Miene hellte sich augenblicklich auf.

Seit ihrem Wechsel zum K11 hatte sie nur noch selten mit *Korbiwan* zu tun. Sie stellte sich ihn in seiner dunklen Kammer in der Polizeidienststelle in München vor. Er nannte sie gerne »das Raumschiff«. Darin saß er, umgeben von zig flackernden Bildschirmen, während er Iron Maiden hörte und seine Finger wie ferngesteuert über die Tastatur flogen.

Das spärliche Bildschirmlicht schimmerte bläulich auf seiner blassen Haut. Fettiges blondes Haar fiel ihm glatt bis zum Brustbein herab, und die tief liegende Stirn kräuselte sich alle paar Minuten, wenn er konzentriert arbeitete. Dazu fuhr er sich durch den zotteligen Vollbart, sobald er angestrengt nachdachte. Korbinian Forgach gehörte zu den besten Computerspezialisten der Münchener Polizei. Und das trotz seines zarten Alters von fünfundzwanzig Jahren. Er selbst bezeichnete sich zwar als Hacker, doch da Kaya dieses Wort mit negativen Assoziationen verband, nannte sie ihn nur liebevoll ihren »Technikmagier«.

Den Spitznamen »Korbiwan« hatte er den Kollegen auf der Wache zu verdanken, weil er ständig Anspielungen auf die Star-Wars-Reihe benutzte. In der Vergangenheit hatte ihr der Hacker immer gute Dienste erwiesen, wenn sie bei der Organisierten Kriminalität einen illegalen Drogenring aushorchen oder Menschenhändler ausfindig machen wollten.

Korbiwan war ein wahrer Technik-Virtuose, er half Kaya sogar manchmal in privaten Dingen aus. Trotz ihrer gravierenden Unterschiede war in den letzten Jahren eine gute Freundschaft zwischen den beiden entstanden.

»Hast du einen guten Tag bei der Arbeit?«, wollte Kaya wissen. Ihr Blick wanderte über die malerische Kulisse des Chiemsees.

»Es ist viel zu tun. Mauler will, dass ich ein paar Dealer unter die Lupe nehme. Er möchte noch in der nächsten Woche einen größeren Coup landen.«

Beim Gedanken an ihre alte Einheit wurde Kaya schwer ums Herz. Bei der Organisierten Kriminalität hatte man sie geschätzt. Dort war sie ein wichtiges Mitglied gewesen. Die alte Mannschaft fühlte sich auch heute noch wie eine Familie für sie an. Da gab es gar keinen Vergleich zu starrsinnigen Machos wie Steinert.

»Oh, großer Korbiwan. Ich brauche deine Hilfe.«

Korbinian lachte. »Das ist ja mal etwas ganz Neues. Wann darf ich mit deinen weltberühmten Blaubeermuffins rechnen?«

Obwohl Kaya nur sehr wenig Geschick in der Küche besaß, brachte sie doch recht schmackhafte Muffins zustande.

»Sobald ich zurück in München bin«, versprach sie.

»Na, dann hoffe ich auf eine baldige Rückkehr vom Todesstern! Was soll ich tun? Soll ich mich mal wieder in die Grauzonen unseres Justizsystems begeben?«

»Nein, diesmal nicht. Eine ganz offizielle Anfrage. Es geht um ein Mordopfer. Ich muss wissen, was der Mann vor seinem Tod getan hat, auf welchen Webseiten er unterwegs war und mit wem er in Kontakt stand.«

Kaya wusste, dass der digitale Fingerabdruck heutzutage viel über einen Menschen verriet. In welchen sozialen Medien bewegte er sich? Was stellte er dort für Beiträge ein? Viele Menschen teilten heutzutage jedes Detail ihres Lebens auf Facebook oder Instagram. Über eine detaillierte Analyse von Dietrichs Online-Präsenz würde sie mehr über ihn als Mensch erfahren. Zumindest hoffte sie das.

Natürlich gab es heutzutage auch noch Personen, die das Internet mieden, aber dieser Anteil hielt sich sehr gering. Benaty war sich sicher, dass sie über Robert Dietrichs Spuren im Internet herausfinden würde, was den Mann heimlich umtrieb.

»Das klingt ja nicht sehr anspruchsvoll«, antwortete Korbiwan mit einem Anflug von Enttäuschung in der Stimme.

»Du würdest mir wirklich einen riesigen Gefallen tun!«

»Na gut! Was kannst du mir liefern?«

»Du bist der Beste!«, jauchzte Kaya voll Dankbarkeit.

»Das Opfer trug kein Handy bei sich. Vermutlich ist es vom Täter deaktiviert oder zerstört worden, aber ich werde morgen früh sofort einen Kollegen bei der Witwe des Opfers vorbeischicken. Er soll sämtliche technischen Geräte konfiszieren und sie dann auf direktem Wege zu dir ins Raumschiff bringen!«

»Das wird bestimmt ein Riesenspaß«, antwortete Korbiwan sarkastisch.

»Mit Sicherheit! Und die Blaubeermuffins schreibe ich ganz oben auf die Liste.«

14. Juni 2023
02:34 Uhr

Die Nacht war kühl. Fröstelnd schüttelte er sich. Irgendwo in der Ferne sang ein Rotkehlchen. Ansonsten war es auf der Straße mucksmäuschenstill, nicht einmal mehr Autos waren unterwegs. Seine vor Aufregung zitternden Finger fuhren an der sichelförmigen Narbe an seinem Hals entlang. Das taten sie immer, wenn er nervös war. *Eigentlich sollte ich gar nicht hier sein,* dachte er. Was, wenn ihn jemand sah? Noch schlimmer wäre, wenn ihn jemand erkannte. Trotzdem stand er nun hier, vor dem Gasthof, und starrte hoch zum Fenster der Ermittlerin. Sie suchte nach ihm, doch er hatte sie längst gefunden. *Kaya Benaty.* Wie ihn selbst verband auch die junge Kommissarin eine tragische Vergangenheit mit Prien am Chiemsee. Das hatte er im Internet recherchiert. Immerhin musste er wissen, mit wem er es im Fall der Fälle zu tun bekam. Tagsüber auf der Insel hatte er die Ermittler ganz genau unter die Lupe genommen und war sofort fasziniert von der elfenhaften Gestalt Benatys gewesen. Er stellte sich vor, wie ihr langes dunkelblondes Haar roch, das sie zu einem strengen Zopf geflochten trug. Ihre graugrünen Augen strotzten vor Selbstbewusstsein und ihr zauberhaftes Lächeln brachte sicherlich viele gestandene Männer um den Verstand. Die Kommissarin hatte ihn verzaubert. Was tat so ein zartes Wesen nur bei der Polizei? Er wollte sich mit ihr messen, sie testen. Sie verstand ihn noch nicht, und er konnte nicht zulassen, dass sie es irgendwann tat – in diesem Fall würde sie ihn mit Sicherheit zu fassen bekommen. Dabei war Dietrich erst der Anfang. Drei weitere sollten folgen. Und davon würde ihn niemand abbringen. Lange hatte er mit sich gehadert, doch jetzt war der Anfang getan. Er musste es nur noch zu Ende bringen.

Als im Zimmer der Kommissarin das Licht anging, zuckte er panisch zusammen. Ahnte sie, dass er sie den ganzen Tag über beobachtet hatte? Sogar die Ohrfeige, die sie dem anderen fetten Bullenschwein verpasste, hatte er mitbekommen und sich köstlich dabei amüsiert. Nein, das konnte nicht sein. Auf der Herreninsel hatte er sich innerhalb einer Touristengruppe versteckt und auf dem Schiff genug Abstand von ihr gehalten.

Die Kommissarin streifte durchs Zimmer. Ihre Silhouette tänzelte hinter dem hellen Vorhang auf und ab. Ob sie wohl auch ein Nachtmensch war wie er? Wie Ludwig, der nachts allein durch seine Schlösser streifte?

Wenn sie ihm zu nahe kam, müsste er sie ausschalten. Sein Plan duldete keine weiteren Hürden. Der Gedanke stimmte ihn fast traurig.

Hoch über ihm erlosch das Licht. Kaya Benaty hatte sich wieder ins Bett gelegt.

Bevor sie erwacht war, hatte er sie schreien hören. Auch er schrie manchmal bei den schrecklichen Bildern, die ihn bis in seine Träume verfolgten. Dann sah er die engelsblonden Locken seiner Schwester, Ludwigs strafenden Blick und das ausgemergelte Gesicht seiner Mutter kurz vor ihrem Tod. Allein der Gedanke daran brachte sein Blut in Wallung.

»Ich werde dich weiterhin beobachten, Kaya Benaty«, hauchte er. Doch zuerst würde er sich sein nächstes Opfer vornehmen. Das zweite von vier. Und danach würde das Feuer der Hölle über das beschauliche Prien hereinbrechen.

14. Juni 2023
18:20 Uhr

Mit einem Strauß Blumen und einer Flasche Pinot Gris in den Händen schob sich Kaya Benaty durch Silkes Wohnungstür. Der Himmel hinter ihr war tiefschwarz verhangen. Eine feuchtheiße Schwüle erfüllte die Luft. Das Sommergewitter hatte sich schon den ganzen Tag über angekündigt. Kaya, die ihre Haare an diesem Abend offen trug und sogar Lippenstift aufgetragen hatte, begrüßte Silke mit einer innigen Umarmung. Die Gastgeberin trug ein luftiges Kleid mit Blumenmuster, das perfekt zu ihrer feurigen Haarfarbe passte. Kaya hingegen hatte sich für eine weiße Bluse und eine Bluejeans entschieden. Ein gemütlicher Abend in guter Gesellschaft war genau das, was sie nach diesem Tag brauchte.

Die Ermittlungen gerieten langsam ins Stocken. Am dritten Tag nach Robert Dietrichs Tod gab es so gut wie keine neuen Erkenntnisse. Wie mit Korbinian verabredet, hatte Kaya in Rücksprache mit Wachtner und der Staatsanwaltschaft sämtliche technischen Geräte der Dietrichs beschlagnahmen lassen. Im Zuge dessen berichtete Martha Dietrich, dass ihr Mann zwar öfter Angelzubehör oder Filmkassetten im Internet bestellt, aber den Laptop ansonsten nur selten benutzt hatte. Neben den angeforderten Rundfunkdaten von Robert Dietrichs verschwundenem Handy wollte sich Korbiwan mit den Internetverläufen, Kontobewegungen und dem E-Mail-Verkehr des Opfers beschäftigen. Diese Arbeit würde zwar etwas Zeit in Anspruch nehmen, aber Kaya war bereit, sie ihrem guten Freund einzuräumen. Sie erhoffte sich viel von Korbinians Entdeckungen.

Wachtners Laune verschlechterte sich von Tag zu Tag, und die junge Kommissarin war froh, außer Reichweite der Chefin zu sein. Zu ihrer Überraschung war sie von der Kommissariatsleiterin noch nicht zu einem Einzelgespräch gebeten worden. Sie fragte sich, ob Steinert dichtgehalten hatte. Für sie ergab das allerdings keinen Sinn. Wenn Steinert ihr eins reinwürgen wollte, war das die beste Gelegenheit dazu. Noch einmal würde sie solch einen schwerwiegenden Fehler nicht begehen.

Die beiden Kommissare gingen sich gezielt aus dem Weg und sprachen nur das Nötigste miteinander. Nach der ereignislosen Dienstbesprechung am Vormittag waren sie wieder auf die Herreninsel gefahren. Inzwischen waren alle Mitarbeiter des Schlosses verhört worden. Die meisten zeichneten ein eigenbrötlerisches Bild von Dietrich. Selbst seine engsten Kollegen in der Gärtnerei beschrieben ihn als unnahbar und unzugänglich. Kaya hoffte wirklich auf Korbiwans Ergebnisse. Sie musste nachvollziehen können, wo sich Dietrich herumtrieb, wenn er weder zu Hause noch bei seinem Freund Georg Huber war.

Silke bedankte sich für die Mitbringsel und stellte die Flasche Weißwein sofort kühl. Die bunten Tulpen landeten in einer kunstvollen Keramikvase.

Ein fröhlich lachendes Mädchen mit brünetten Haaren und den marineblauen Augen ihrer Mutter strahlte Kaya aus unterschiedlichen Winkeln der Wohnung an. Verschiedene Motive zeigten das Kind auf dem Spielplatz, auf einem Schiff oder gemeinsam mit Silkes Eltern auf einer grünen Wiese.

»Sie sieht dir sehr ähnlich«, stellte Kaya fest und nahm eines der gerahmten Bilder in die Hand.

»Bis auf die Haare. Die hat sie von ihrem Vater ...«, antwortete Silke bedächtig.

Ohne einen weiteren Kommentar führte sie Kaya in eine

geräumige Küche. Dort erwartete sie ein prachtvoll gedeckter Esstisch mit weißen Porzellantellern und glänzendem Silbergeschirr. Es duftete herrlich nach Knoblauch und Rosmarin, sodass Kaya umgehend das Wasser im Mund zusammenlief.

»Silke, das riecht ja einfach köstlich!«

»Es gibt Gänsebrust mit Rosmarinkartoffeln, dazu mit Knoblauchbutter beträufeltes Gartengemüse.«

»Seit wann bist du denn zur Sterneköchin mutiert?«, fragte Kaya schalkhaft.

»Als alleinerziehende Mutter muss man sich so einiges aneignen.« Silke grinste verlegen. Sie fühlten sich beide sofort in ihre Jugend zurückversetzt. Es war ein seltsames Phänomen, doch trotz der vielen Jahre, die seither verstrichen waren, und der zahlreichen einschneidenden Erlebnisse wurde Kaya in Silkes Gesellschaft wieder zu der quirligen 15-Jährigen von damals.

Das Essen sorgte bei Kaya für eine Geschmacksexplosion der besonderen Art. Silke schwor, das Gemüse auf ihrem Balkon angebaut zu haben und dass die Gans frisch vom Chiemsee stammte. In Erinnerungen schwelgend, lachten und tranken sie. »Ich habe dich sehr vermisst. Es hat wehgetan, als du damals so einfach gegangen bist«, beteuerte Silke, als sie bei der zweiten Flasche Wein angelangt waren.

Kaya schluckte schwer. »Ich habe euch auch vermisst. Conny, du und ich, wir waren schließlich die drei legendären Amigas! Ein unzertrennliches Trio.«

Silke entfuhr ein lautes Grunzen. »Ach, wusstest du eigentlich, dass Conny nach Australien ausgewandert ist? Das stelle ich mir wahnsinnig aufregend vor. Sie arbeitet dort als Tierärztin.«

Kaya schüttelte den Kopf. »Nein, das war mir neu. Aber Conny war damals schon äußerst abenteuerlustig. Es wundert mich nicht wirklich, dass sie diesen Weg eingeschlagen hat.«

Eine angenehme Stille legte sich über die beiden.

»Bist du eigentlich wegen *ihm* zur Polizei gegangen?«, fragte Silke schließlich.

Kayas Miene gefror.

»Na ja … ich meine … es war doch immer *sein* Traum, Polizist zu werden«, schob Silke schnell nach.

Kaya ließ sich Zeit mit der Antwort und wählte ihre Worte mit Bedacht.

»Am Ende gab es viele Gründe für meinen Entschluss, nach München zu ziehen und Polizistin zu werden. Aber *er* war definitiv einer davon.«

Silke nickte nur.

»Ich hatte damals auch etwas für ihn übrig. Also … falls du es noch nicht wusstest. Alle Mädchen aus unserer Stufe hatten das … Das wollte ich dir immer schon erzählen, habe mich aber nie getraut.« Silke atmete erleichtert aus. »Jetzt ist es raus.«

Kaya starrte ihre ehemalige beste Freundin völlig perplex an und schwieg.

»Ich weiß, du willst damit nichts mehr zu tun haben, und ich möchte auch keine alten Wunden aufreißen. Das musst du mir wirklich glauben!« Silkes tiefblaue Augen sahen die Kommissarin eindringlich an.

»Aber hast du nie darüber nachgedacht, Johannes' Fall neu aufzurollen? Die örtliche Polizei hat es als Selbstmord abgestempelt, aber das hat doch nie jemand geglaubt. Ich bin fest davon überzeugt, dass Johannes nicht allein auf dem Dach dieses Parkhauses war …«

Silke Ruland kniff die Augen zusammen. Kaya senkte den Blick. Bauchige Tränen zogen ihre Bahnen über die Wangen der Kommissarin. Sie unterdrückte einen lauten Schluchzer.

»Ich habe in dieser Zeit an nichts anderes gedacht, Silke! Seit Johannes' Tod habe ich keinen Mann mehr so wirklich an mich herangelassen. Ich war unsterblich in ihn verliebt, und als er gestorben ist, ist auch ein Teil von mir mit ihm gegangen. Ich musste weg aus Prien. Ansonsten wäre ich zugrunde gegangen. Du kannst dir nicht vorstellen, in was für ein Loch ich nach seinem Tod gefallen bin. Und die zuständigen Beamten stempelten es einfach als Selbstmord ab. Schließlich bin ich zur Polizei gegangen, weil ich keinen anderen Ausweg sah und selbst in diesem Fall recherchieren wollte. Als ich dann allerdings in München war, konnte ich endlich wieder durchatmen. Prien wirkte so fern. Wie in einem anderen Leben. Ich konnte mich neu erfinden, ohne ständig an diese schmerzhaft Zeit erinnert zu werden. Bis vor zwei Tagen habe ich nie wieder einen Fuß nach Prien gesetzt …« Kaya versagte die Stimme.

»Es tut mir so leid. Ich … ähm … wollte … keine alten Wunden aufreißen«, stotterte Silke betroffen.

Der kurze Ausflug in die Vergangenheit und der Alkohol waren eine gefährliche Mischung, die Kayas Dämme endgültig brechen ließen.

Silke schlang ihre schlanken Arme um ihre Freundin und drückte sie fest an sich, während sich Kaya ihren Schluchzern hingab.

Als die Tränen endlich abebbten, löste sich Kaya langsam aus der Umarmung. »Das hat gutgetan«, krächzte sie.

»Du kannst heute gerne bei mir übernachten, wenn du nicht allein sein willst«, bot Silke an.

Kaya winkte ab. »Nein, ist schon in Ordnung. Ich muss heute noch zurück in den Gasthof. Morgen wird wieder ein anstrengender Tag.«

»Gibt es schon Neuigkeiten bezüglich Roberts Tod? Läuft dort draußen wirklich ein Mörder durch Prien?«

Kaya zuckte die Achseln. »Ich darf nicht über aktuelle Ermittlungen sprechen, aber es könnte besser laufen.«

Silke umklammerte ihr Weinglas so fest, dass die Haut um ihre Fingerknöchel weiß wurde.

»Unvorstellbar … Robert hat mich immer so nett gegrüßt. Er hat sogar angeboten, auf Sara aufzupassen, wenn ich keine Kinderbetreuung organisieren könnte und sie mit zur Insel nehmen müsste. Dazu ist es aber nie gekommen ... Wieso hat man ihm das nur angetan, Kaya?«

»Das versuche ich herauszufinden«, erwiderte die Kommissarin und wurde ernst.

»Wirst du Prien wieder verlassen, wenn ihr den Fall aufgeklärt habt?«

Kaya nickte. »Mein Lebensmittelpunkt ist und bleibt München. Hier hält mich nichts.«

»Das stimmt nicht. Und das weißt du genau ...« Silke tätschelte zärtlich ihre Hand.

Die beiden Frauen sprachen noch eine Weile über Silkes Leben. Kaya erfuhr, dass Silkes Eltern sich ebenfalls scheiden ließen. Das Ganze hinterließ einen bitteren Geschmack auf ihrer Zunge. Sie fragte sich, ob es noch Beziehungen gab, die ein Leben lang hielten.

Um 23:00 Uhr verabschiedete sich Kaya schließlich. Sie lief zu Fuß zum Gasthof zurück. Dabei schlug sie einen Umweg ein, um den Kopf freizubekommen. Nach dem aufwühlenden Abend tat die frische Luft gut. Sie sortierte ihre Gedanken neu und kehrte schließlich zurück in die Pension, wo sie sofort ins Bett fiel und in einen traumlosen Schlaf glitt. Es war die erste Nacht seit Tagen, in der Johannes sie nicht aufsuchte.

15. Juni 2023
08:11 Uhr

Ein weiterer sonniger Junitag schickte seine Vorboten voraus. Harald Meusch genoss die zarten Sonnenstrahlen auf seiner Haut. Über ihm glänzte ein wolkenfreier Himmel in tiefem Blau. Am liebsten wäre Harald an so einem wundervollen Tag mit seiner Frau Renate und Tochter Annika in die Berge gefahren. Das machten sie oft an Wochenenden, wenn das Wetter mitspielte, doch an diesem Mittwoch musste Meusch arbeiten. Und mit seinem Arbeitsplatz hätte er es wahrlich schlechter treffen können.

Bevor der große Ansturm von Touristen eintraf, war es morgens auf der Herreninsel einfach traumhaft. Die ersten Besucher drängten sich zwar bereits in das Schloss, doch außerhalb rührte sich keine Menschenseele. Harald erst seit wenigen Jahren Kutscher auf der Insel. Die Bezahlung war schlecht, doch das Trinkgeld fiel zumeist großzügig aus. Falls es denn eines gab.

Jeden Morgen vor Arbeitsbeginn genoss Meusch einen ausgiebigen Spaziergang auf der Insel. Dabei lief er vom Steg aus über die Gärtnerei, durchquerte den künstlich angelegten Laubmischwald und folgte dem sieben Kilometer langen Rundweg bis zum Kutschenplatz unterhalb des Chorherrenstifts zurück.

Auf Höhe der alten Ökonomie hielt er einen Moment inne und stapfte leichtfüßig zum Ufer. Versonnen betrachtete er die Ausläufer sanfter Wellen, die das Schilf hin- und herwiegten.

Ein leichter Wind wehte ihm feuchte Luft in die Haare.

Meusch grinste zufrieden. Er arbeitete dort, wo andere Urlaub machten.

Die zarte Brise trug die Streitereien einiger Möwen an sein Ohr heran. Gut eine Handvoll der Vögel hatten sich unweit versammelt und pickten auf etwas auf dem Waldboden herum.

Harald Meusch näherte sich den Tieren vorsichtig.

Der darauffolgende Anblick war das Abscheulichste, das der Kutscher je zu Gesicht bekam. Das Bild brannte sich für immer in seine Netzhaut. Mit vorgehaltener Hand wich er zurück und übergab sich mitten ins Schilf. Ekel stieg in ihm auf, als er die Überreste seines Frühstücks betrachtete. Dann zückte er sein Handy und wählte den Notruf.

15 Juni 2023
10:05 Uhr

Bleischwer lastete die Müdigkeit auf Kayas Lidern. Für ihre Verhältnisse hatte sie eine ruhige Nacht hinter sich, doch es war ihr überaus schwergefallen, an diesem Morgen aus dem Bett zu kommen. Steinert hatte sie schließlich mit energischem Hämmern aus den Federn getrieben. Seine lauten Rufe hatten sie völlig schlaftrunken hochschrecken lassen. Trotz des dritten Kaffees war sie immer noch schläfrig.

Für Kaya Benaty fühlte es sich wie ein Déjà-vu an, eine Zeitschleife, deren Grausamkeit kein Ende fand. Während sie sich den weißen Schutzanzug und die sterilen Handschuhe überzog, sah sie in die betroffenen Gesichter der uniformierten Beamten. Zwei bullige Polizisten lehnten rauchend an einem Ahornbaum. Ihre Mienen spiegelten pures Entsetzen wider.

Um die Leiche herum standen mehrere Personen in Overalls. Unter anderem Steinert und Joachim Loserth, der Leiter der Dienststelle in Prien. Er war ein gemütlicher Bayer Ende vierzig und hatte sein gesamtes Leben hier verbracht. Die Morde, die es während seiner Dienstzeit in dem kleinen Ort gegeben hatte, konnte man an einer Hand abzählen. Die meisten davon waren Beziehungstaten gewesen, bei denen der Täter sofort geständig war. Kaya passierte die beiden mit einem knappen Kopfnicken. *Wieso ausgerechnet er?*, schoss es ihr beim Anblick des Toten durch den Kopf.

Er lag auf dem Rücken, genau wie Dietrich. Beinahe hätte man glauben können, dass er fest schliefe. Zumindest bis man die blutgetränkten Haarstoppel auf seinem Haupt entdeckte. Die Hinterseite seines Kopfes war vollkommen zertrümmert. Eine blutige breiige Masse trat aus dem Kopf aus und versickerte dunkelrot im darunterliegenden Erdboden. Hier war definitiv mehr Gewalt im Spiel als bei Dietrich.

Kaya atmete schwer aus. Die weit aufgerissenen Augen des Opfers quollen stark hervor. Auch dieser Leichnam war splitterfasernackt. Er musste einen entsetzlichen Todeskampf erlebt haben. Die Ermittlerin ging direkt neben der Leiche auf die Knie. Die bläulichen Lippen waren zu einem stillen Schrei geformt.

»I konn des ned fassn. Was fia a kranker Kopf macht denn so was?«, sagte Loserth kopfschüttelnd.

Kaya Benaty kannte das Opfer, Heinrich Wolf, noch von früher. Seine Nichte Stefanie war zusammen mit ihr im Abiturjahrgang gewesen. Früher war er ein Mitglied des Marktgemeinderates gewesen. Im Ort war er jedoch hauptsächlich für seine Rolle als Dienststellenleiter der Polizei Prien bekannt, die er viele Jahrzehnte ausgefüllt hatte. Nach Johannes' Tod hatte Kaya ihn mehrere Male kontaktiert und angefleht, den Tod ihrer großen Liebe genauer zu untersuchen. Wolfs Antwort war harsch ausgefallen. »Es tut mir leid, aber dass es sich hier um einen Suizid handelt, ist nicht von der Hand zu weisen«, hatte er ihr damals wiederholt gesagt. Die verrauchte Stimme klang noch immer in ihren Ohren. Sie hatte es ihm nie verziehen, dass er die Untersuchungen nicht auf einen möglichen Mord ausgeweitet hatte.

»Der hod ... hod sein Kopf ... oafach so zu Matsch verarbat«, stammelte Loserth, der Wolfs direkter Nachfolger war. Steinert legte dem Mann mitfühlend eine Hand auf die Schulter und zog ihn beiseite.

Während die Spurensicherung den Toten ablichtete, wanderte Kayas forschender Blick weiter. Wolfs Finger umklammerten ein weißes Kuvert. Auf dem dünnen Papier waren blutige Abdrücke zu erkennen. Unter den Fingernägeln

Wolfs entdeckte sie schwarze Fasern. Vielleicht stammen diese von der Kleidung des Mörders, dachte sie.

»Eine weitere Botschaft des Mörders«, sagte Kaya. Am liebsten hätte sie den Briefumschlag aus dem starren Griff des Toten gerissen, doch das war Aufgabe der Spurentechniker. Sie würde die Botschaft des Mörders früh genug zu lesen bekommen.

»Unser Mörder ist eiskalt.« Wachtners Stimme ließ Kaya aufhorchen.

Die Kommissariatsleiterin schien in wenigen Tagen um Jahre gealtert. Ihr Gesicht wirkte blutleer und ihre Figur magerer als sonst. Ihre schlanke Gestalt steckte ebenfalls in einem weißen Overall. Nachdem sie nach Dietrichs Tod noch am Abend zurück nach München gefahren war, musste sie in den frühen Morgenstunden wieder angereist sein.

»So kann das nicht weitergehen. Bald wird uns das BKA den Fall vor der Nase wegschnappen«, gab sie zu bedenken.

Kaya runzelte skeptisch die Stirn.

»Es gibt noch keine Beweise dafür, dass die beiden Morde zusammenhängen.«

Wachtner lachte trocken.

»Denken Sie das *wirklich,* Benaty?«

Die junge Kommissarin schüttelte den Kopf. Es war höchst unwahrscheinlich, dass zwei identische Morde so kurz aufeinanderfolgend am gleichen Ort geschahen und nichts miteinander zu tun hatten. Der Modus Operandi des Täters wies eindeutige Parallelen zu dem Mord an Dietrich auf.

Auf wackligen Beinen entfernte sich Benaty von der Leiche. In ihr stiegen Zweifel auf. War sie wirklich für diesen Beruf geschaffen? In der Einheit »Organisierte Kriminalität« war es ihr doch gut gegangen. Zwei bestialische Morde in so kurzer Zeit. Das machte ihr schwer zu schaffen. Außerdem griffen die knochigen Finger der Vergangenheit nach ihr. Übelkeit stieg in ihr auf, während sie sich abseits des Geschehens am Seeufer niederließ. Kayas Sinne spielten verrückt und täuschten den Geruch von Verwesung vor; ihre Gliedmaßen begannen unkontrolliert zu zittern. In den letzten Tagen waren die Emotionen wie Pistolenkugeln auf sie eingeprasselt. Sie benötigte dringend eine Schutzweste, sonst würde sie die Sache nicht heil überstehen.

Mit ausdrucksloser Miene starrte sie auf die glitzernde Oberfläche des Chiemsees und schlang die Arme eng um die Knie. Die Arbeit wurde ihr zu viel. *Nein, die Welt wurde ihr zu viel.*

Die Insel des Todes hatte sie verschluckt und machte keine Anstalten, sie je wieder auszuspucken.

Plötzlich setzte sich Wachtner neben sie.

»Ich kann verstehen, dass das alles etwas viel für Sie ist. Aber ich brauche Sie, Benaty.«

Wachtner legte einen Arm um Kayas Schulter.

»Wir Frauen müssen uns in diesem Beruf hartnäckig durchbeißen. Und mir ist durchaus bewusst, dass das weiß Gott nicht einfach ist.«

Die Kommissariatsleiterin blickte eine Weile gedankenverloren auf den Chiemsee.

»Loserth hat mir von der Geschichte mit Steinert erzählt ...«

Kaya sah ihre Chefin ungläubig an. »Sie *wissen* davon?«

»Aber natürlich. Sämtliche Priener Kollegen haben die Auseinandersetzung hautnah mitbekommen.«

Der Puls der jungen Ermittlerin pochte heftig in ihren Ohren. »Wieso haben Sie nichts gesagt? Müsste ich nicht vom Dienst suspendiert werden?«

Wachtner deutete ein Lächeln an. »Steinert hat den Vorfall nicht gemeldet. Offiziell weiß ich also nichts davon.«

Kaya fiel ein Stein vom Herzen, und sie grinste erleichtert. Es war, als würde eine zentnerschwere Last von ihren Schultern fallen. In den vergangenen Stunden hatte sie jederzeit mit einer Suspendierung gerechnet. Einen Kollegen körperlich anzugehen brachte im Polizeidienst oft schlimme Folgen mit sich. Umso befreiter fühlte sie sich jetzt.

»Steinert ist ein guter Polizist, aber er ist auch ein festgefahrener Dickkopf. Und er kann ein ziemliches Arschloch sein ...«, setzte Wachtner an, »... aber erzählen Sie ihm nicht, dass ich das gesagt habe.«

Kaya legte ihr Kinn auf die Knie und schmunzelte.

»Steinert hat ein viel zu großes Ego, um den Vorfall publik zu machen. Was glauben Sie denn, wie die Kollegen auf dem Präsidium reagieren würden? Wenn Sie diese Ermittlung mit Steinert überstehen, dann weiß ich, dass Sie für das Schlimmste da draußen gewappnet sind. Ich möchte Sie nicht vergraulen, Benaty. Ganz im Gegenteil. Ich halte viel von Ihnen.«

Verlegen blickte die junge Kommissarin zur Fraueninsel. »Danke. Das bedeutet mir wirklich viel.«

»Die ermordete Prostituierte vom Isartor beansprucht in München sämtliche Kapazitäten. Miller und Unterschlesinger unterstützen als Springer in beiden Fällen. Vor Ort kann ich zurzeit nicht mehr Kollegen als Steinert und Sie entbehren. Umso mehr setze ich darauf, dass *Sie* diesen Fall schnell lösen.«

Sie schwiegen eine Weile. Wachtner beendete den ruhigen Moment, indem sie sich erhob.

»Loserth nimmt diesen Mord persönlich. Wolf hat ihn ausgebildet und als seinen Nachfolger auserwählt. Er möchte die Geschwister und deren Familien höchstpersönlich über den Mord unterrichten. Wir halten uns in dieser Sache zurück, ermitteln aber natürlich trotzdem weiter und führen die Befragungen durch.«

»War Wolf alleinstehend? Hatte er Kinder?«, wollte Kaya wissen.

»Er war mit seinem Beruf verheiratet. Kinder oder eine Partnerin gibt es nicht ...«, erklärte Wachtner freudlos. Kaya nickte. »Er hat eine Nichte. Ihr Name ist Stefanie. Sie war in meinem Jahrgang und kann uns vielleicht mehr über Wolf erzählen.«

Wachtners Miene wurde nachdenklich. Die beiden Frauen saßen eine Weile schweigend am Ufer und blickten auf den Chiemsee. Kaya dachte an Wolf. Sie wollte sich kein Urteil über den ehemaligen Polizeichef erlauben, fand es aber immer wieder traurig, wenn ältere Menschen vereinsamt starben. In der Gemeinde war er ein geschätztes Mitglied, aber was hinterließ Wolf wirklich? Und was würde sie hinterlassen, wenn sie diese Welt eines Tages verließ? Den Fokus auf ihre Karriere zu legen erschien ihr bisher richtig. Doch plötzlich stellte sie alles infrage.

»Wie geht es jetzt weiter, Benaty? Was gedenken Sie als Nächstes zu tun?«

Kaya legte den Kopf schräg. »Die Verbindung der beiden Opfer ist der Schlüssel, um dieses Rätsel zu lösen«, flüsterte sie.

Wachtner nickte erneut. »Ich warte noch auf die Ergebnisse der IT-Forensik. Hoffentlich können wir dadurch Rückschlüsse auf Dietrichs Aktivitäten ziehen. Außerdem müssen wir Wolfs letzte Stunden rekonstruieren«, erklärte Kaya.

»Wolf lebte allein in einem großen Haus im Westen Priens. Das hat mir Loserth erzählt. Sie standen immer noch in gutem Kontakt zueinander.«

Kaya richtete sich auf und spannte ihre Schultern selbstbewusst an.

»Ich möchte mir selbst ein Bild von den Wohnverhältnissen unseres zweiten Opfers machen.«

15. Juni 2023
13:40 Uhr

Ein Möhrenstück krachte zwischen Kayas Zähnen. Steinert saß schweigend am Steuer. Aus dem Radio erklang die Pressekonferenz der Polizei Prien.

»... aus ermittlungstaktischen Gründen legen wir die Identität des Ermordeten offen. Es handelt sich um den 73-jährigen pensionierten Polizeibeamten Heinrich Wolf. Zum aktuellen Zeitpunkt können wir noch nichts Näheres zum Tathergang erläutern. Fest steht jedoch, dass die Leiche des Seniors auf der Herreninsel gefunden wurde«, schallte Tino Seiferts verzerrte Stimme durch den Innenraum des Kombis. Steinert fletschte die Zähne. Die Pressemitteilung schien ihm zu missfallen, doch Kaya ignorierte ihren übelgelaunten Kollegen.

Mittlerweile gab es mehrere Pressemitteilungen im Internet sowie unzählige Schlagzeilen zu den beiden Morden. Die lokalen Zeitungen betitelten den Mörder bereits als »Schrecken des Chiemsees«.

Kaya fühlte sich unter Druck gesetzt. Ihr Bauchgefühl verriet ihr, dass Wolf nicht das letzte Opfer dieser Mordserie sein würde.

Steinert lenkte den Wagen in Wolfs Einfahrt. Das Haus des pensionierten Polizisten besaß einen unverbaubaren Blick auf den Chiemsee. Hier wirkte alles so friedlich. Kaya konnte sich gut vorstellen, dass man hier seinen Ruhestand genießen konnte. Wie oft Wolf wohl von seiner Terrasse aus auf den Ort seines Ablebens geblickt haben musste, ging es ihr durch den Kopf.

Insgesamt wirkte es abgeschieden, aber idyllisch.

Die Bauart entsprach dem toskanischen Stil. Der mediterrane Charme des abgeflachten Hauses mit seinen terrakottafarbenen Mauern und weißen Säulen vermittelte Kaya einen Hauch von Urlaub.

Wenige Minuten später traf der Mann vom Schlüsseldienst ein, der ihnen die Haustür ordnungsgemäß öffnete.

Innerhalb des Gebäudes erwartete sie eine geräumige Eingangshalle, die einer Galerie glich. Gemälde von Feigenbäumen und weiten Rasenflächen hingen in majestätischen goldenen Rahmen an der Wand. Lebensgroße Statuen aus weißem Marmor zeugten von einem guten Auge für Kunst. Oberhalb des Eingangsbereichs thronte ein eindrucksvoller vergoldeter Kronleuchter.

»Ich gehe nach oben«, verkündete Steinert.

Kaya blieb zunächst im Erdgeschoss. Im Wohnzimmer entdeckte sie ein imposantes Bücherregal aus massiver Eiche.

Sie nahm sich ein Buch heraus und blätterte ein wenig darin. Der Inhalt entsprach dem Titel »Von Kanzlern und Präsidenten«.

Indessen arbeitete sich Steinert oben von einem Zimmer zum nächsten.

Voller Faszination betrachtete Kaya einen Schaukasten, in dem sich Wolfs Auszeichnungen befanden. Mehrere Orden, Verbandsabzeichen und goldene Spangen deuteten darauf hin, dass sich Wolf viele Verdienste erworben hatte. Kein Wunder, dass Loserth so betroffen vom Ableben seines ehemaligen Chefs war. Kaya ging weiter in die geräumige, lichtdurchflutete Küche, von der aus man in den Garten sah. Dahinter begannen die Ausläufer des Chiemsees.

An der Wand hing ein selbst gemachter Küchenkalender. Er zeigte zwei Kinder mit dunklen Locken. Kaya fragte sich, ob dies möglicherweise Stefanies Kinder waren. Sie hatten schon in der Abiturklasse kaum etwas miteinander zu tun gehabt und sich folglich nach dem Schulabschluss komplett aus den Augen verloren. Die Bewegung vor dem Fenster bemerkte sie erst, als sie sich wieder in Richtung des Gartens drehte.

Kaya entfuhr ein panischer Schrei.

Die tief liegenden dunklen Augen Ludwigs II. starrten sie ausdruckslos an. Seine Lippen kräuselten sich zu einem verzückten Lächeln. Die buschigen Augen warfen einen finsteren Schatten auf die blasse Haut. Ihr gefror das Blut in den Adern. Der tote Märchenkönig hatte sie gefunden.

15. Juni 2023
13:55 Uhr

Der falsche Ludwig musterte sie mit schief gelegtem Kopf. Kaya war in eine Schockstarre verfallen. In ihren Ohren dröhnte das unrhythmische Trommeln ihres Herzens. Nur von der Scheibe des Küchenfensters getrennt, betrachteten sie einander. Sofort wurde der Kommissarin klar, dass *er* derjenige sein musste, den sie seit Tagen suchte. Schnell erkannte sie, dass es sich beim Antlitz des Mondkönigs nur um eine Maske handelte, unter der sie zwei pechschwarze Augen anstarrten. Sie konnte nichts gegen die Paralyse ausrichten, sosehr sie es auch wollte. Ehe ihre Gliedmaßen auf den Impuls aus ihrem Gehirn reagierten, wandte sich der falsche Ludwig ab und sprintete in den Garten. Ein elektrischer Impuls durchfuhr Kayas Körper.

Der ahnungslose Steinert rief etwas aus dem Obergeschoss, doch Kaya blendete ihn vollständig aus. Für sie gab es nur noch den Mörder, an dessen Fersen sie sich heftete. Es war eine klare Provokation, dass sich der Mörder mit der Maske Ludwigs am Haus seines jüngsten Opfers herumtrieb. Kaya fühlte sich verhöhnt und wollte diese Schmach nicht so einfach auf sich sitzen lassen. So schnell sie konnte, stürmte sie durch das üppig bestückte Wohnzimmer in den Garten.

Schlussendlich waren ihre Bemühungen vergeblich. Just in dem Augenblick, als sie die Rasenfläche betrat, verschwand der drahtige Mann mit der Maske im Gestrüpp. Schwer schnaufend, erreichte Kaya das Unterholz, doch von ihrem stillen Beobachter gab es keine Spur.

»Verdammter Mist«, fluchte die Ermittlerin und trat wütend in die Luft.

15. Juni 2023
14:20 Uhr

Ein uniformierter Kollege reichte Kaya eine Thermoskanne mit Kamillentee. Sie sog den beruhigenden Duft tief ein, umklammerte den silbernen Behälter fest mit ihren Händen, während sie auf den Treppen vor Wolfs Haus hockte. Der Schock saß noch immer tief. Im Garten liefen mehrere Beamte aufgeregt umher.

Ein silberner Combi raste die Einfahrt herunter und kam mit quietschenden Reifen zum Stehen. Loserth stellte gerade den Motor ab, als Wachtner die Beifahrertür zuknallte und mit großen Schritten auf Kaya Benaty zukam.

»Wo ist er?«

Kaya wusste zunächst nicht, ob sie Steinert oder den Mann mit der Maske meinte. Vermutlich beide.

Genau in diesem Moment stieß Steinert zu ihnen. Sein Atem rasselte, und er hielt sich die Seite.

»Keine Spur ...«, Kayas Partner holte tief Luft, »... von diesem Verrückten.«

»Das war mit Sicherheit unser Mörder.« Die Kommissariatsleiterin wandte sich mit geweiteten Augen an Kaya.

»Was hat er getan, Benaty? In welche Richtung ist er geflüchtet?«

Kaya berichtete Wachtner wahrheitsgemäß, dass der Fremde mit der Ludwig-Maske vor dem Küchenfenster des Opfers gestanden und sie angestarrt hatte. Noch ehe Steinert die Treppen aus dem Obergeschoss herunterpolterte, war ihr stiller Beobachter jedoch im Gestrüpp des Gartens verschwunden.

Die junge Kommissarin ärgerte sich selbst über ihre Reaktion. Sie hätte schneller handeln müssen.

»Das ist gut«, setzte Wachtner an. »Der Mörder wird unvorsichtig. Und er scheint uns zu beobachten.«

»Ja und trotzdem hams'n ned gfasst«, merkte Loserth spitz an.

»Irgendwelche weiteren Erkenntnisse aus Wolfs Haus?«, wollte Wachtner wissen, Loserths Worte ignorierend.

»In seinem Arbeitszimmer habe ich eine Menge alter Zeitungen gefunden. Hauptsächlich Berichte über Fälle der Priener Polizei. Da könnte etwas Interessantes dabei sein. Ich glaube, Wolf hat an irgendetwas gearbeitet.«

Wachtner und Loserth runzelten zeitgleich die Stirn.

»Steinert, Sie bleiben mit den Kollegen vor Ort und beaufsichtigen die Spurensicherung. Vielleicht hat der Mörder uns einen Hinweis hinterlassen.« Mit prüfendem Blick musterte Wachtner Kaya. »Benaty, sie fahren mit uns zurück auf die Dienststelle. Wir beschäftigen uns mit der Nachricht von unserem Ludwig-Nachahmer.«

»Ich kann auch gerne hierbleiben. Ich habe mich nur erschrocken ...«, rechtfertigte sich Kaya.

Wachtner schenkte ihr einen gutmütigen Blick.

»Keine Widerrede.«

15. Juni 2023
15:04 Uhr

Verglichen mit dem Münchener Präsidium war die Dienststelle in Prien lediglich ein unbedeutender Außenposten. Immerhin gab es dort eine kleine Kaffeeküche und einen Snackautomaten. Die Kollegen aus Prien waren bisher ohne Ausnahme zuvorkommend und freundlich zu ihr gewesen, also gar kein Vergleich zu Steinert. Als sie durch das winzige Foyer schritten, ertappte sich Kaya bei dem Gedanken, wie es wohl wäre, hier zu arbeiten.

Am Empfangstresen wartete jedoch schon der nächste Schock auf die junge Kommissarin.

»Kaya Benaty?«, sprach sie der junge Beamte hinter dem Schreibtisch an. Seine schokoladenbraunen Augen strahlten sie lebhaft an.

Kaya ließ sich hinter Wachtner und Loserth zurückfallen und nickte ihm lässig zu.

»Eine Frau erwartet sie im Besprechungsraum. Sie ist schon seit Stunden hier und weigert sich zu gehen, bevor sie Sie gesehen hat. Angeblich ist sie Ihre Mutter.«

Innerhalb weniger Sekunden schlug Kayas Stimmung um. Eine elektrisierende Wut jagte durch ihre Venen.

»Benaty? Kommen Sie?«, rief Wachtner aus einem der hinteren Zimmer.

»Sofort. Ich muss noch kurz etwas erledigen«, antwortete Kaya, etwas bissiger als beabsichtigt.

Der Kollege führte Kaya in einen Besprechungsraum, in dem etwa vier Personen Platz hatten. An dem Rundtisch erwartete sie eine Frau mit hellblond gefärbten Haaren, die ihr bis zum Rücken reichten. Unter den wässrig blauen Augen lagen dunkle Schatten. Ihre Gesichtszüge wirkten ausgezehrt, trotzdem war sie immer noch eine schöne Frau. Als Jugendliche hatte Kaya immer gehofft, irgendwann einmal die Rundungen ihrer Mutter zu erben. Früher hatte diese immer kurze Kleider und weit ausgeschnittene Oberteile getragen. Die bewundernden Blicke der Männer und die giftigen Mienen der Frauen waren der aufmerksamen Kaya schon als Kind aufgefallen. Zu ihrem Missfallen kam sie optisch nach der Familie ihres Vaters. Sie überragte ihre Mutter fast um einen halben Kopf und besaß eine eher schlaksige Figur. Mittlerweile mochte sie jedoch ihre Figur. Statt praller Kurven hatte sie kleine, aber feste Brüste und einen knackigen Hintern, der schon von vielen ihrer Liebhaber gelobt worden war.

Kaya funkelte ihre Mutter wütend an. »Was hast du hier zu suchen, Pernilla?«

Beim Klang ihres Vornamens zuckte Kayas Mutter zusammen.

»Du siehst gut aus«, säuselte Pernilla Kalczyk schuldbewusst. Ihre Augen füllten sich mit Tränen.

Angewidert zog Kaya die Brauen hoch.

»Verschwinde von hier! Ich habe dir nichts zu sagen.«

»In 39 Tagen ist es genau dreizehn Jahre her, dass ich dich das letzte Mal gesehen habe. Kaya, ich bitte dich, gib mir doch bitte eine Chance, mich mit dir zu versöhnen.«

Aufgebracht warf die Kommissarin den Kopf herum.

»Ich möchte nichts mehr mit dir zu tun haben und hoffe, dass es noch viele weitere Jahre werden, in denen ich dich nicht sehen muss.«

Pernilla machte ein schmerzgeplagtes Gesicht und schluchzte laut.

»Ich habe mich verändert. Wirklich! Das musst du mir glauben! Denkst du denn, die letzten Jahre sind spurlos an mir vorbeigezogen? Ich hatte viel Zeit, über alles nachzudenken. Gib mir doch die Gelegenheit, Wiedergutmachung zu betreiben. Maik und Niklas würden dich gerne kennenlernen. Sie waren noch so klein, als du fortgingst«, flehte Pernilla mit zitternder Stimme.

Kaya schüttelte den Kopf. »Ich bin aus beruflichen Gründen in Prien. Und ich habe weder Zeit noch Lust, mich mit dir und deinem Leben auseinanderzusetzen.«

»In den letzten Jahren ist mir klar geworden, wie kurz das Leben ist. Dieses böse Blut muss endlich ein Ende finden, Kaya. Sie haben mir gesagt, dass du bei der Mordkommission bist. Also müsstest du doch am besten wissen, wie schnell alles vorbei sein kann. Es gibt so viel, was ich dir sagen möchte. Schließlich habe ich dich geboren! Wir werden auf ewig verbunden sein …«

Am Ende brach Pernilla die Stimme.

»Ich werde es mir überlegen«, seufzte Kaya, nachdem sie einen Moment nachgedacht hatte. »Aber versprechen kann ich es dir nicht.«

Pernilla lächelte zufrieden. »Mehr verlange ich doch gar nicht.«

Die beiden Frauen sahen sich noch einen Moment lang schweigend an. Kaya beendete den emotionsgeladenen Moment, indem sie sich abwandte.

»Ich werde dich immer lieben und ich bin stolz auf dich«, sagte Pernilla, als Kaya schon im Türrahmen stand.

Die Kommissarin hielt einen Moment inne und überlegte, etwas zu erwidern. Schließlich zog sie weiter, ohne sich noch einmal zu ihrer Mutter umzudrehen.

15. Juni 2023
15:45 Uhr

Die andern merkten nicht mein Fliehen,
Schnell, schnell enteilt' ich in den Wald,
Um in ein fernes Land zu ziehen,
Am Fürstenwege stand ich bald …

»Also gut«, sagte Wachtner, »die beiden Gedichtauszüge stammen von Ludwig II. Eine Woche nach Vollendung dieser lyrischen Zeilen wurde der junge Ludwig zum König gekrönt. Könnte es sein, dass der Mörder uns eine Deadline gibt? Innerhalb einer Woche könnte er sein Werk vollendet haben?«

Sie atmete ruhig und blickte den einzelnen Personen nacheinander ins Gesicht. Neben Kaya waren noch Loserth und ein weiterer Polizist aus Prien anwesend. Kaya hatte nur seinen Vornamen aufgeschnappt. *Dietmar irgendwas.*

Die junge Kommissarin war heilfroh, dass ihr Steinerts besserwisserische Bemerkungen erspart blieben.

»Im ersten Gedichtauszug geht es darum, dass jemand in einen Graben fallen musste. Dies könnte ein Sinnbild für den Tod darstellen. Außerdem handeln beide Auszüge davon, in ein fernes Land zu ziehen. Unser Ludwig könnte sich nach vollendetem Werk absetzen wollen. Andererseits sucht er die Aufmerksamkeit der Öffentlichkeit. Darauf lässt die Platzierung der Leichen schließen. Und unser Interesse ist ihm ebenfalls wichtig. Ansonsten hätte er mich heute nicht beobachtet.« Die Interpretation von Gedichten war ihr schon zu Schulzeiten ein Graus gewesen, doch Kaya musste die versteckten Botschaften des Mörders entschlüsseln. Bei der Erinnerung an den Mann mit der Ludwig-Maske stellten sich ihr die Nackenhaare auf. Ein eiskalter Schauer fuhr ihr den Rücken hinab.

»Soichane Maskn gibt's ned überoi. Vielleicht hod der Mörder de irgendwo ofertigen lossn. Dann kanntn mia den darüber finden!«, platzte es aus Loserth heraus.

»Nein«, erwiderte Kaya, »solche Masken kann man sich problemlos im Internet bestellen. Es könnte durchaus erfolgversprechend sein, die Herkunft der Maske herauszufinden, aber der Arbeitsaufwand steht nicht in Relation zu den Erfolgschancen.«

»Sie hat recht«, sagte Wachtner mit besonderer Betonung. »Wir müssen die Polizeipräsenz auf der Herreninsel aufstocken. Die Kollegen sollen Tag und Nacht patrouillieren. Vor allem in der Nähe des Ufers«, führte die Kripochefin weiter aus.

»So vui Leid hom mia doch gar ned! Des is unmöglich!«, protestierte Loserth.

»Wollen Sie Wolfs Mörder fassen, oder sollen noch weitere unschuldige Bürger ihr Leben lassen?«

»I schau, was i macha konn«, gab Loserth klein bei.

»Was verbindet die beiden Mordopfer? Sie waren weder im gleichen Alter, noch hatten sie auf privater Ebene miteinander zu tun. Laut Martha Dietrich hatte Robert keine Verbindung zu Wolf«, führte Wachtner weiter aus.

Kaya brauchte eine Weile, um sich zu sortieren. »Möglicherweise ist genau *das* die Lösung. Haben wir Dietrichs Strafregister schon überprüft? Es könnte sein, dass ...«

»Dietrichs Weste ist rein. Er hat sich nie etwas zu Schulden kommen lassen. Zumindest nichts Aktenkundiges. Wir prüfen derzeit die Archive daraufhin, ob Dietrichs und Wolfs Namen irgendwo zusammen auftauchen«, unterbrach Wachtner Kayas Ausführung.

Als plötzlich das Läuten von Kuhglocken erschallte, zuckte Wachtner erschrocken zusammen. Loserth und Dietmar soundso warfen den Kopf herum.

Sich entschuldigend, blickte Kaya auf ihr Handy. Es war Korbiwan.

15. Juni 2023
16:00 Uhr

Regina Wachtner fühlte sich aufgeladen. Sie stand mächtig unter Druck. Zwei Opfer in nur drei Tagen. Wo sollte das noch hinführen? Sie war allein in dem Besprechungszimmer der Priener Polizei zurückgeblieben. Eine junge Beamtin der Priener Dienststelle kam mit einer Thermoskanne hinzu. Sie war klein und schmächtig. Ihr blondiertes Haar trug sie in einem Zopf auf dem Rücken.

»Tee?«, fragte sie leise.

Wachtner schüttelte den Kopf. »Eine Tasse Kaffee würde mir jetzt mehr bekommen. Schwarz.«

Die junge Kollegin verstand den Wink mit dem Zaunpfahl, nickte und verschwand umgehend. Die Leiterin des K11 seufzte und stützte sich auf dem Tisch ab. Mit Heinrich Wolf hatte sich der Mörder ein angesehenes Opfer ausgesucht. Wolf war einer der ihren gewesen. Ein ehemaliger Polizeibeamter. Mit einem Schlag war die Sache persönlich geworden.

Regina Wachtner, die ihre Position inzwischen seit drei Jahren innehatte, waren Morde an Polizisten nicht fremd. Meistens handelte es sich dabei jedoch um Todesfälle, die im Eifer des Gefechts geschahen. Eine eskalierende Festnahme, ein Schusswechsel mit Geiselnehmern oder Ausschreitungen auf Demonstrationen. Sie hatte alles schon erlebt. In den seltensten Fällen jedoch wurde ein Polizeibeamter so gezielt und heimtückisch ermordet. Und dann auch noch in einer derartigen Gewaltorgie, dass vom Schädel des Opfers nur noch eine breiige Masse übrig war. Ein Schaudern überkam Wachtner.

Ihr Handy klingelte. Tino Seifert, der Pressesprecher ihrer Dienststelle. *Das kann nichts Gutes bedeuten,* dachte sie und nahm den Anruf an.

Sie räusperte sich. »Wachtner.«

»Hallo Frau Wachtner, Seifert hier. Wir werden gerade von Presseanfragen überrannt. Die SZ, TZ, das Volksblatt und die Abendzeitung fordern eine Stellungnahme zu den Morden am Chiemsee. Außerdem werden wir von unzähligen Journalisten kleinerer Klatschblätter und Reportern von Fernsehsendern belagert. Welche Informationen dürfen wir rausgeben?«

Wachtner mochte Seifert. Er war zwar jung – und das sah man ihm auch an –, doch in brenzligen Situationen bewahrte er stets einen kühlen Kopf und trat professionell auf. Auf gewisse Weise bewunderte sie ihn dafür.

»Keine Details«, maulte sie in den Hörer ihres Smartphones. »Dass Heinrich Wolf ein ehemaliger Polizist war, haben wir ja bereits verraten. So wie ich den Täter einschätze, brüstet er sich ja mit seinen Taten. Er provoziert uns und ist ein Meister der Selbstdarstellung. Diese Genugtuung werden wir ihm nicht verschaffen. Kommunizieren Sie die wichtigsten Fakten, aber die jeweiligen Todesursachen und Verletzungen sowie die konkreten Tatorte auf der Insel bleiben unter Verschluss. Diese Informationen könnten uns ermittlungstechnisch noch in die Karten spielen.«

»Alles klar«, erwiderte Seifert. »Welches Statement soll ich zum aktuellen Stand der Ermittlungen abgeben?«

Wachtner massierte sich die Stirn. Unterdessen kam die junge Kollegin mit einer Tasse brühend heißem schwarzem Kaffee zurück und stellte diese vor ihr ab.

»Danke«, formte Wachtner mit den Lippen.

»Frau Wachtner? Sind Sie noch da?«

»Ja. Zum derzeitigen Zeitpunkt gehen wir mit ziemlich

hoher Wahrscheinlichkeit davon aus, dass es sich um den gleichen Täter wie bei Dietrich handelt. Diese Information können Sie gerne an die Presse spielen. Ansonsten halten Sie sich möglichst bedeckt und benutzen Sie die üblichen Floskeln. Sie sind ein kluges Köpfchen, Seifert. Ihnen fällt mit Sicherheit etwas ein.«

Ehe Seifert antworten konnte, beendete Wachtner das Gespräch.

Sie atmete tief durch. Ihre Hoffnung setzte sie darauf, dass die Kombination aus Steinerts Erfahrung und Benatys Ambition der Schlüssel zur Lösung dieses Falls war. Sie hielt viel von der jungen Ermittlerin, die ihr Team seit Kurzem bereicherte. Benaty hatte nicht nur ausgezeichnete Referenzen vorzuweisen, sie überzeugte auch mit ihrer Persönlichkeit und ihrem Feingefühl. Die einzige Befürchtung, die die Kommissariatsleiterin hegte, war, dass Kaya Benaty zu weich für die tiefschwarzen Abgründe war, die einen bei der Mordkommission erwarteten. Sie nahm einen Schluck von ihrem Kaffee. Schon allein der Duft belebte ihre Sinne und gab ihr neuen Schwung. Anschließend wählte sie die Nummer der leitenden Staatsanwältin, Katharina Freitag, um sie von den neuesten Entwicklungen des Falls zu unterrichten.

15. Juni 2023
16:05 Uhr

»Deine Euphorie bringt mein Blut in starke Wallungen«, antwortete Korbiwan auf Kayas knappes »Hi«.

»Sorry, großer Meister. Wir stehen hier ziemlich unter Druck. Es gibt eine zweite Leiche, und Wachtner verlässt sich auf mich.« Kaya schob sich gerade vom Flur der Dienststelle in einen leeren Vernehmungsraum.

Korbiwan räusperte sich. »Ja, die haben hier vorher noch ein paar Rechner rangeschafft. Die gehören wohl eurem zweiten Toten, Heinrich Wolf.«

»Wir treten auf der Stelle, Korbi. Es gibt keine Verbindung zwischen den beiden Opfern. Wir tappen im Dunkeln und brauchen unbedingt eine Spur. Also, was hast du für mich?«

»Durchaus einiges! Dieser Dietrich war kein großer Fan von sozialen Medien. Er besaß ein Profil auf Facebook. Dort war er in diversen Anglergruppen unterwegs. Ansonsten war die Festplatte sauber. Darauf befanden sich eigentlich nur Urlaubsbilder und ein wenig Musik. Am interessantesten war da noch sein zweites Hobby, das anscheinend viel Zeit in Anspruch genommen hat ...« Korbiwan steigerte den Spannungsbogen, indem er einen Moment innehielt.

Kaya seufzte. »Ich höre.«

»Er hat alte VHS-Kassetten gesammelt. Vorrangig Zeichentrickfilme. Du glaubst gar nicht, wie viele Foren es dafür gibt. Diese Steinzeitdinger sind heutzutage anscheinend Gold wert. Dietrich war in sämtlichen Communities unterwegs. Auch in Kleinanzeigen und auf Online-Märkten hat er damit gehandelt. Ziemlich kurioses Hobby für einen Mann von 56 Jahren, oder?«

»Durchaus«, murmelte Kaya nachdenklich. In Gedanken notierte sie sich, diese Foren zu überprüfen. Sie wunderte sich, dass Dietrichs Frau bei ihrer Befragung nichts davon erzählt hatte.

»Neben seinen Angelausflügen hat er sich relativ oft mit Interessenten und weiteren Anbietern dieser Filmkassetten getroffen. Er war sogar auf einigen Film- und Comicmessen vertreten.« Korbiwan lachte, und man konnte seinen Spott deutlich heraushören.

»Ich meine, wer kauft sich heutzutage überhaupt noch Datenträger mit Filmen, wo man doch alles streamen kann? VHS, DVD oder Blu-ray. Ziemlich altbacken, wenn du mich fragst.«

Kaya überging die abwertende Bemerkung. »Was hat die Auswertung von Dietrichs Rundfunkdaten ergeben? Wo war er vor seinem Tod?«

»Sein Handy konnte ich nicht untersuchen, weil das ja zusammen mit seiner Kleidung verschwunden ist. Seit dem Tag des Mordes ist es ausgeschaltet, also auch nicht ortbar. Dietrichs Mobilfunkanbieter hat sich jedoch aufgeschlossen gezeigt und mir ohne richterlichen Beschluss einige Infos zukommen lassen. Die Tage vor seinem Tod hat sich das Opfer meist zwischen seinem Haus und der Insel bewegt. Auf der Herreninsel war er ziemlich viel unterwegs, doch bei seinem Job ist das nicht verwunderlich. Am Abend und an den Wochenenden hatte er das Handy die meiste Zeit aus. Er war wohl wirklich kein Fan der Digitalisierung. Die ausgewerteten Daten der Rundfunkmasten ergaben, dass sich das Smartphone regelmäßig bei den Dietrichs zu Hause ausgeloggt hat und dann Stunden später dort oder auf der Insel wieder aufgetaucht ist.«

Das gab Kaya zu denken. Was hatte Dietrich in der Zeit getan, in der sein Smartphone deaktiviert war?

»Gab es bestimmte Zeitmuster, in denen das Handy aus war?«, hakte sie nach.

Am anderen Ende der Leitung überlegte Korbiwan eine Zeit lang.

»Wie schon gesagt ... meistens am Abend und an den Wochenenden. Seltsamerweise hat er das Handy immer ausgeschaltet, wenn er sich mit Leuten wegen der VHS-Kassetten getroffen hat. So auch am Abend seines Todes. Er wollte sich mit einem Nutzer Namens ›LionsKingII‹ treffen, um eine Neunzigerjahre-Fassung von Schneewittchen zu erwerben. Nach dieser Kassette war Dietrich wohl schon länger auf der Suche. Und bevor du fragst, ich habe natürlich versucht, die Daten von LionsKIngII herauszufinden. Mit nicht ganz legalen Mitteln. Der Typ war über eine verschlüsselte Verbindung unterwegs. Der Server dazu sitzt irgendwo in Indien. Also eine Sackgasse. Aber einen VPN-Zugang kann heutzutage jeder Amateur verwenden.«

»Das könnte unser mörderischer Ludwig sein. Gibt es davon Chatverläufe? Oder Kontaktdaten anderer Sammler? Wo wollten sich die beiden treffen? Wenn Dietrich so viel Zeit in diesen Foren verbracht hat, dann muss ich wissen, was er dort getan hat. Und mit wem er in Kontakt stand.«

Korbiwan atmete laut in den Hörer. »Na, aber natürlich. Für wen hältst du mich? Ich schick dir gleich mal was rüber.«

Kaya verzog ihr Gesicht zu einem schiefen Grinsen.

»Du bist der Beste. Kannst du mich bitte sofort wieder anrufen, wenn du mit der IT von Wolf durch bist?«

»Aber natürlich, Prinzessin Benaty. Für deine Blaubeermuffins würde ich doch alles tun!«

15. Juni 2023
19:15 Uhr

Mit dem Rücken lehnte er am Stamm einer alten Eiche und beobachtete das Schiff, das die letzten Touristen für diesen Tag abtransportierte. Er schwelgte in einem Gefühl höchster Glückseligkeit. Die Polizei war auf dem Holzweg. Er hatte sich ihnen wie auf dem Präsentierteller angeboten, Kaya Benaty höchstpersönlich ins Gesicht gelacht und war immer noch ein freier Mann. Hinter dem Vorhang aus Ästen und Laub breitete sich ein teuflisches Grinsen auf seinen Lippen aus. Er fühlte sich unbesiegbar.

Wenn sie mich nur so sehen könnten, dachte er mit einem Anflug von Stolz. Er spürte, wie sein Mund beim Gedanken an seine Mutter trocken wurde. Ihr unverkennbarer Duft stieg ihm in die Nase. Er bekam eine Gänsehaut. Vor seinem inneren Auge spielte sich eine Szene aus längst vergangenen Zeiten ab. Zwei Kinder, vor dem lebensgroßen Porträt des Märchenkönigs. Ihre Mutter, die sie aufforderte, die Gedichte Ludwigs zu zitieren. Und die schmerzhaften Schläge mit dem Rohrstock, wenn sie sich dabei verhaspelten.

»Oh, es ist notwendig, sich solche Paradiese zu schaffen, solch poetische Zufluchtsorte, wo man auf einige Stunden die schauderhafte Zeit, in der wir leben, vergessen kann«, murmelte er in Hommage an König Ludwig. Ja, er hatte sich wahrlich seinen eigenen poetischen Zufluchtsort geschaffen. Jahrelang hatte er versucht, die schauderhafte Zeit hinter sich zu lassen. Bis er begriffen hatte, dass all diese Versuche vergeblich waren, solange sie noch auf dieser Erde wandelten.

Er ließ seinen Blick über den See schweifen, hinter dem die goldrote Sonne verschwand und die Wasseroberfläche zum Brennen brachte. Neben dem Passagierschiff waren noch einige Ruder- und Elektroboote unterwegs. Er konzentrierte sich auf seinen Atem, ließ die Szene auf sich wirken. Zwei Namen konnte er bereits von seiner Liste streichen. Es fehlten noch zwei weitere, dann war sein Werk vollendet. Endlich. Ludwig II. wäre stolz auf ihn. Genauso wie Mama, die ihn immer ihren *kleinen Prinzen* genannt hatte.

Sein nächstes Ziel stand fest. Er wusste bereits, wie er es anstellen wollte. Dieses Mal würde er sich selbst übertreffen. Sein drittes Opfer würde er kunstvoll drapieren. Jetzt musste er zur Höchstleistung auflaufen und kreativ werden. Auch für seine neue Freundin von der Polizei sollte es eine Warnung darstellen. »Legt euch am besten nicht mit mir an«, sagte er. Insgeheim hoffte ein Teil von ihm, dass sie ihn stellen würden. Dieser Teil hatte genug von dem blutigen Schrecken, zu dem sein Leben geworden war. Vermutlich war er deswegen in seinem Ludwig-Aufzug zurück zum Haus von Heinrich Wolf gekehrt. Doch im Grunde wusste er, dass seine Taten unabdingbar waren. Immerhin war er ein Verfechter der Gerechtigkeit. Er kämpfte für diejenigen, die nicht für sich selbst einstehen konnten. In den letzten Tagen war er zu einer unaufhaltsamen Naturgewalt geworden. Nichts und niemand konnte ihn noch stoppen. Er war allmächtig. Er war ein Jäger.

16. Juni 2023
08:25 Uhr

Als Kaya auf die A8 Richtung Salzburg auffuhr, ließ sie sich tief in den Fahrersitz sinken. Korbiwan hatte ihr noch in der vergangenen Nacht die Chatauszüge und die Adressen zweier Kontakte des ersten Opfers zukommen lassen. Sie waren wie Dietrich laut ihren Online-Profilen begeisterte Sammler von Kinderfilmen. Die junge Kommissarin wollte die Chance sofort ergreifen und einen von ihnen persönlich aufsuchen. Der andere wohnte in Berlin, aber Kaya nahm sich vor, ihn später telefonisch zu kontaktieren. Sie hatte das Gefühl, in diese Welt eintauchen zu müssen, um Dietrich besser kennenzulernen. Was war er für ein Mensch? Und wieso musste er auf solch grausame Weise sterben?

Nach einer Weile stellten sich bei Kaya Gewissensbisse ein. Eigentlich hätte sie Steinert über ihren Ausflug informieren müssen. Sie war in aller Herrgottsfrühe aufgebrochen, ehe Steinert von ihrem Plan Wind bekam. Beim Gedanken, weitere Zeugenbefragungen mit ihrem Kollegen durchzuführen, drehte sich ihr allerdings der Magen um. Ihr Bauchgefühl riet ihr, sich zumindest vorerst von Steinert fernzuhalten. Also hatte sie das Gasthaus gegen sieben Uhr verlassen, während ihr Kollege noch auf seinem Zimmer. Ohne Frühstück war sie in den zivilen Dienstwagen gestiegen und losgerauscht. Die Einsicht setzte erst wesentlich später ein.

Nein, sagte sie sich. Die feindselige und arrogante Art ihres Kollegen konnte sie bei dem bevorstehenden Gespräch nicht gebrauchen. *Ich werde Wachtner und ihn anschließend darüber in Kenntnis setzen,* versprach sie sich.

Benatys Ziel lag in einem idyllischen Dorf an der Grenze zu Österreich. Frische Landluft drang an ihre Nase. Kühe und Schafe grasten auf riesigen Flächen, umzäunt von Maschendraht. Die alten Häuser verfügten über rustikale Holzelemente und Balkone voll bunter Geranien. Es war einfach traumhaft. Für Kaya fühlte sich dieser Ort fast ein bisschen wie Urlaub an. Die Hektik Münchens lag weit hinter ihr. Ihre Schultern entspannten sich ein wenig, während sie tief durchatmete. Wahrlich ein Ort zum Wohlfühlen. Vor dem Haus ihres Zeugen parkte ein schwarzer Golf. Kaya stellte ihren Wagen an der Straße ab und näherte sich vorsichtig dem alten Zweifamilienhaus.

Um zum Eingang zu gelangen, musste sie das Haus umrunden und einen weitläufigen Hof passieren.

Neben dem Bauernhaus ragte eine alte Scheune in die Höhe. Sie wies bereits einige Löcher in der Holzvertäfelung auf und sah für die Kommissarin leicht baufällig aus. Nichts an diesem Ort war neu.

»Was suchan Sie denn hier?«

Der mausgraue Kopf einer alten Frau lugte aus der einen Spaltbreit geöffneten Haustür hervor.

Kaya hob entschuldigend die Hände und lächelte freundlich.

»Mein Name ist Kaya Benaty. Ich bin von der Kriminalpolizei und auf der Suche nach Xaver Obermeier.«

Beim Anblick von Kayas Dienstausweis weiteten sich die Augen der alten Dame. Ihre aschfahle Haut bekam etwas Farbe. Mit ehrfürchtiger Miene öffnete sie die Tür. Sie trug eine Schürze mit Blumenmuster und ein weit geschnittenes graues Kleid. Es war, als wäre sie einem anderen Jahrhundert entsprungen.

»Mei Xarre hod nix verbrocha! Ehrlich, der is a guada Bua!«

Kayas Mundwinkel zuckten nach oben.

»Ihm wird keine Straftat vorgeworfen, keine Sorge. Ich würde ihm nur gerne einige Fragen zu einem Bekannten von ihm stellen. Wäre das möglich?«

Die Seniorin nickte heftig und rief laut nach ihrem Sohn, ehe sie Kaya hereinbat.

Das Innere des Hauses entsprach der Außenfassade. Die Einrichtung stammte größtenteils aus Zeiten, zu denen Kayas Großeltern noch auf Tanzveranstaltungen gingen. Außerdem roch es muffig und war schlecht beleuchtet. Kaya sah die typischen Klischees eines alten Bauernhauses bestätigt.

Die alte Dame bat Kaya in die Küche, in der es nach saurer Milch roch. Die Kommissarin setzte sich an einen uralten Holztisch, über den eine mit Kaffeeflecken übersäte weiße Spitzendecke gespannt worden war. An der Wand machte Kaya ein Hirschgeweih und mehrere Porzellanteller aus.

»Kaffee?«, fragte Frau Obermeier.

»Ja, bitte.«

Gerade als Kaya sich verstohlen umsah, marschierte Xaver Obermeier in die Küche. Kaya schätzte ihn auf Mitte vierzig.

Über seinem kugelrunden Bauch spannte ein hellblaues Flanellhemd. Dazu trug er schmutzige Jeans und robustes Schuhwerk. Fettige schwarze Strähnen fielen ihm seitlich ins stark gerötete Gesicht. Die tief sitzenden dunklen Augen hatte er von seiner Mutter geerbt. Es wirkte auf Kaya, als wäre er gerade bei einer schweren körperlichen Arbeit unterbrochen worden.

»Mama, wos is bassiert?«

»De nette Frau vo da Bolizei mecht mit dir ren, Xarre.«

Obermeier lehnte sich mit verschränkten Armen gegen das Fenster und musterte Kaya feindselig.

»Was wollen Sie?«, fuhr sie der breitschultrige Mann sogleich an. Der Umschwung von bayerischem Dialekt zu Hochdeutsch erheiterte Kaya. Sie kannte das Verhalten von vielen Freunden und Bekannten, die vom tiefsten Dialekt in das sauberste Hochdeutsch wechselten, wenn sie einem Fremden begegneten.

Kaya schoss eine unangenehme Hitze ins Gesicht, doch sie hatte genug Erfahrungen mit Männern wie Obermeier gemacht. Ein bisschen erinnerte er sie sogar an Steinert.

»Mein Name ist Kaya Benaty. Ich bin von der Kriminalpolizei München. Mordkommission.«

Obermeier legte den Kopf schief. Die Überraschung in seinen Augen war nicht gespielt. »Mordkommission?«, wiederholte er verwundert.

Kaya nickte knapp.

»Kennen Sie einen Robert Dietrich?«

Obermeiers Gesicht wurde leer. Er zuckte die Achseln. »Der Name sagt mir nichts.«

Kaya glaubte ihm.

»Sie sammeln VHS-Kassetten?«

Plötzlich zog ein Anflug von Erkenntnis über Obermeiers aufgedunsenes Gesicht.

»Des hod er scho immer gern gmacht, gell Xarre? De Filme mit de siaßen Figuren mog er am liabsten«, mischte sich seine Mutter mit einem liebevollen Lächeln ein. Inzwischen saß sie Kaya gegenüber.

Erneut zuckte Obermeier die Achseln.

»Ja. Ist ein Hobby«, erwiderte er völlig emotionslos, doch Kaya sah in seinen Augen, dass es in ihm brodelte.

Ein unangenehmes Schweigen kehrte ein, bis Kaya die alte Dame durchdringend ansah.

»Könnte ich kurz mit Ihrem Sohn allein sprechen?«, fragte sie höflich.

Die Seniorin warf ihrem Sohn einen besorgten Blick zu und nickte knapp, bevor sie langsam schlurfend die Küche verließ. Xaver Obermeier zog die Tür hinter ihr zu.

»Kannten Sie Robert Dietrich?«

Kaya kramte in ihrer Handtasche und fischte ihr Handy heraus.

»Sein Nutzername im Sammlerforum war ...« Sie brauchte einen Moment, um die Stelle mit dem Namen zu finden. »... Kulturfischer_11.« Die Kommissarin zeigte Obermeier ein Foto von Dietrich auf ihrem Handydisplay.

Nervosität zeichnete sich in seinen Augen ab.

»Ich kenne den nicht«, behauptete er. Kaya starrte Obermeier eine Weile schweigend an und bemerkte, wie sich glitzernde Schweißperlen auf seiner Stirn bildeten.

»Ich kann Ihnen nicht helfen, tut mir leid«, sagte er schließlich.

»Herr Dietrich wurde ermordet, und ich muss schnellstens herausfinden wieso. Es gibt bereits eine weitere Leiche.«

»Und was soll ich da machen? Ich kenne den Mann nicht und habe nichts mit dem Mord zu tun!«, rechtfertigte sich Obermeier.

»Herr Obermeier, vielleicht hat Dietrichs Tod etwas mit seinem Sammler-Hobby zu tun. Es könnte sein, dass er seinen Mörder dort kennengelernt hat. Vielleicht sind Sie der Nächste!« Kaya steigerte ihre Lautstärke, achtete jedoch darauf, ihre Fassung zu bewahren.

Der hünenhafte Mann stutzte. Allmählich schien ihm das Ausmaß von Kayas Worten bewusst zu werden.

»Kann schon sein, dass wir mal im Forum geschrieben haben. Aber ich schreibe da mit vielen, deswegen kann ich mich nicht an alle erinnern.«

»Wieso sammeln Sie VHS-Kassetten? Und warum ausgerechnet Kinderfilme?«

Der abrupte Themenwechsel brachte Obermeier komplett aus dem Konzept. Er zog eine Packung Marlboros aus seiner Brusttasche und zündete sich eine an. Dann lachte er bitter auf.

»Weil es mir Spaß macht.«

In Kaya Benaty stiegen Zweifel an seiner Aussage aus.

»Was fasziniert Sie denn so sehr an diesen Filmkassetten?«

»Als die ersten VHS-Kassetten auf den Markt kamen, war ich noch ein Kind. Es erinnert mich an schöne Zeiten. Als ich meine erste Freundin hatte, war es das absolute Highlight, sich so einen Film in der Videothek auszuleihen. Ich finde es schade, dass dieses Medium mittlerweile ausgestorben ist.«

Das klang plausibel.

»Dürfte ich Ihre Sammlung sehen?«, fragte Kaya.

Obermeier zögerte kurz, willigte aber schließlich ein und führte Kaya ins Obergeschoss des Hauses. Dort befand sich anscheinend seine Wohnung. Es war unordentlich und müffelte. Mehrere Tage alte Essensreste und Gläser mit Bakterienkulturen fanden sich im Flur. Schmeißfliegen surrten gierig durch die Luft. Die Kommissarin schauderte innerlich, ließ sich ihren Ekel jedoch nicht anmerken.

In einem Regal im Wohnzimmer entdeckte sie Hunderte VHS-Kassetten. Darunter viele Zeichentrickfilme, aber auch andere Spielfilme. Einige der älteren Tarantinos kannte sie sogar selbst. Gleich daneben befanden sich die dazugehörigen Videoplayer. Kompakte schwarze Kästen aus einer anderen Zeit.

»Wie viel ist Ihre Sammlung Wert?«

»Nicht genug, um dafür einen Mord zu begehen«, bekräftigte Obermeier, der ihrem Gedankengang gefolgt war.

»Kann es sein, dass Dietrich eine sehr wertvolle Kassette besaß, die jemand um jeden Preis besitzen wollte?«

Obermeier kramte in seinen Gedanken.

»Ich weiß es nicht ... ehrlich, ich habe nichts mit dem Mord zu tun. Und ich weiß auch nicht, mit wem dieser Dietrich in Kontakt stand.«

»Haben Sie je mit ihm gehandelt?«

In Obermeiers Augen blitzte etwas auf. *Da war es wieder,* dachte Kaya.

»Kann sein.«

»Welche Kassetten wurden verkauft? Und wer hat sie wem verkauft?«

»Er war eigentlich nur an Zeichentrickklassikern interessiert.« Obermeiers Stimme zitterte.

»Zeichentrickklassiker?«, murmelte Kaya.

»Schneewittchen, die Schöne und das Biest und so was.«

»Und die haben Sie ihm verkauft?« Kaya verschränkte die Arme.

Trotz seiner massigen Figur wirkte Obermeier unbeholfen, fast wie ein Kind.

»Ich ... ja habe ich.« Obermeiers Zögern ließ Kayas Alarmglocken klingeln. Sie fuhr mit den Fingern über die Hülle einer der Kassetten. Dabei kam ihr eine Idee.

»Darf ich mir eine Ihrer Kassetten ausleihen? Ich würde sie mir gerne mal genauer ansehen.«

»Nein, das geht nicht!«, kam es wie aus der Pistole geschossen von Obermeier. Seine abwehrende Körperhaltung und seine zitternden Finger sprachen Bände. Obermeier starrte sie entgeistert und mit hochrotem Kopf an.

Kaya lächelte freundlich reserviert. Sie hatte genug gehört.

»Vielen Dank für das Gespräch. Falls Ihnen noch etwas einfällt, rufen Sie mich einfach an.« Kaya Benaty händigte dem Mann ihre Karte aus und verabschiedete sich.

16. Juni 2023
09:05 Uhr

Christoph Steinert kniff die Augen zusammen. Vor ihm lagen die Pressetexte aus dem Haus von Heinrich Wolf. Rechts daneben hatte er die ausgedruckten Fotos mit den Botschaften des Mörders ausgebreitet. Er befand sich in den Diensträumen der Priener Polizeiinspektion. Wachtner hatte er bereits darüber informiert, dass Benaty ohne Weiteres getürmt war. Sie war am Morgen nicht zum Frühstück erschienen und beantwortete weder Textnachrichten noch Anrufe. Er wusste nicht, wo sie war. Allerdings hatte er sie in dieser Nacht auch nicht so oft schreien hören. Christoph Steinert konnte nicht nachvollziehen, wieso Wachtner ihm ausgerechnet diese junge Dilettantin zur Seite gestellt hatte. Stinksauer musste er am frühen Morgen vom Gasthof zur Dienststelle laufen, weil Benaty mit dem Dienstwagen verschwunden war.

Mittlerweile hatten sie zwei Morde zu verzeichnen, und statt auf gute alte Polizeiarbeit zu setzen, ließ sich Benaty von ihren Gefühlen in die Irre führen. *Typisch Frau,* dachte Steinert. Was würde nur aus der Kriminalpolizei werden, wenn die Männer der alten Schule – so wie er – in Pension gingen? Es reichte ja schon, dass mit Regina Wachtner eine Frau zur Leiterin der Mordkommission erklärt worden war, jetzt übernahmen diese Emanzen auch noch seine Einheit. Nach Wachtner folgte Miller und jetzt Benaty. Wo sollte das nur enden?

Loserth lugte herein, als Steinert sich gerade die Nase putzte. »Die Nichte vom Heinrich ist da.« Steinert nickte.

Zumindest würde ihm Benaty nicht in diese Vernehmung hineinfunken.

Stefanie Wolf war eine attraktive Frau Anfang dreißig. Sie hatte dunkles, wallendes Haar und einen hellen Teint. Hinter ihrer Halbrandbrille blickte ihn ein intelligentes blaues Augenpaar an.

Steinert musterte den Ausschnitt der Frau genau, ehe er ihr die Hand reichte und sich vorstellte. Loserth hingegen begrüßte die Nichte des Opfers mit einem knappen Nicken und nahm anschließend auf einem der freien Stühle ihr gegenüber Platz.

»Christoph Steinert, Mordkommission. Herrn Loserth kennen Sie ja bereits.«

Frau Wolf zuckte kaum merklich zusammen. »Stefanie Wolf.«

»Wie Herr Loserth Ihnen sicherlich bereits mitgeteilt hat, geht es um den Mord an Ihrem Onkel Heinrich.«

Sie nickte, und Steinert kam ohne Umschweife zur Sache.

»Ihr Onkel hatte keine Frau und keine Kinder, lebte allein in Prien. Gibt es außer Ihnen noch Personen, die ihm nahestanden?«

Stefanie stieß ein freudloses Lachen aus.

»Die größte Liebe meines Onkels war die Polizeiarbeit. Es ist kein Wunder, dass es keine Frau lange mit ihm ausgehalten hat. An erster Stelle kam für ihn immer die Arbeit. Vermutlich stand er den örtlichen Politikern näher als seinem eigenen Bruder. Selbst Familienfeiern und Geburtstage schwänzte er regelmäßig, weil irgendein wichtiger Fall ihn beschäftigte. Ich hatte kein Verhältnis zu meinem Onkel. Demnach kann ich auch nicht nachvollziehen, wieso ihn jemand ermorden wollte. Aber wenn ich wetten müsste, würde ich darauf tippen, dass es etwas mit seiner Arbeit zu tun hatte.«

Polizeichef Loserth knetete angespannt seine Hände. Stefanies Worte schienen ihm zu missfallen, immerhin war

Wolf sein Mentor gewesen. Doch Steinert ignorierte seinen Kollegen.

»Ihr Onkel ist seit einigen Jahren pensioniert. Wie hat er sich die Zeit vertrieben, wenn er vorher doch praktisch für die Arbeit gelebt hat? Hatte er Hobbys?«, bohrte der Münchener Kommissar weiter.

Stefanie Wolf zuckte die Achseln. »Er war Mitglied in sämtlichen Vereinen. Trachtenverein, Schützenverein, ehrenamtliches Mitglied der Feuerwehr und Mitorganisator von vielen Feierlichkeiten im Ort. Onkel Heinrich hatte immer was zu tun und war ständig unterwegs.«

Steinert knabberte auf seiner Unterlippe und massierte sich zeitgleich das Kinn. Er war der festen Überzeugung, dass ihm die Geste beim Denken half. Außerdem fand er, dass es im Spiegel attraktiv und tiefgründig aussah.

»Wissen Sie, ob Ihr Onkel Feinde hatte?«

»Feinde?«, wiederholte Stefanie in spöttischem Tonfall. »Wissen Sie, wie viele Menschen mein Onkel hinter Gittern gebracht hat? Jeder von denen hegte einen Groll gegen ihn. Manche mehr, manche weniger. Aber wenn sie wirklich nach Feinden meines Onkels suchen, dann gleicht das der Suche nach einer Nadel im Heuhaufen.«

»Der Heinrich hod da moi wos erwähnt. Des foid ma selbst erst grod ei«, meldete sich Loserth zu Wort.

Steinert horchte auf.

»Des muas knapp a Jahr her sei. Da hod er ma beim Kaffee verzählt, dass so a Typ, der sei eigene Frau daschlong hod, vor seiner Haustür auftaucht is und n Heinrich zur Rede stelln woit.«

»Ein Typ, der seine Frau erschlagen hat?«, hakte Steinert nach. Seine Augen weiteten sich.

Loserth nickte, und auch Stefanie bestätigte: »So was ist ihm ständig passiert. Verurteilte Mörder, die nach zehn oder fünfzehn Jahren aus dem Gefängnis entlassen wurden, aber in all der Zeit nie vergessen haben, wer sie dorthin gebracht hat. Mit denen hatte er öfter zu tun, hat sich davon aber nicht einschüchtern lassen.«

»Haben Sie diese Kerle schon überprüfen lassen?«, wollte Steinert von Loserth wissen. Der Leiter der Polizeidienststelle Prien dachte eine Weile nach.

»Mia ham doch gar ned de nötigen Kapazitäten, um olle von dene zu befragen. Vor oim ned in der kurzen Zeit. Der Mord war doch erst gestern.«

Steinert hatte das Gefühl, der Lösung des Falls näherzukommen. Er war da an etwas Großem dran, das spürte er. Wer brauchte denn schon eine Kaya Benaty, wenn Christoph Steinert ermittelte? Er würde höchstpersönlich dafür sorgen, dass Benaty reumütig das Weite suchen und zurück zur Organisierten Kriminalität wechseln würde. Das hatte sie sich nach der Ohrfeige gehörig verdient. Und der Wachtner würde er beweisen, dass *er* immer noch der beste Ermittler ihrer Truppe war.

»Die Mordfälle der letzten Jahre in Prien sind überschaubar. Finden Sie raus, wer von denen seine Frau ermordet und Wolf nachgestellt hat«, raunte er Loserth zu. Dann wandte er sich wieder an Stefanie Wolf.

»Vielen Dank für Ihre Unterstützung. Falls Ihnen noch etwas einfällt, melden Sie sich bitte jederzeit.«

16. Juni 2023
11:16 Uhr

Auf dem Rückweg von Obermeier rasten Kayas Gedanken. Das Radio war ausgeschaltet und ihr Handy auf lautlos gestellt. Während sie Auto fuhr, verselbstständigten sich ihre Gedanken immer. Das war die Zeit, in der die Kommissarin am besten nachdenken konnte. Ihr Körper funktionierte wie von selbst, reagierte autonom auf den Verkehr. Nur dann konnte sie sich ihren Gedanken hingeben und störende äußere Einflüsse ausblenden.

Sie erinnerte sich an ihre Kindheit. Ihr Vater hatte damals eine neuwertige Filmkamera besessen. Sein Lieblingsmotiv war die kleine Kaya gewesen. Sämtliche Kindergeburtstage oder Ausflüge hatte ihr Vater auf Film festgehalten und anschließend auf Kassetten verewigt. *Kassetten waren überspielbar.* Der Gedanke war ihr erst bei Obermeier gekommen. Möglicherweise befand sich auf Dietrichs Kassetten etwas, für das der Gärtner mit dem Leben bezahlen musste. Kaya hätte sich mit der flachen Hand gegen die Stirn schlagen können. Wieso war sie nicht schon früher darauf gekommen? Alles in ihr drängte darauf, so schnell wie möglich Dietrichs Witwe aufzusuchen und seine Kassetten zu beschlagnahmen. Oder sollte sie zuerst Wachtner und Steinert informieren?

In der Brust der Kommissarin kribbelte es. Sie fühlte, dass sie auf der richtigen Spur war.

Das Ortsschild von Prien begrüßte sie gerade in seinem plakativen Gelb, als sie ihr Handy wieder aktivierte.

Kaya stöhnte auf. Steinert hatte mehrere Male versucht,

sie zu erreichen. Auch Wachtner hatte ihr eine Nachricht auf der Mailbox hinterlassen. Sie hielt mit quietschenden Reifen am Straßenrand und wählte zuerst die Nummer ihrer Chefin.

»Wo zum Teufel treiben Sie sich herum?«, keifte Wachtner ohne Begrüßung in den Hörer.

»Ich war gerade bei einer Zeugenvernehmung an der Grenze zu Österreich und habe eine neue vielversprechende Spur!«, gab Kaya zurück.

Wachtner lachte trocken. »Die glaubt Steinert auch zu haben. Sie müssen sich besser abstimmen, Benaty. Wenn sie weiter so aktiv gegeneinander arbeiten, kann das nur in einer Katastrophe enden. Kriegen sie ihre Zusammenarbeit auf die Reihe, sonst ziehe ich Sie beide von dem Fall ab. Falls es dann nicht ohnehin zu spät ist und das BKA übernimmt.«

»Ich würde mich gerne noch mal mit der Frau unseres ersten Opfers unterhalten.«

»Das können Sie nach der Dienstbesprechung erledigen. Die Ergebnisse der Untersuchung von Heinrich Wolf aus der Rechtsmedizin liegen vor. Außerdem hat die IT-Forensik seine Datenträger überprüft. Kommen Sie sofort zum Präsidium, dort besprechen wir das weitere Vorgehen.«

Abrupt beendete Wachtner das Gespräch.

Kaya zog eine Grimasse und lehnte ihre Stirn gegen das Lenkrad des Wagens. Sollte sie ein schlechtes Gewissen haben wegen ihrer Vorgehensweise? Sie hätte Steinert und Wachtner früher über ihre Pläne informieren sollen. Aber ihr Bauchgefühl sagte ihr, dass sie auf der richtigen Spur war. Alles in ihr drängte danach, sich schnellstmöglich noch einmal mit Martha Dietrich zu unterhalten, doch Wachtner hatte sie soeben angezählt. Jetzt durfte sie sich keine gravierenden Fehler mehr erlauben. In der Ferne verkündeten die Kirchenglocken halb zwölf. Widerwillig trat sie aufs Gaspedal und fuhr auf dem schnellsten Weg zur Polizeiinspektion Prien.

16. Juni 2023
12:05 Uhr

Gemeinsam gingen sie die Fakten durch, die sie über die beiden Mordfälle gesammelt hatten. Neben Miller und Unterschlesinger waren noch der Pressesprecher Tino Seifert und Frank Blume von der IT-Forensik der Mordkommission zugeschaltet. Auch Wachtner war inzwischen wieder in München und nahm aus der Ferne an der Besprechung teil. Benaty und Steinert saßen in den Diensträumen der Polizeiinspektion Prien. Kaya bemühte sich, die Gedanken an ihren Besuch in Österreich beiseitezuschieben und sich auf die neuesten Fakten zu konzentrieren. Es fiel ihr nicht leicht.

Frank Blume begann mit den Erkenntnissen der Computerforensik.

Kaya verstand von den technischen Ausführungen des Informatikers nicht einmal die Hälfte, konnte sich daraus jedoch das Wesentlichste zusammenreimen. Heinrich Wolf entstammte einer Generation, die Computer und das Internet noch mit Hexerei gleichsetzte. Auch laut seinen ehemaligen Kolleginnen und Kollegen in der Polizeiinspektion verkörperte Wolf so ziemlich das Gegenteil von technischer Affinität. Demnach war es nicht verwunderlich, dass er seinen Rechner und sein Handy nur selten benutzte. Allerdings besaß er eine private E-Mail-Adresse, auf der immer wieder Drohungen eingingen. Wolf hatte sie ignoriert und sein Postfach in unregelmäßigen Abständen geleert, aber Blume war es gelungen, sämtliche E-Mails wiederherzustellen.

»Hauptsächlich handelt es sich dabei um Beleidigungen. In einzelnen E-Mails wurden Wolf und seine Familienangehörigen bedroht. Ein Grund dafür wurde nicht genannt. Der Absender hat zwar eine anonyme E-Mail-Adresse verwendet, sich aber nicht einmal die Mühe gemacht, eine verschlüsselte Verbindung zu benutzen. Wir konnten ihn also in kürzester Zeit aufspüren«, erläuterte Blume.

Wie von der Tarantel gestochen, sprang Steinert auf. Zuvor hatte der ältere Kommissar Kaya nur eines abwertenden Blickes gewürdigt, doch nun grinste er ihr triumphierend ins Gesicht.

»Die E-Mails konnten zu einem gewissen Volker Haumann zurückverfolgt werden. Meine heutige Zeugenvernehmung von Stefanie Wolf, der Nichte unseres zweiten Opfers, hat ergeben, dass genau dieser Volker Haumann einen tiefen Groll gegen den ehemaligen Leiter der Polizeiinspektion Prien hegte. Er hat ihn anscheinend sogar mehrmals aufgesucht und bedroht. Sein Motiv ist, dass Wolf ihn vor dreizehn Jahren verhaftet und sich maßgeblich für seine Verurteilung eingesetzt hat.«

»Die Adresse von Haumann konnte bereits von den Priener Kollegen in Erfahrung gebracht werden. Ich möchte, dass Sie ihn heute noch verhören. Zumindest im Fall von Wolf erscheint er dringend tatverdächtig«, sagte Wachtner in einem Tonfall, der keine Diskussion zuließ.

Kaya beschlich ein ungutes Gefühl, was diesen Haumann betraf.

»Es mag sein, dass Haumann eine persönliche Fehde mit Wolf hatte. Aber wir sind uns doch ziemlich sicher, dass es sich bei beiden Morden um den gleichen Täter handelt. Das ist doch schon wieder völlig wahllos. Welche Verbindung soll dieser Haumann denn zu Robert Dietrich haben?«, warf die junge Ermittlerin ein.

»Genau das werden wir bei der Vernehmung dieses Dreckskerls herausfinden. Den nehme ich so richtig in die Mangel!« Steinerts Miene strahlte wie die eines Kindes an Heiligabend.

Wachtner überging den unpassenden Kommentar und richtete das Wort an Miller und Unterschlesinger.

»Was gibt es für Neuigkeiten aus der Rechtsmedizin?«

»Unsere Besuche bei Marquart werden allmählich zu einem festen Tagesritual. Ich sehe ihn öfter als meine Ehefrau«, scherzte Unterschlesinger.

In der Videokonferenz pflichtete Sina Miller ihm nickend bei.

»Unser Täter muss Wolf wortwörtlich bis aufs Blut gehasst haben«, sagte Sina ernst und las von einem Notizzettel ab: »Heinrich Wolf hatte schwere Frakturen der Gesichtsknochen, einen Schädelbruch, sichtbare Verformungen des Schädels und auffällige Gehirnprellungen durch stumpfe Gewalteinwirkung. Der Ludwig-Mörder muss in einem langen Gewaltexzess wiederholt auf den Schädel des Mannes eingeprügelt haben. Dafür braucht man unheimlich viel Kraft und eine unbändige Wut. Der Todeszeitpunkt müsste laut Marquart zwischen 22:00 Uhr und 03:00 Uhr von der Nacht des 14. auf den 15. Juni liegen. Im Gegensatz zum ersten Opfer ist er allerdings nicht ertränkt worden. Dieses Mal ist die Kopfverletzung auch die Todesursache.«

»Wie schon bei unserem ersten Opfer vermutet Marquart einen Stein als Mordwaffe«, fügte Unterschlesinger hinzu.

»Wieso haben wir dann bisher keinen dieser Steine gefunden?«, fragte Steinert mit leerer Miene.

»Die Kriminaltechnik geht stark davon aus, dass der Täter sie im Chiemsee versenkt hat.« Wachtner verschränkte die Finger ineinander.

»Was wollte Wolf denn eigentlich auf der Herreninsel? Im Bericht der kriminaltechnischen Untersuchung steht, dass der Ort des Auffindens mit höchster Wahrscheinlichkeit auch der Tatort ist.«

»Gut möglich, dass der Täter die beiden kannte und dort hingelockt hat«, sagte Kaya mehr zu sich selbst als zu den anderen der Runde.

»In Ordnung. Benaty, was konnten Sie während Ihrer Abwesenheit in Erfahrung bringen?«

Kaya wollte noch nicht mit der Sprache herausrücken, ehe sie sich ihrer Sache absolut sicher war. Sie knirschte mit den Zähnen.

»Mithilfe unserer Computerspezialisten konnte ich jemanden ausmachen, der mir mehr über Robert Dietrichs liebstes Hobby erzählen konnte: das Sammeln von alten Videokassetten.«

»Und? Habt ihr euch nett über alte Klassiker unterhalten, während ich Zeugenbefragungen durchgeführt habe?«, stichelte Steinert mit überheblichem Grinsen.

Kaya seufzte, ging aber nicht weiter auf Steinerts Provokation ein. »Ich würde die Sache gerne weiterverfolgen. Vielleicht gibt es da eine Verbindung zwischen den beiden Opfern, die wir bisher übersehen haben.«

Wachtner nickte und verteilte noch einige Aufgaben. Dann sagte sie mit strenger Miene: »Benaty. Ich bin mir sicher, dass Sie hochmotiviert sind und eine große Bereicherung für die Mordkommission darstellen; allerdings möchte ich, dass Sie und Steinert ihre Zusammenarbeit verbessern. Sehen Sie sich doch mal gemeinsam diesen Haumann an. Falls diese Spur ins Nichts führt, können Sie sich immer noch weiter mit Dietrichs Hobbys beschäftigen.« Aus der Videokonferenz heraus taxierte Wachtner sie mit kalten Augen. Kaya wollte gerade zur Antwort ansetzen, da sagte ihre Chefin: »Keine Widerrede. Ab jetzt dulde ich keine Alleingänge mehr.«

16. Juni 2023
14:05 Uhr

Volker Haumann war ein ungemütlicher Geselle Anfang Fünfzig. Als Steinert und Benaty die Wohnung des gelernten Maurers am Stadtrand von Prien erreichten, herrschte eine eisige Stimmung zwischen ihnen. Kaya versuchte, ihre Abneigung Steinert gegenüber mit überspitzter Freundlichkeit zu verdecken, wohingegen ihr Kollege sie konsequent ignorierte.

Haumann bat die beiden Polizeibeamten nicht zu sich herein. Aus seinem Ein-Zimmer-Apartment entströmte ein übler Geruch. Es war eine Mischung aus Cannabis und verbrannter Tomatensoße.

»Grüß Gott«, sagte er und funkelte die beiden misstrauisch an. Steinert hielt dem Mann sofort seinen Dienstausweis vor das Gesicht und räusperte sich.

»Christoph Steinert. Ich gehöre zur Kriminalpolizei. Mordkommission.«

Haumann stemmte eine Faust in die Hüfte und verfiel in eine angespannte Körperhaltung.

»Kaya Benaty. Ebenfalls von der Mordkommission«, mischte sich Kaya ein. Sie war verärgert, dass ihr Kollege es nicht für nötig befand, sie ebenfalls vorzustellen.

»Ich hab den Alten nicht ermordet. Schert's euch zum Teufel!«

Haumann wollte den Kommissaren die Tür vor den Nasen zuschlagen, doch Steinert reagierte Prompt und schob seinen Fuß in die Öffnung.

»Das ging ja ziemlich schnell. In Nullkommanichts vom

lieben Gott in die Unteretage.« Steinert schmunzelte feindselig. »Aber wenn Sie nichts mit dem Tod von Heinrich Wolf zu tun haben, können Sie uns ja sicherlich einige Fragen beantworten.«

Volker Haumann fuhr sich mit dem Handrücken über die Stirn. Kaya entdeckte auf seinem weißen Feinrippunterhemd mehrere dunkle Flecken, und seine Jogginghose war löchrig.

»Ohne Anwalt rede ich überhaupt nicht mehr mit euch. Ihr bringt mir nichts als Ärger«, verkündete Haumann mit einem wütenden Schimmern in den Augen.

»Wenn Sie es gleich so offiziell wollen, Herr Haumann, dann nehme ich sie jetzt gerne mit aufs Präsidium. Sie sind hiermit offiziell verhaftet. Ihnen wird vorgeworfen, Heinrich Wolf und Robert Dietrich ermordet zu haben. Sie sind nicht verpflichtet, sich zu den beiden Morden zu äußern, obwohl ich es Ihnen dringend empfehlen würde. Das Recht auf einen Anwalt scheinen Sie ja bereits zu kennen. Außerdem haben Sie das Recht, Beweisanträge zu Ihrer Entlastung zu stellen.«

Mit diesen Worten stieß Steinert die Tür auf. Haumanns Blick war hasserfüllt, doch er ließ sich ohne Widerstand festnehmen.

»Ich kenne keinen Robert Dietrich«, ließ er in monotonem Tonfall verlauten. Kaya verfolgte die Szene mit einem unguten Bauchgefühl. Zum einen war sie vom rabiaten Vorgehen ihres Kollegen verdattert. Zum anderen meldete sich da noch die Stimme in ihrem Kopf, die immer weiter anschwoll und verkündete: »Ihr vergeudet wertvolle Zeit. Bald gibt es das nächste Opfer.«

Kaya sollte erst einige Zeit später klar werden, wie richtig sie damit lag.

16. Juni 2023
17:25 Uhr

Knapp drei Stunden später saßen die beiden Kommissare mit Haumann und seinem Pflichtverteidiger Ingo Loos im gekachelten Verhörzimmer der Polizeiinspektion Prien. Im Gegensatz zu seinem Mandanten, der aussah, als würde er nicht ausreichend Tageslicht abbekommen, war Loos braungebrannt und wirkte so frisch, als wäre er gerade aus einem Urlaubsflieger gestiegen. Loos trug einen etwas zu großen schwarzen Anzug und eine graukarierte Krawatte. Sein akkurater Seitenscheitel erweckte den Anschein, dass es sich um eine Perücke handelte, und passte überhaupt nicht zu seinen großen ausdruckslosen Augen und den eingefallenen Wangenknochen. Nach der Abfrage der Personendaten übernahm Steinert das Gespräch mit dem Anwalt.

»Mein Mandant hat mir versichert, nichts mit den Morden an den beiden Männern zu tun zu haben. Herr Haumann hat für den Mord an Heinrich Wolf ein Alibi. Und Herrn Dietrich kannte er nicht einmal«, tat Loos kund.

Steinert rümpfte die Nase. Unterdessen wandte Kaya den Blick nicht von Haumann, der ausdruckslos vor sich hinstarrte.

»Von welchem Alibi sprechen wir für die Tat an Wolf?« Steinert kniff die Augen zusammen.

»Ich war von vorgestern auf gestern den ganzen Abend im Witzl. Bin erst bei Sonnenaufgang nach Hause gegangen.«

»Witzl?«, hakte Steinert nach. Kaya verkniff sich ein Lächeln.

»Das ist eine örtliche Kneipe. Die gab es auch schon zu meiner Jugendzeit«, warf sie ein. Haumann nickte heftig.

Das Witzl war schon damals in Prien als übler Schuppen bekannt, dessen Klientel fast durchwegs aus Stammgästen bestand. Schwer kranke Alkoholiker, die sich dort jeden Tag einen hinter die Binde kippten und teilweise so betrunken waren, dass sie nicht mehr nach Hause fanden und einfach auf dem Tresen einschliefen.

»Ich habe bereits mit dem Wirt vom Witzl, Stefan Puhl, telefoniert. Er kann und wird Ihnen bestätigen, dass Herr Haumann sich ab ca. 20:00 Uhr bis in die frühen Morgenstunden in der Bar aufhielt. Dort wurde er auch von anderen Besuchern des Lokals gesehen. Das passt nicht zum vermuteten Todeszeitpunkt Ihres Opfers zwischen 21:00 Uhr und 03:00 Uhr.«

»Hmm.« Steinert rieb sich das Kinn. Auf einen Schlag war seine Theorie in sich zusammengebrochen. Der Ermittler wirkte unschlüssig.

»Wieso haben Sie Herrn Wolf nachgestellt?«, fragte Kaya den Beschuldigten. Haumann und Loos tauschten einen kurzen Blick.

Schließlich nickte der Anwalt.

»Es tut mir leid«, setzte Haumann an, »ich wollte Wolf nur ein wenig Angst machen. Das Arschloch ist schließlich daran schuld, dass ich für Mord verknackt wurde.«

»Dann haben Sie Ihre Frau also nicht ermordet?«, fragte Kaya mit kehliger Stimme. Die vergangenen Stunden hatte sie damit zugebracht, sich in Haumanns Akte einzulesen, während dieser sich mit seinem Anwalt besprach.

Haumann grübelte einen Moment.

»Das war doch keine Absicht. Wir haben immer wieder gestritten. Und ja, ich bin mal ausfallend geworden. Aber sie hat genau gewusst, wie sie mich auf die Palme bringen kann. Und da bin ich halt einfach ausgerastet. Ich wollte doch nicht, dass sie stirbt.«

Kaya nippte an ihrem Wasser und bemühte sich um eine unbefangene Miene.

»Sie haben Ihre Frau von hinten mit einer Pfanne erschlagen. Das erfüllt ganz klar das Mordmerkmal der Heimtücke. Wieso geben Sie Herrn Wolf also die Schuld für Ihre Verurteilung?«

Auf die Frage der Kommissarin hin verfärbte sich das blasse Gesicht des Mannes zu einem satten Purpur.

»Die Anklage lautete zunächst Totschlag. Nur wegen Wolf wurde ich wegen Mordes verknackt! Der hat mich doch einfach nur gehasst und darauf bestanden, dass meine Aussage eine Lüge war, als ich angegeben habe, dass die Rosa mehrere Messer nach mir geschmissen hat. Der hat alle Register gezogen, damit ich die höchstmögliche Strafe kriege. Ich habe dieses Arschloch nicht ermordet, auch wenn ich mir oft vorgestellt habe, es zu tun.«

Auf der Stirn des Anwaltes vermehrten sich Schweißperlen.

»Sie haben die Fragen der Kommissare zur Genüge beantwortet. Halten Sie sich jetzt besser zurück«, raunte Loos.

Steinert erwachte aus seiner Schockstarre und verengte die Augen zu Schlitzen.

»Wann waren Sie denn das letzte Mal auf der Herreninsel?«

Haumanns Augen weiteten sich. »Das letzte Mal …« Hinter seiner Stirn ratterten die Zahnräder. »Das muss vor meiner Verhaftung damals gewesen sein. Das Schloss interessiert mich einen Dreck.«

Loos' Mundwinkel hoben sich. »Ich denke, wir sind hier fertig.«

16. Juni 2023
19:55 Uhr

Mit einer eisgekühlten Dose Bier und einem Käsebrötchen in der Hand schlenderte Kaya an der Seepromenade entlang. Es war ein heißer Sommertag gewesen. Die Luft war immer noch drückend warm, und sie kam bereits nach wenigen Schritten ins Schwitzen. Nur ein paar zuckerwatteförmige Wolken verzierten den azurblauen Himmel. Zu dieser Uhrzeit waren unzählige Touristen und Einheimische unterwegs, um noch etwas von den letzten Sonnenstrahlen des Tages abzubekommen. Laut Wetterbericht sollte das Wetter am darauffolgenden Tag in eine aufgeladene Gewitterschwüle umschlagen. An den Stegen entdeckte sie einige Enten, die darauf hofften, gefüttert zu werden.

Sie strich sich die straßenköterblonde Mähne aus der Stirn und ließ sich auf einer Parkbank direkt am Wasser nieder. Während sie an ihrem Bier nippte, überkam sie eine gewisse Schwermütigkeit. Sie hatte das Gefühl, auf der Stelle zu treten, einfach nicht weiterzukommen. Es war unbefriedigend und bedrückend für Kaya Benaty, wenn Ermittlungen ins Stocken gerieten. Ihr Blick glitt zur fast vier Kilometer entfernten Herreninsel hinüber, und ihre Gedanken drifteten ab zu dem Mörder, der dort sein Unwesen trieb. Er muss die beiden Opfer aus tiefstem Herzen gehasst haben. Kayas Intuition sagte ihr, dass Wolf und Dietrich zu Lebzeiten eine große Rolle im Leben des Ludwig-Mörders eingenommen hatten. Wieso sonst sollte er sie so brutal ermorden? Dennoch war keine offensichtliche Verbindung zwischen dem ehemaligen Polizisten und dem Schlossgärtner zu erkennen.

Auch die Frage, wie der Ludwig-Anhänger die beiden nachts auf die Insel gelockt hatte, konnte sie noch nicht beantworten. Sie war gefangen in einem Irrgarten aus Fragen, aus dem sie nicht mehr allein herausfand.

Nachdem sie ihr karges Abendessen in Form des belegten Brötchens eingenommen hatte, spielte sie mit dem Smartphone in ihrer Hand. Henry-Michels Anruf kam ihr in den Sinn. In seinem Podcast ergründete er die Abgründe der menschlichen Psyche, oft anhand von realen Beispielen. Unter anderem hatte er in einer mehrteiligen Reihe den Fall des Kannibalen von Rotenburg behandelt und dessen Psyche aus sämtlichen Blickwinkeln durchleuchtet. Henry-Michel war zwar kein professioneller Fallanalytiker, könnte ihr aber mit Sicherheit einen profunden Einblick in das Innenleben des Ludwig-Mörders verschaffen. Kaya überlegte einige Minuten. Sie kam sich albern vor. Wie sollte sie ihn denn überhaupt begrüßen? *Hallo Henry-Michel, hier ist Kaya, dein One-Night-Stand von vor ein paar Monaten, die deine Anrufe seitdem gezielt ignoriert und die immer noch nicht fassen kann, dass du deine Frau mit ihr betrogen hast.*

Sie schüttelte seufzend den Kopf. *So verzweifelt bin ich dann doch noch nicht,* dachte sie und nahm sich vor, am nächsten Morgen nach der Dienstbesprechung noch einmal zu Martha Dietrich zu fahren.

Kaya kratzte sich am Hinterkopf. Auf einmal verspürte sie das dringende Bedürfnis nach einer vertrauten Stimme. Einem offenen Ohr, das sich ihre Sorgen anhören würde. Jemand, auf den sie sich verlassen konnte. Sie wählte die Handynummer ihres Vaters.

»Kaya! Ich habe schon gedacht, sobald du bei der Mordkommission anfängst, verschwindest du für die nächsten Monate in der Versenkung!«

In Torben Benatys Stimme schwang eine freudige Überraschung mit.

»Papa!«, antwortete Kaya mit einem strahlenden Lächeln.

»Wie geht es dir?«

Der Wirtschaftsprüfer seufzte. »Ich habe viel Arbeit zurzeit. Wir finden einfach keinen Nachwuchs mehr. Den meisten jungen Leuten ist der Job zu ›trocken‹. Die wollen in die weite Welt hinaus oder etwas Spannendes und Kreatives machen.«

Kaya überlegte kurz, wann sie das letzte Mal mit ihrem Vater gesprochen hatte, und bekam ein schlechtes Gewissen. Es musste schon mehrere Wochen her sein. Sie stellte ihn sich in seiner Zweizimmerwohnung vor. Gemeinsam mit seiner Labradoodle-Dame Bella auf dem Sofa. Mit Sicherheit trug er gerade eine Jogginghose und Sandalen mit weißen Socken. Das war typisch für ihren Papa. Vor ihm stand ein Glas Montepulciano, und im Hintergrund liefen die Tagesnachrichten. Torben Benaty stand kurz vor der Rente, weshalb es Kaya missfiel, dass er noch so viel arbeitete. Immerhin hatte er vor zwei Jahren eine schwere Lungenentzündung, die beinahe tödlich verlaufen wäre.

»Aber die viel wichtigere Frage ist doch, wie es dir geht, meine Kleine. Wie ist es bei der Mordkommission?«

Kaya schluckte schwer. Sie zögerte kurz, berichtete ihrem Vater aber schlussendlich doch von den Mordfällen, ohne dabei auf konkrete Details einzugehen oder Polizeiinterna preiszugeben. Ihre konfliktgeladene Zusammenarbeit mit Steinert erwähnte sie nicht. Auch die Anspannung von Wachtner überging sie in ihrer Erzählung.

»Das klingt nach einem richtig harten ersten Fall. Aber ich bin mir sicher, dass du ihn gut meistern wirst. Bisher hast du sie doch alle gestellt. Du wärst jetzt nicht in dieser Position, wenn deine Vorgesetzten nicht überzeugt davon wären, dass du die Richtige für diesen Job bist.« Torben machte eine kurze Pause, ehe er fortfuhr.

»Vertrau deinem Bauchgefühl. Ich bin noch nie einem Menschen mit einer besseren Auffassungsgabe begegnet, Kaya. Manchmal frage ich mich wirklich, woher du diese

Gabe hast.« Kaya lachte kehlig. »Gepaart mit deinem logischen Denken und deinem guten Herz wirst du dem Täter auf die Schliche kommen.«

»Hmm.« Wie so oft in ihrem Leben wurde Kaya vom Hochstapler-Syndrom ereilt. Das auch als »Imposter-Syndrom« bekannte psychologische Phänomen verursacht bei Betroffenen den Eindruck, ihre Erfolge und Qualifikationen würden nur auf Zufällen beruhen. Kaya fühlte sich oft so, als könnte man ihr ihre Stellung bei der Polizei jederzeit wieder entziehen. Vor allem wenn sie von ihren Vorgesetzten und Kollegen gelobt wurde, kam sie sich wie eine Betrügerin vor.

»Mit einem Täter wie ihm hatte ich es noch nie zu tun. Ich schätze ihn hochintelligent und mindestens genauso gefährlich ein. Was weißt du eigentlich über Ludwig II. von Bayern?«

Torben Benaty schnaufte schwer in den Hörer. »Den Märchenkönig?«

Kaya wusste, dass ihr Vater schon immer an Geschichte interessiert war. Zu Hause hatte er ein ganzes Regal voller historischer Werke und Dokumente. Sein liebstes Fernsehprogramm waren geschichtliche Dokumentationen und Reportagen.

»Ja, der Chiemsee-Mörder scheint eine Verbindung zu Ludwig II. zu haben.«

»Ludwig war ein Traumtänzer. Seine gesamte Persönlichkeit ein Widerspruch in sich. Mit seinen fantastischen Märchenschlössern und den Kriegen, die er führte, hat er Schulden in Höhe von mehreren Millionen Gulden angehäuft und die bayrische Krone in den finanziellen Ruin getrieben. Deswegen wurde er mit knapp 40 Jahren entmündigt. Heutzutage würde man ihm vermutlich eine tief greifende schizoide Persönlichkeitsstörung attestieren und ihn in eine intensive Verhaltenstherapie schicken.«

»Schizoide Persönlichkeitsstörung? Bedeutet das nicht, dass er ein Desinteresse an sozialen Beziehungen hatte und nicht fähig war, Emotionen in zwischenmenschlichen Beziehungen zu deuten?«

»Ludwig II. hat der Bezug zur Realität gefehlt, aber soweit ich weiß, hast du recht. Allerdings solltest du dazu mal einen Psychologen mit historischem Hintergrundwissen befragen. Wieso interessierst du dich für Ludwig? Der war nämlich kein Mörder, soweit es mir bekannt ist.«

»Ich glaube, mein Mörder identifiziert sich mit ihm. Er verehrt ihn regelrecht. Möglicherweise gelingt es mir, auf Basis von Ludwig und der Faszination des Täters für ihn ein Täterprofil zu erstellen, das mir weiterhilft.«

»Das wäre durchaus möglich. Na, siehst du. Auf seine alten Tage hilft dir dein Paps doch noch weiter.«

»Da hast du recht! Danke, Papa.« Kaya wünschte sich, dass sie ihn kurz umarmen und ihm einen Kuss auf die Stirn drücken könnte, so wie sie es immer tat, wenn die beiden sich trafen.

»Wie ist es denn für dich, wieder zurück in Prien zu sein?«, hakte Torben Benaty plötzlich nach.

Kaya wusste nicht, ob sie froh über den abrupten Themenwechsel sein sollte. »Es fühlt sich seltsam an. So fremd und doch vertraut. Meine Heimat ist München. Daran wird sich auch nichts ändern. Aber Prien macht etwas mit mir. Es weckt alte Erinnerungen, reißt Wunden auf, von denen ich geglaubt habe, sie seien längst verheilt.« Kaya überlegte kurz, ob sie ihrem Vater von der Begegnung mit ihrem Halbbruder berichten sollte, entschied sich aber dagegen. Wenn sie schon selbst mit all den schmerzlichen Erinnerungen konfrontiert wurde, sollte es zumindest ihrem geliebten Papa erspart bleiben.

»Das kann ich gut verstehen. Johannes?«

»Ja. Auch.«

In der Leitung herrschte für einen Moment Stille. Torben Benaty brach das Schweigen als Erster.

»Das war damals eine furchtbare Tragödie. Lass dir davon

bloß nicht deinen Geist vernebeln. Seitdem ist viel geschehen. Du bist als Person gewachsen. Die Kaya von damals gibt es nicht mehr.«

Na, wenn das so leicht wäre, dachte sie mit tiefen Stirnfalten.

»Konzentriere dich auf deinen Fall und blick nach vorne. Dich erwartet eine vielversprechende Zukunft. Du musst nur zuversichtlich sein und an dich glauben.«

Kaya nickte, auch wenn ihr Vater es nicht sehen konnte.

»Danke Papa! Das habe ich jetzt gebraucht. Du bist der Beste.«

Sie unterhielten sich noch über eine Weile über Alltägliches. Die sich exponentiell vermehrenden Baustellen in der Münchener Innenstadt, Kayas Zimmerpflanzen, die während ihres Aufenthaltes in Prien sicherlich eingehen würden, und über Torbens Urlaubspläne im Herbst. Gemeinsam mit Bella wollte er sich eine zweiwöchige Auszeit in Südtirol gönnen.

Als die Abendluft milder wurde und die untergehende Sonne die Oberfläche des Sees streifte, verabschiedete sich Kaya von ihrem Vater. Fünf Minuten später wanderte sie in gemütlichem Schritt zurück zu ihrem Gasthof. Die lauwarme Luft wehte ihr in einer angenehmen Brise um die Nase. Nach dem Gespräch mit ihrem Vater fühlte sie sich wesentlich leichter. Das süßliche Aroma des Sees lag über dem Ort. Überhaupt kein Vergleich zur Millionenstadt München, wo es überall nach Abgasen roch. Obwohl ihr Vater viele Kilometer weit entfernt war, spürte sie auch nach dem Gespräch noch die vertraute Geborgenheit, die sie aus ihrer Kindheit kannte. Sie bemühte sich, das Gefühl festzuhalten, und manifestierte in Gedanken, dass sie in dieser Nacht gut schlafen würde. Zumindest für eine Nacht wollte sie Dietrich, Wolf, Ludwig II., Steinert und Prien vergessen und in einer positiven Wonne schwelgen.

16. Juni 2023
23:56 Uhr

Werner Böck drängte sich eng an der Kirchenmauer entlang. Er hastete von Schatten zu Schatten, mied die Lichtkegel der Straßenlaternen. Niemand sollte ihn um diese Uhrzeit hier bemerken. Sogar seine Robe hatte er zu Hause gelassen, obwohl er sich ohne sie nackt fühlte. Stattdessen trug er eine schlichte schwarze Jacke, eine dunkle Cordhose und ein dunkelblaues Hemd. In seiner Faust umklammerte er den Zettel mit der geheimnisvollen Botschaft, den er am frühen Abend in seinem Briefkasten vorgefunden hatte.

»Er sprach: Vom Himmel selbst bin ich zu Euch gesendet,
Zu Eurem Herrscher hat mich Gott ernannt,
Durch mich wird alles Böse weggewendet,
Jedoch mein Name werd' Euch nie bekannt.«
Sei um Mitternacht an der Kirche.
– Dein Sohn.

Er schlich um das imposante Gebäude im Herzen Priens. Ehe er die Tür aufschloss, blickte er noch einmal über die Schulter zurück. Böck kam sich vor wie ein Einbrecher an dem Ort, der in den letzten Jahrzehnten für ihn zu seiner Heimat geworden war. Blitzschnell verschwand er im Eingang und betrat die Sakristei. Sofort stieg ihm der wohlbekannte Duft der alten Mauern in die Nase. Auch den Weihrauch der vergangenen Messe konnte er riechen. Natürlich hatte Böck von den Morden in Prien gehört. Grausame Taten, die einem das Blut in den Adern gefrieren ließen. Martha Dietrich hatte ihn sogar höchstpersönlich aufgesucht, um ihn vom Tod ihres Mannes zu unterrichten und das weitere Vorgehen zu besprechen. Und obwohl er wusste, dass er der Nächste sein könnte, kam er jetzt zur dunkelsten Stunde der Nacht in die Kirche. So wie von *ihm* verlangt. Böck glaubte an das Gute in den Menschen. Er war fest überzeugt, dass ein jeder Buße tun konnte. Unter anderem deswegen hatte er seinen Berufsweg eingeschlagen. Außerdem hoffte er auf die Stimme Gottes in seinem Ohr, die ihm bisher immer den korrekten Weg geebnet hatte.

Das matte Licht der Glühbirne tauchte die Sakristei in eine unnatürliche Atmosphäre. Neben der Schatulle, in der die Hostien gelagert wurden, befanden sich Altargewänder und goldene Kelche für den Gottesdienst. Dahinter stand ein Tresor, in dem die Gewänder des Pfarrers, der Diakone und der Ministranten gelagert wurden.

Böck erschrak, als der Verfasser der ominösen Botschaft aus dem Schatten des Tresors trat. Auf seinem Gesicht lag ein maliziöses Grinsen. Unter dem Arm trug er eine Bibel bei sich.

»Vielleicht«, sagte er, »war es uns schon immer vorherbestimmt, uns hier an diesem Ort das erste Mal ohne Geheimnisse gegenüberzutreten.« Seine Worte klangen liebevoll, doch unterschwellig lag darin eine Schärfe, die Böck in Panik versetzte.

»Oh, Vater unser im Himmel«, zitierte er und kam langsam näher.

Böck wedelte mit dem Zettel vor seinem Gesicht. Seine trüben Augen waren angsterfüllt. »Warst du es? Hast du den Heinrich und den Robert ermordet?«

Er genoss den Moment, badete in Böcks allzu offensichtlicher Furcht.

»Ich wünschte, wir hätten uns im Antlitz Ludwigs treffen können. Dort im Mondschein. Auf der Herreninsel. Lange habe ich überlegt, wo ich dein Leben beenden soll, aber letztendlich erschien mir dieser Ort passender.«

»Wieso jetzt? Nach all den Jahren. Und warum ausgerechnet hier?«, wollte Böck wissen. Der andere ging nicht darauf ein.

In diesem Moment setzten die Kirchenglocken ein. Sie verkündeten Mitternacht. Böck sah noch, wie sich die Lippen des Mannes bewegten, doch die Glocken übertönten seine Worte.

Der Wendepunkt zwischen Tag und Nacht brach über Prien herein. Unter Werner Böck jedoch, da öffnete sich ein Abgrund. Ein endloser Krater aus Schmerz und Angst. Die Dunkelheit legte sich für immer über den gottesfürchtigen Mann. In dieser Nacht hörte niemand seine Schreie. Alles, was die Bewohner Priens mitbekamen, waren die Kirchenglocken.

17. Juni 2023
08:30 Uhr

Der babyblaue Himmel war bedeckt mit Schäfchenwolken, die gen Osten zogen, als Cordula Gintenreiter an diesem Morgen ihr Haus verließ. Die Morgensonne legte sich mild auf die spiegelglatte Oberfläche des Chiemsees, während die verwitwete Seniorin zielstrebig durch Prien schritt. Seit vielen Jahren half die gläubige Christin bei der Vorbereitung des Sonntagsgottesdienstes in der römisch-katholischen Kirche Mariä Himmelfahrt. Zwar gab es da auch noch die Ministranten und weitere freiwillige Helfer, doch Cordula pflegte ein besonders enges Verhältnis zu Pfarrer Werner Böck. Inzwischen stand der Pastor kurz vor der Pensionierung und hatte mit vielen körperlichen Beschwerden zu kämpfen, die ihn bei der Arbeit behinderten.

Das Gotteshaus gehörte zur Erzdiözese München und Freising und befand sich direkt in der Ortsmitte, wo es fußläufig für Cordula optimal erreichbar war. Schon mit ihrem Mann hatte sie jede Woche den Gottesdienst besucht und diese Tradition führte sie auch nach dessen Ableben fort. Schließlich waren viele ihrer wichtigsten Lebensereignisse in dieser Kirche gefeiert worden: ihre Erstkommunion, die Hochzeit mit ihrem Peter, die Taufe ihrer gemeinsamen Kinder und zuletzt auch Peters Bestattung. Cordula war unwiderruflich mit der Kirche verbunden, deren 72 Meter hoher Turm mit spitzem Helm schon von Weitem erkennbar war. Die Ursprünge des Gebäudes, dessen Sakristei im Osten zwei kleine Türme mit Zwiebelhauben besaß, gingen bis ins 12. Jahrhundert zurück. Der barocke Baustil und der lichtdurchflutete Innenraum erfüllten Cordula selbst nach so vielen Jahren noch mit Ehrfurcht. Sobald sie die Kirche betrat, wurde ihr jedes Mal bewusst, wie klein und unbedeutend sie doch war. Ein jeder von uns war doch nur ein kleines Zahnrad in einer komplexen Gerätschaft, die nur der allmächtige Herrgott verstand.

Wie jede Woche betrat sie die Kirche auch an diesem Tag mit dem Kreuzzeichen und sprach ein leises »Amen«.

Beim Anblick des Deckenfreskos, das die Seeschlacht von Lepanto darstellte, musste Cordula sofort an ihre Hochzeit denken, als der Jubel ihrer Familienmitglieder und Freunde von den Wänden widerhallte. Jedes Mal, wenn sie lila Glockenblumen sah, dachte sie liebevoll an ihren Ehemann. Diese hatte Peter ihr zum ersten Rendezvous geschenkt.

Geistesabwesend schritt sie durch die Halle des inneren Kirchenschiffes. Für gewöhnlich wartete Pfarrer Böck in der Sakristei auf sie. Als sie am Altar vorbeischritt, blieb sie irritiert stehen. Zunächst glaubte sie, dass dort eine Puppe platziert worden war. Hin und wieder wurde von den Schülern der örtlichen Grundschule ein christliches Theaterspiel veranstaltet. Dazu stellte der Theaterverein Requisiten zur Verfügung. Bei näherem Hinsehen allerdings erkannte Cordula, dass es sich um einen Menschen handelte, der da in einer schwarzen Uniformjacke, Kniebundhose und Hermelinmantel an einem Kreuz über dem Gottestisch hing. Seine Brust zierten mehrere Orden und Ketten.

Später würde sich Cordula darüber ärgern, dass sie das Seniorenhandy, das ihre Kinder für sie besorgt hatten, nicht dabeihatte. Aus den Fernsehkrimis wusste sie eigentlich, dass sie in diesem Fall sofort die Polizei rufen musste. Doch stattdessen fasste sie sich ein Herz. Ihr schnürte es die Kehle zu, sodass sie nur noch schwer Luft bekam. Ihre Lippen zitterten, als sie kreidebleich zurück auf die Straße stolperte und um Hilfe schrie.

»Der Pfarrer ist tot! Der Pfarrer ist tot!«

17. Juni 2023
08:40 Uhr

Nach einer vergleichsweise erholsamen Nacht machte sich Kaya direkt vom Gasthof zu Fuß auf den Weg zum Haus der Witwe Dietrich. Sie musste der Spur, die sie durch Xaver Obermeier gewonnen hatte, unbedingt nachgehen. Das wollte sie möglichst diskret und ohne Steinert in aller Frühe erledigen, damit sie rechtzeitig zur Dienstbesprechung wieder anwesend war und Wachtner ihr nichts vorwerfen konnte.

Es widerstrebte ihr, Steinert in dieser Hinsicht zu vertrauen. Es gab viel zu viele Hinweise, die ihr Kollege schon allein deswegen nicht beachten würde, weil die Informationen von ihr stammten.

Johanna Meissens dunkelhaariger Schopf begrüßte sie heftig wackelnd vor dem Haus der Dietrichs.

Die einfühlsame Art der Seelsorgerin war Kaya im Gedächtnis geblieben, deshalb zog sie die junge Frau hinzu, falls sie Martha Dietrich möglicherweise mit einer schrecklichen Wahrheit konfrontieren musste. Während ihrer Zeit bei der Organisierten Kriminalität hatte sie Dinge gesehen, die sie nie wieder vergessen würde. Vor drei Jahren war sie mit ihrer ehemaligen Einheit auf eine Gruppe gestoßen, die Snuff-Filme produzierte und verbreitete. Dabei handelte es sich um Pornografie, die neben schweren körperlichen Misshandlungen auch Mord beinhalteten. Kaya hatte nur wenige Sekunden davon gesehen, doch dabei war etwas in ihr zerbrochen. Sie konnte es einfach nicht ertragen. Wie konnten sich Menschen nur am Leid anderer ergötzen? Beim Gespräch mit Martha Dietrich wollte sie für den schlimmsten

Fall vorbereitet sein. Auf Robert Dietrichs VHS-Kassetten konnte sich schließlich alles Mögliche befinden.

Benatys empathische Art erleichterte ihr die Arbeit mit Zeugen und Opfern, doch es fiel der jungen Frau meist schwer, schlechte Nachrichten zu überbringen. Mit Meissen an ihrer Seite fühlte sie sich wesentlich optimistischer, was das bevorstehende Gespräch betraf.

Martha Dietrich begrüßte sie in einem weißen Frottee-Bademantel und schwarzen Birkenstocks. Darunter trug sie einen weiten Jogginganzug, der ihre schmale Gestalt versteckte.

Die gräuliche Farbe ihrer Haut und die dunklen Augenringe führte Kaya auf die schrecklichen Tage zurück, welche die Frau jüngst durchlebt hatte. In den dunklen Augen der Witwe lag eine Müdigkeit, die nichts mit mangelndem Schlaf zu tun hatte. Es war der eiskalte Klammergriff des Verlustes, der unnachgiebig an ihr zerrte.

In dem geräumigen Einfamilienhaus roch es nach einem würzigen Eintopf. Erst in diesem Moment fiel Kaya auf, dass sie noch nichts gefrühstückt hatte. Die drei Frauen setzten sich an den runden Küchentisch der Familie.

»Wie geht es Ihnen?«, wollte Kaya wissen.

»Ach wissen Sie, man lebt so in den Tag hinein. Es kommen viele Freunde vorbei, bringen mir Essen und spenden mir Trost.« Eine silberne Träne rann Dietrich über die Wange.

»Die Kinder kommen am Wochenende zurück nach Hause ... Ich ... Ich wollte nicht, dass sie aus ihrem Alltag gezogen werden ... Da fällt man nur in ein tiefes Loch, wissen Sie?«, schluchzte sie anschließend.

Kaya nickte verständnisvoll. Johanna rückte etwas näher an die Witwe heran und legte ihr mit einem warmen Lächeln die Hand auf die Schulter.

»Es tut mir wirklich leid, Sie noch einmal belästigen zu müssen. Bei den Ermittlungen haben wir uns das nähere

Umfeld und die Hobbys Ihres Mannes genauer angesehen und sind da auf etwas gestoßen ...«

»Oh mein lieber Herrgott! Was hat das zu bedeuten?«, unterbrach die Witwe sie mit weit aufgerissenen Augen.

Kaya warf Meissen einen fragenden Blick zu, den diese mit einem ermutigenden Nicken bestätigte.

»Sie haben mir erzählt, dass Ihr Mann VHS-Kassetten gesammelt und diese im Internet bestellt hat. Können Sie mir mehr darüber erzählen?«

»Ja, der Robert hat viel Zeit mit seinen Filmen verbracht. Er hat sogar manche dieser Kassetten selbst bespielt. Aber ich weiß nicht, wie das geht. Die Filme und das Angeln waren seine Welt. Ich hingegen habe mich immer mit Backen oder Lesen beschäftigt, während er seinen Hobbys nachging.«

»Wo befinden sich diese Videokassetten jetzt?«, erkundigte sich Kaya.

»Ach ... Vor vielen Jahren hat sich Robert hinten im Garten einen eigenen Werkzeugschuppen gebaut. Er war ja schon immer handwerklich begabt, müssen Sie wissen. Da hat er die Kassetten auch immer sofort hineingeräumt, wenn er von einem seiner Tauschtreffen kam. Meistens habe ich die gar nicht zu Gesicht bekommen.«

»Dürfte ich mich einmal in dem Schuppen umsehen?«

Martha Dietrich schniefte. »Natürlich. Wenn es dabei hilft, Roberts Mörder zu finden.«

Die Witwe führte sie von der Küche auf eine wunderschöne Sonnenterrasse. Ein besonders prächtiger Rhododendron erhaschte Kayas Aufmerksamkeit. Direkt daneben erblühte ein wunderschöner Rosenbusch. Robert Dietrich musste sein gesamtes Herzblut in die Gestaltung seines Gartens gesteckt haben. Mehrere altgriechische Büsten waren in symmetrischer Logik neben dem gepflasterten Weg aufgereiht. Kaya sog den Duft der farbenfrohen Blumenbeete tief ein und versuchte, diesen schönen Moment im Gedächtnis zu behalten.

Der Werkzeugschuppen mutete dagegen eher unauffällig an. Die rostigen Angeln der Tür quietschten unangenehm schrill, als Martha Dietrich die Holzhütte öffnete. Kayas forschender Blick fiel sofort auf eine abgenutzte Werkbank. Johanna Meissen blieb mit Frau Dietrich am Eingang zurück, während Kaya den Schuppen betrat und von einer Wand abgestandener Luft begrüßt wurde.

Das Handy der Kommissarin meldete sich mit dem vertrauten Läuten von Kuhglocken, doch sie ließ es klingeln. Sie stand kurz vor einer wichtigen Entdeckung, das spürte sie. Schon nach kurzer Zeit entdeckte sie eine altmodische Kommode, auf der ein Röhrenfernseher und ein Videoplayer standen.

»Wie oft kam ihr Mann hierher?«, fragte die Kommissarin.

Martha Dietrichs Stirn legte sich in Falten.

»Er war fast jeden Tag hier drin. Wie gesagt … der Robert hatte halt seine Hobbys. Das war seine Welt.«

Unter einer mit Ölflecken übersäten Decke machte Kaya einen zerfledderten Umzugskarton aus, in dem zahlreiche VHS-Kassetten lagen. Bunte Zeichentrickfiguren lächelten sie von den quadratischen Deckeln an. Inmitten der Kunststoffhüllen lag ein zusammengefalteter Zettel. Eine innere Unruhe überkam Kaya beim Entfalten des Papiers.

Und mich befiel ein sel'ger Schlummer
In einem magisch blauen See,
Dort war nur Lust und niemals Kummer
Und ich empfand ein wonnig Weh.

Ludwig. Schon wieder. Kayas Finger zitterten. Ihr Blick flog mehrere Male über die Zeilen, bevor sie den Zettel unauffällig in ihre Hosentasche gleiten ließ. »Bingo«, flüsterte die Kommissarin und drehte sich zu Meissen und der Witwe um.

»Dürfte ich mir die Bänder mal allein ansehen? Falls meine Vermutung stimmt, dann könnte das eine wichtige Spur sein, aber ich möchte Ihnen unnötiges Leid ersparen«, erklärte Benaty zurückhaltend.

»Was soll das heißen? Ist da was auf diesen Bändern, das mit Roberts Tod zu tun hat? Dann will ich es auch wissen!«, protestierte die Witwe.

»Wenn es wirklich wichtig für den Fall ist, werden sie es in Kürze erfahren.« Kayas Augen wanderten hilfesuchend zu Meissen.

Die Seelsorgerin nickte und schlang einen Arm um die Witwe. »Kommen Sie, wir können ja noch einen Tee trinken, bis die Kommissarin fertig ist, ja?«

Dietrich zögerte einen Moment, willigte aber letztendlich ein und ging gemeinsam mit Johanna Meissen zurück zum Haus.

Zügig schloss Kaya die Tür hinter sich und schaltete den klobigen Fernseher an. Aus der alten Umzugskiste griff sie sich ein gut erhaltenes Exemplar von Disneys »Fantasia«. Laut einem Aufkleber stammte das Video aus dem Jahr 1991. Mit wachsender Spannung legte sie die Kassette ein und versteinerte, als die Aufnahme begann abzuspielen.

Sie zwang sich hinzusehen, obwohl sie wusste, worauf die Szene in der flimmernden Kiste hinauslief. Ein kleines Mädchen von höchstens vier Jahren saß auf dem Schoß eines dickbäuchigen Mannes, dessen Kopf abgeschnitten war. Der Mann trug ein rotes Polohemd und eine Jeans, in deren Schritt sich eine deutliche Beule abzeichnete. Seine Wurstfinger fuhren dem Mädchen zuerst durch die dunklen Locken, ehe sie ihm langsam über den Rücken strichen. Das Kind trug lediglich einen bunt gepunkteten Slip und zuckte bei jeder Berührung des Alten erschrocken zusammen. Im Gesicht der Kleinen spiegelte sich Angst wider.

Kayas Nackenhaare stellten sich auf. Zur gleichen Zeit revoltierte ihr Magen. Ihr wurde speiübel. Sie verfolgte den

Film noch für einige Sekunden, doch als die Hand des Mannes in die Unterwäsche des zitternden Mädchens wanderte, reichte es ihr. Kreidebleich schaltete sie das Video ab.

Dietrich war pädophil, schoss es ihr durch den Kopf.

Weiter konnte sie in dieser Situation nicht denken. Zu belastend waren die zuvor gesehenen Bilder. Sie packte einige der Filme und den Videoplayer in ihre lederne Umhängetasche und eilte zum Haus der Dietrichs zurück. Kaya war sich sicher, dass die Witwe sich einen der Filme ansehen würde, sobald sie mit Johanna Meissen aus dem Haus war, und wollte der Frau die schreckliche Wahrheit vorerst ersparen.

»Haben Sie etwas gefunden?« Martha Dietrich sprang so ruckartig auf, dass der gesamte Tisch erzitterte.

Kaya blieb auf Abstand und schüttelte den Kopf.

»Ich habe mir einige der Filme und den Videoplayer ausgeliehen. Vielleicht entdecken wir zu einem späteren Zeitpunkt noch etwas darauf«, erklärte die Kommissarin und verabschiedete sich im gleichen Atemzug. In dem Moment, in dem die Haustür ins Schloss fiel, schaute Martha Dietrich Johanna Meissen verständnislos an.

17. Juni 2023
09:15 Uhr

Schrullig. Das war der Begriff, der Christoph Steinert in den Sinn kam, als er Cordula Gintenreiter sah, die die Leiche des Pfarrers gefunden hatte. Die sehnigen Finger der Seniorin zitterten, ihr schmächtiger Brustkorb hob und senkte sich schnell. Sie saß in einem Rettungswagen, war zuvor von zwei Notfallsanitätern versorgt worden und trug noch immer die Manschette des Blutdruckmessgeräts am Oberarm.

»Der Pfarrer Böck ...«, stotterte sie. »Der ... war ein Guter. Ich verstehe das nicht.«

»Sie kannten das Opfer also?«

Sie sah Steinert aus großen Augen an. »Das Opfer?«

Steinert seufzte. »Den Pfarrer.«

Cordula Gintenreiter nickte. Ihre Augen waren feucht.

»Der Pfarrer Böck hat meinen Mann und mich verheiratet. Und unsere Kinder getauft. Wir kannten uns gut.« Ein Heulkrampf überkam die gläubige Christin.

Steinert fühlte sich genervt von der betagten Dame, die immer noch aufgewühlt war. Solche Zeugen fielen ihm zur Last und verzögerten in seinen Augen den ohnehin anstrengenden Prozess der Vernehmung. Der Ermittler prustete laut aus und verdrehte vor seinen Kollegen von der Spurensicherung vielsagend die Augen.

Von Benaty war mal wieder keine Spur. Aber das war Steinert ganz recht. So war er der erste Kommissar am Tatort, konnte sich in Ruhe einen Überblick über die Lage verschaffen und die Anweisungen geben, die er für richtig hielt. Wachtner hatte sich bereits hinter das Lenkrad ihres Dienstwagens geschwungen und raste mit Sicherheit gerade die A8 in Richtung Salzburg hinunter. Solange keine der beiden Damen anwesend war, hatte er das Sagen. *So könnte das eigentlich immer laufen,* dachte er grinsend.

Plötzlich tauchte vor der Kirche eine Horde Schaulustiger auf. Unter ihnen machte Steinert auch einige Reporter mit Mikrofonen und sogar einen Kameramann eines großen Privatsenders aus.

»Ist es wahr, dass der Pfarrer ermordet wurde?«

»Wie sicher ist Prien noch?«

»Was werden Sie nun für Maßnahmen ergreifen, wo drei Menschen getötet wurden?«

Steinert ignorierte die gerufenen Fragen gekonnt und betrat die Kirche, wo die verkleidete Leiche gerade von den Kollegen fotografiert wurde.

Ein junger Polizeibeamter, Steinert schätzte ihn auf keine 25, stand kreidebleich vor dem Altar und murmelte leise das Vaterunser. Steinert klopfte dem jungen Kollegen der Priener Polizei auf die Schulter, dabei konnte er sich ein Kichern nicht verkneifen.

»So was wirst du noch öfter sehen, mein Lieber. Gewöhn dich besser an den Anblick.«

Ohne eine Antwort abzuwarten, wanderte er weiter zu einer Kollegin der Spurentechnik.

»Was haben wir?«

»Bisher noch nichts. Wir sind gerade noch dabei, den Tatort vollumfänglich zu erfassen. Erst wenn wir die Leiche da heruntergeholt haben, wissen wir mehr.«

Steinerts Augen wanderten den Altar entlang und blieben an dem Kreuz hängen, an dem der Mann in dem Ludwigkostüm mit einem Kordelseil befestigt worden war.

»Drei sind eine Serie«, sagte er. Ein Serienmörder in Prien! Christoph Steinert war bewusst, dass dies einer Katastrophe gleichkam. Jeder weitere Mord setzte sie noch mehr unter Druck. Schon bald würden Chaos und Schrecken in Prien regieren. Schon in jungen Jahren hatte Steinert gelernt, Katastrophen mit Humor zu begegnen. Auch in dieser Situation versteckte er seinen Schrecken hinter einer lustigen Fassade, selbst wenn es in seinem Inneren ganz anders aussah.

Der Leichnam wurde gerade von dem Christuskreuz geschnitten, da tauchte Kaya Benaty auf. Die Pfennigabsätze ihrer Stiefeletten erzeugten einen Hall, der von den Innenmauern der Kirche mit einem Echo zurückgeworfen wurde. Die junge Ermittlerin wirkte gehetzt.

»Ich war wegen der Dienstbesprechung auf der Dienststelle. Dort hat man mich über den Leichenfund informiert«, erklärte sie atemlos und mit rosagefärbten Wangen. »Was haben wir?«

Steinert zuckte die Achseln. »Werner Böck, 63 Jahre alt, war der Pfarrer der Gemeinde. Bisher hast du nicht viel verpasst. Aber keine Sorge, ich habe die Lage voll im Griff.«

Kaya eilte sofort zu dem verkleideten Körper. Noch bevor die Spurensicherung ihr Werk verrichten konnte, beugte sie sich über den leblosen Pfarrer. Steinert fand das äußerst respektlos. Als dienstälterer Ermittler sollte *er* den Ton vorgeben. Benaty hatte sich nach seinen Anweisungen zu richten. Doch ihre forsche und rotzfreche Art kannte er inzwischen, daher blieb er gelassen.

»Das ist interessant«, sprach sie leise.

Steinert trat näher und warf einen genaueren Blick auf den Toten. Im Nachhinein wünschte er sich, er hätte es nicht getan. Das Opfer war übel zugerichtet und fast bis zur Unkenntlichkeit verprügelt worden. Der Kommissar wunderte sich, dass die Rentnerin den Pfarrer in diesem Zustand überhaupt identifiziert hatte.

»Was ist interessant?«, fragte er, nachdem der erste Schock verdaut war.

Kaya deutete auf das zugerichtete Gesicht des Mannes. Außerhalb des Gesichtes war seine Haut gräulich verfärbt.

»Die anderen beiden Opfer wurden ertränkt und von hinten erschlagen. Unser Täter verfolgt keinen spezifischen Modus Operandi. Jedoch scheinen sich entweder seine Aggressionen zu steigern, oder aber er hatte zu dem Pfarrer den größten persönlichen Bezug. Das hier ist ein klassischer Overkill. Er hat das Opfer zu Tode geprügelt. Vermutlich hat er sogar nach dessen Tod noch auf ihn eingeschlagen. Darauf deuten die grauen Flecken am Hals des Mannes hin.«

»Woher weißt du denn so was? Und wieso bist du dir sicher, dass wir es mit dem gleichen Kerl zu tun haben wie auf der Insel?« Steinert zog eine Braue hoch.

»Ich habe mal ein Seminar von einem Rechtsmediziner zu postmortalen Verletzungen besucht. Da der Körper nach dem Tod keinen Sauerstoff mehr aufnimmt und der Blutfluss gestoppt ist, sehen die Ränder von Wunden, die nach dem Tod zugefügt werden, oft blass, grau oder wachsartig aus. Je nach Zeitpunkt, wann sie dem Leichnam zugefügt werden«, antwortete Kaya und setzte die Untersuchung der Leiche fort. Dann sagte sie: »Und sieh ihn dir doch an. Er ist gekleidet wie Ludwig. Ich wette, zu der Verkleidung gehört auch die Maske, mit der der Kerl in Wolfs Garten aufgetaucht ist.«

»Sie kennen sich ja ziemlich gut aus«, merkte ein Mitarbeiter der Spurensicherung an, der den beiden Ermittlern gelauscht hatte, und lugte beeindruckt unter seinem weißen Schutzanzug hervor.

»Wachtner ist bereits auf dem Weg nach Prien. Wir sollen sie in der Dienststelle treffen.«

Kaya nickte. Dann entfernte sie sich einige Schritte vom Altar und ließ ihren Blick durch die Kirche gleiten. In der geräumigen Kirchenhalle fiel ihr sonst nichts weiter auf.

»Sie sollten sich mal die Sakristei ansehen«, sagte ein uniformierter Beamter zu den beiden Ermittlern.

»Ich hoffe, Sie haben noch nicht gefrühstückt. Ist kein schöner Anblick da drin.«

Er sollte recht behalten. In dem Nebenraum der Kirche,

der zur Vorbereitung der Gottesdienste diente, bot sich ihnen ein grauenerregendes Bild. Das Blut des Pfarrers zog sich in einem makabren Vorhang über die Wände. Der metallische Geruch der dunklen Flüssigkeit stach in der Nase der Ermittler. Schwarze Flecken verteilten sich chaotisch über den Raum. *Vermutlich ist dies der Tatort. Hier haben die beiden miteinander gekämpft,* ging es Kaya durch den Kopf. Sogar an der Decke hafteten Blutspritzer, die wie die Pinselstriche eines Künstlers aussahen, der hier ein groteskes Werk geschaffen hatte.

Neben dem Hinterausgang prangte eine blutige Botschaft an der blütenweißen Mauer:

Das Christentum muss ich verachten,
Ich wähle mir das Heidentum,
Nach ihm nur sollen alle trachten,
Dort nur lebt Ehre noch und Ruhm.

Eine unmissverständliche Botschaft. Ohne Zweifel stammten auch diese Worte aus der Feder Ludwigs. Kaya stellten sich die Nackenhaare auf. Die Tatwaffe hatte der Mörder ganz offensichtlich auf dem Präsentierteller für sie zurückgelassen. Ein goldener Kerzenhalter, dessen Griff ebenfalls von Blut triefte.

»Er hat ihn regelrecht hingerichtet«, ließ Steinert verlauten. Kaya zog eine nachdenkliche Miene. Sie wünschte sich auf ihr Sofa in München. Eingemummelt in eine flauschige Decke, mit einer Tasse Baldriantee in den Händen und einer Liebeskomödie im TV. Sie sehnte sich nach Behaglichkeit in dieser dunklen Zeit.

Steinert wanderte vorsichtig durch den Raum. Bevor er eine in Blut getränkte Bibel auflas, zog er sich weiße Gummihandschuhe über.

»Sieht so aus, als hätte der liebe Gott den tüchtigen Pfarrer im Stich gelassen.«

17. Juni 2023
10:30 Uhr

Dienstbesprechung im Polizeiposten Prien. Die Stimmung verschlechterte sich von Tag zu Tag. Kaya war sich unschlüssig, wann sie den Tiefpunkt dieser Talfahrt erreichen würde, aber lange konnte es nicht mehr dauern.

Wachtner saß mit ihnen im Konferenzraum. Miller, Unterschlesinger, Frank Blume und Tino Seifert waren per Video zugeschaltet.

»Haumann ist raus. Zumindest vorerst. Für den Mord an Wolf besitzt er ein Alibi. Zu Dietrich konnten wir ihm bisher keine Verbindung nachweisen. Er behauptet in der Nacht von Robert Dietrichs Tod zu Hause gewesen zu sein. Ich würde ihn noch nicht ganz von der Liste der Verdächtigen streichen, aber zunächst sollten wir in andere Richtungen weiterermitteln«, verkündete Wachtner mit verschränkten Armen. Unter ihren Augen zeichneten sich dunkle Ringe ab. Ehe Kaya von ihrem Fund in Dietrichs Gartenlaube berichten konnte, meldete sich Steinert zu Wort.

»Ist doch ganz klar, warum der Pfarrer ermordet wurde. Man hört doch immer wieder von pädophilen Geistlichen, die sich an Kindern vergehen. Genau so einer war das, da bin ich mir sicher. Irgendein Vater hat das herausgefunden und Böck in seiner Wut totgeprügelt. Dann hat er ihn in ein Ludwig-Kostüm gesteckt, um unsere Aufmerksamkeit auf den Mörder von Wolf und Dietrich zu lenken. Ein ganz cleverer Typ war das.«

»Dann gehen Sie also davon aus, dass dieser Mord nichts mit den anderen beiden zu tun hat? Trotz des Aufzugs, in dem das Opfer gefunden wurde, und der Botschaft, die der Täter uns am Tatort hinterlassen hat?«, hakte Wachtner nach.

Steinert nickte heftig. »So und nicht anders. Glauben Sie mir. In meiner Karriere hatte ich es immer wieder mit Trittbrettfahrern zu tun. Das hier ist eindeutig einer.«

»Und welche Anhaltspunkte haben Sie dafür?«

Steinert grinste bitterböse und blickte zu Kaya Benaty. »Bauchgefühl. Das ist männliche Intuition.«

»Aha«, gab Wachtner zurück. »Was haben Sie Neues, Benaty? Ich sehe Ihnen an, dass Ihnen etwas auf der Seele lastet.«

Kaya schaute die Kripochefin verwundert an.

»Während Steinert den Tatort gesichert hat, habe ich mich noch einmal mit Martha Dietrich unterhalten, der Frau des ersten Opfers. Dabei habe ich etwas sehr Interessantes gefunden, was für unseren Fall relevant sein könnte.« Sie hielt einen Moment inne. Im Grunde würde sie Steinert mit seiner hanebüchenen Theorie in die Karten spielen, das wusste sie. Dennoch konnte sie die neu gewonnenen Informationen über Dietrich nicht zurückhalten. Sie zeigte den anderen die Kiste mit den überspielten VHS-Kassetten, die sie bei Dietrich gefunden hatte. Den Fernseher hatte sie sich bereits am Morgen von den hilfsbereiten Kollegen aus Prien geliehen. Sie spielte ihrem Team den Film vor, den sie bereits kannte. Auch wenn sie wusste, was sie erwartete, fiel es ihr unheimlich schwer, den Blick auf den Bildschirm zu richten. Ihr Magen krampfte sich zusammen, als sie das Kind auf dem Schoß des beleibten Mannes sah.

Sowohl im Raum als auch in der Videoschaltung war es totenstill. Kaya stoppte das Video vor der schlimmsten Stelle.

»Dietrich hatte tatsächlich eine pädophile Neigung«, sagte sie. Trotz des verwackelten Bildes sah Kaya ihrer Kollegin

Sina Miller an, dass die Aufnahmen ihr nahegingen. Auch Unterschlesinger schluckte hörbar.

»Da! Sehen Sie! Ich sage doch, dass hier jemand Pädophile ermordet.« Steinert klatschte in die Hände.

Wachtner strafte ihn eines strengen Blickes. »Eben waren Sie noch der Meinung, dass die Morde nichts miteinander zu tun haben.«

»Das ist durchaus eine interessante Info. Was hast du noch herausgefunden, Kaya?«, fragte Miller.

Kaya berichtete von ihrem Ausflug nach Österreich und dem Besuch bei Dietrich. Wachtner stellte immer wieder Zwischenfragen; so wollte sie zum Beispiel wissen, wie Kaya auf Xaver Obermeier gekommen war und wie viele Filme dieser Art sich im Besitz von Robert Dietrich befanden. Kaya beantwortete alle Fragen geduldig, hielt Korbiwan allerdings aus der Sache heraus und gab vor, ein Kollege aus der IT-Forensik habe ihr geholfen, Dietrichs E-Mails zu überprüfen. Sie war dankbar, dass Frank Blume nicht darauf einging.

In der Leitung raschelte jemand mit einem Papier.

»Dann nehme ich an, wir dürfen heute wieder zur Leichenschau«, fragte Unterschlesinger und setze eine ausdruckslose Miene auf.

Wachtner nickte. »Das ist wirklich eine heiße Spur. Vielleicht haben wir es mit einem Täter zu tun, der sich als Rächer für misshandelte Kinder betrachtet. Wir müssen herausfinden, ob Wolf und Böck auch Dreck am Stecken hatten.«

»Aber wieso die ganzen Anspielungen auf Ludwig II.?«, warf Sina Miller ein. »Wie passt das ins Bild?«

Schweigen breitete sich unter den Ermittlern aus.

Unterschlesinger rieb seine Handflächen aneinander. »Haben wir die Möglichkeit, ein Täterprofil erstellen zu lassen?«

Wachtner reagierte mit einem Schulterzucken. »Candemir arbeitet gerade mit einem Fallanalytiker am Fall der toten Prostituierten. Außerdem wurde gestern Abend ein Toter aus dem Eisbach gezogen. Es ist Urlaubszeit, und wir haben mit Personalmangel zu kämpfen. Ich schätze nicht, dass uns genug Zeit bleibt, einen professionellen Fallanalytiker zu engagieren, bevor der Täter noch einmal zuschlägt.«

Kaya kam Henry-Michel in den Sinn, doch sie sträubte sich dagegen, den Psychologen zurückzurufen.

Wachtner goss sich etwas aus ihrer silbernen Thermoskanne nach. Der Geruch von Kräutertee verbreitete sich im Raum.

»Wie sehen die nächsten Schritte aus?«, brummte Unterschlesinger.

»Der Pfarrer ist bereits auf den Weg in die Rechtsmedizin. Miller und Sie sprechen mit Marquart. Mittlerweile dürften Sie ja bestens miteinander vertraut sein. Uns geht langsam die Luft aus. Die Presse macht sich bereits über uns lustig. Seifert! Sie treten vor die Presse und bitten die Öffentlichkeit um ihre Mithilfe. Wir brauchen dringend weitere Hinweise.«

Zur Bestätigung nickte Tino Seifert heftig.

»Ich bleibe vorerst hier und unterstütze die Ermittlungen vor Ort«, führte die Kripochefin weiter aus. »Benaty und Steinert nehmen sich das Umfeld des Pfarrers vor, und Sie, Blume, bitte ich darum, die Geräte und Online-Aktivitäten unserer Opfer noch einmal genauer unter die Lupe zu nehmen. Es darf nicht sein, dass uns so etwas wie das Hobby von Dietrich entgeht. Die Kollegen aus Prien unterstützen uns mit allen Kräften.«

Kaya knirschte kampflustig mit den Zähnen. Sie schwor sich, dass sie nicht zulassen würde, dass ein weiteres Opfer dem wahnsinnigen Ludwig-Mörder zum Opfer fiel.

17. Juni 2023
11:45 Uhr

Annemarie Betz war 61 Jahre alt und geschieden. Ihre Hände bebten, als sie das Handy neben sich auf das Sofa legte. Der Schrecken saß ihr tief in den Knochen. Sie befürchtete, die Nächste zu sein. »Da Pfarrer is tot! Konnst da des vorstein? In da Kirch, do wimmets nur so vo Bolizisten. So vui war do no nia los, des kost ma glam«, hatte Hildegard Brandner ihr am Telefon berichtet. Die Gerüchteküche in Prien brodelte bereits heftig. Annemarie hatte ihr ganzes Leben in Prien verbracht, war hier so fest verwurzelt wie die alte Eiche in ihrem Vorgarten. Es war also kein Wunder, dass sie aus erster Hand von den grauenhaften Ereignissen in ihrer Gemeinde erfuhr. Sie war schon immer interessiert am örtlichen Geschehen, traf sich regelmäßig mit ihren Freundinnen Hildegard und Maria zum Kaffeetrinken, wo sie den neuesten Klatsch und Tratsch austauschten. Vom Ableben des Schlossgärtners und des ehemaligen Leiters der Polizeidienststelle Prien hatte sie bereits gehört, doch sich dabei nicht übermäßig geängstigt. Mit den beiden Männern hatte sie nichts zu tun gehabt.

Bei Werner Böck sah es da schon ganz anders aus. Den kannte sie schon seit Schulzeiten, also praktisch ihr ganzes Leben lang. Oft hatte sie seinen liturgischen Vorträgen während der Weihnachts- und Ostermesse gelauscht. Früher, als sie noch mit Hans verheiratet war, saßen sie sogar manche Sommerabende zusammen auf Werners Terrasse. Vor Hildegards Anruf wollte Annemarie sich gerade eine Stulle schmieren, doch jetzt war ihr der Appetit vergangen. Sie konnte nur noch an Werners Tod denken. Eine dunkle Vorahnung ereilte sie. *Was ist, wenn …* Ihre Finger wanderten vorsichtig über die kleine Holzschatulle auf ihrem Schoß. Darin befand sich der Beweis für Werners größte Sünde. Annemarie vermutete dahinter den Grund für den Mord an dem Pfarrer. Doch die einzige weitere Person, die davon wusste, war vor knapp einem Jahr gestorben. Wer also könnte Werner ermordet haben? Annemarie war verwirrt. Sie dachte darüber nach, die Schatulle sofort zur Polizei zu bringen. Doch auf einmal kamen ihr Zweifel. *Was würde das für ein Bild auf mich werfen?* Die Frage entwickelte sich in ihren Gedanken zu einem Echo. Bei diesem Geheimnis stand nicht nur ihr eigenes Ansehen auf dem Spiel. Dem Vermächtnis des allseits beliebten Pfarrers würde sie mit einer Aussage erheblich schaden.

Annemarie legte sich eine Hand auf den bebenden Brustkorb. Diese Aufregung war nicht gut für ihren Kreislauf. Konnte sie die Schatulle nicht einfach anonym vor der Polizeiinspektion abstellen? Dann würde sie zumindest niemand mit dem Inhalt in Verbindung bringen. Nein. Die Gefahr, dass jemand Fremdes die herumstehende Box an sich nahm, war zu groß. Die Frührentnerin schüttelte den Kopf. Sie war gerade viel zu aufgeregt, um eine rationale Entscheidung zu treffen. Mit Sicherheit war es am besten, wenn sie sich erst einmal beruhigte, ehe sie entschied, was mit der Schatulle zu machen war. Sie nahm ihr Mobiltelefon wieder zur Hand, auf dem die Tasten auf maximale Größe gestellt waren. Anstatt der Nummer der Polizei wählte sie die ihrer Freundin Tabea, um auch ihr von der furchtbaren Bluttat zu berichten.

17. Juni 2023
12:00 Uhr

Die Kirchenglocken schlugen Mittag. Schwacher Regen prasselte gleichmäßig auf das Dach des Zeltes, das man für die Vernehmungen behelfsmäßig hinter der Kirche aufgestellt hatte. Im Inneren der Kirche waren die Priener Kollegen noch immer mit der Durchsuchung des Tatorts zugange.

Andreas Hager maß sicherlich zwei Meter und hatte breite Schultern. Mit betroffener Miene legte er den Kommissaren seinen Ausweis vor. Seine Augen wanderten nervös durch das Zelt, in dem es lediglich drei Stühle und einen klappbaren Tisch in der Mitte gab. Benaty und Steinert saßen dem 42-jährigen Mann gegenüber.

»Sie sind also der Organist der Kirche Mariä Himmelfahrt?«

Hager nickte. »Schon seit zehn Jahren.« Seine Stimme hatte einen unangenehm schrillen Ton, wie Kaya fand.

»Was macht ein Organist denn so?«, hakte Steinert nach.

»Ich bin für die musikalische Gestaltung der Gottesdienste zuständig, spiele die Orgel und leite den Kirchenchor«, antwortete Andreas Hager leise.

»Dann hatten Sie also viel mit dem Pfarrer zu tun?«

Hager nickte erneut. »Pfarrer Böck und ich haben uns täglich gesehen und eng zusammengearbeitet. Ich kann immer noch nicht fassen, dass er ...« Dem Organisten versagte die Stimme.

»Können Sie sich vorstellen, wieso jemand dem Pfarrer schaden wollte?«

Hager überlegte einen Moment. »Nein. Wir haben ihn alle

gemocht. Er war so ein herzlicher Mensch. Die Gemeinde hat ihn verehrt und hing bei jedem seiner Worte im Gottesdienst an seinen Lippen. Sie müssen wissen, dass Pfarrer Böcks Gottesdienste immer so gut besucht waren, dass wir kaum noch Plätze in der Kirche hatten.«

Auf Kayas Stirn bildeten sich tiefe Falten. Sie kannte Prien und wusste, dass sich Klatsch und Tratsch hier wie ein Lauffeuer verbreiteten. Daher war davon auszugehen, dass jeder wusste, wer die beiden ersten Opfer des Ludwig-Mörders waren. »Mit Sicherheit haben Sie von den anderen beiden Mordfällen gehört. Wissen Sie, ob Herr Böck eine Verbindung zu den beiden anderen Opfern hatte, zu Robert Dietrich oder Heinrich Wolf?«

»Als Pfarrer der größten katholischen Gemeinde des Ortes ist er Heinrich Wolf in seiner Position als Marktgemeinderat oder Polizeichef sicher einige Male über den Weg gelaufen. Wie gut die beiden sich wirklich kannten, weiß ich allerdings nicht. Robert Dietrich kam öfter mit seiner Frau zur heiligen Messe. Innerhalb unserer Kirchengemeinde waren sie bekannte Gesichter. Ich glaube aber nicht, dass sie eine persönliche Beziehung zum Pfarrer pflegten.«

Steinert verzog den Mund und nickte seiner Partnerin verschwörerisch zu. Kaya fragte sich, was ihr Kollege wohl nun wieder ausheckte. Die Antwort ließ nicht lange auf sich warten.

»Hatte der Pfarrer regelmäßig Kontakt zu Kindern oder Jugendlichen?«

Der Organist reagierte mit einem verdutzten Blick.

»Kindern oder Jugendlichen?«

Steinert nickte und knabberte dabei an seiner Lippe.

»Na ja ... also natürlich gehören auch viele Kinder zu unserer Kirchengemeinschaft. Außerdem erteilte Pfarrer Böck den Grundschülern regelmäßig die heilige Erstkommunion und den älteren dann die Firmung. Wir haben auch eine Gruppe von Ministranten, aber ...«, Hager schluckte.

»Wieso interessiert Sie das überhaupt? Glauben Sie, der Mörder ist minderjährig?«

Steinert lachte ausgelassen. »Nein, keineswegs. Es geht mir eher um die Vorlieben des Pfarrers.« Der Kommissar zwinkerte dem Organisten zu. »Wenn Sie verstehen, was ich meine.«

Kaya klappte der Mund auf. Sie konnte nicht fassen, wie unsensibel Steinert bei der Befragung vorging. Schließlich hatte Andreas Hager gerade erst einen engen Freund verloren, mit dem er lange Jahre zusammengearbeitet hatte.

»Was wollen Sie denn damit sagen?« Hager ballte die Fäuste über seinen Knien.

»Na, wir wissen doch alle, wie das in der Kirche so läuft. Machen wir uns doch nichts vor.« Christoph Steinert gluckste vergnügt.

»Haben Sie den Pfarrer mal mit einem Jungen oder Mädchen allein in die Sakristei verschwinden sehen? Oder im Pfarrbüro mit einem Kind erwischt?«

»Das ist doch unerhört! Pfarrer Böck war ein ehrwürdiger Mann und hätte so etwas nie getan. Das grenzt doch schon an Rufmord.«

Benatys Sensoren schlugen Alarm. Die Situation drohte zu eskalieren. Sie musste einschreiten.

»Ich entschuldige mich für meinen Kollegen. Es war nicht despektierlich gemeint, aber wir sind angehalten, in sämtliche Richtungen zu ermitteln«, intervenierte sie und bedachte Steinert mit einem bösen Blick.

Der zuckte nur gleichgültig mit den Schultern.

»Falls Ihnen noch etwas einfällt, melden Sie sich gerne.« Kaya überreichte Hager ihre Karte.

»Wir sind noch nicht fertig. Ich habe noch keine Antwort auf meine Frage erhalten«, bellte Steinert.

Ungläubig betrachtete Benaty ihren Kollegen. *Das darf doch wohl nicht wahr sein.*

»Ich werde mich zu diesen haltlosen Anschuldigungen

nicht weiter äußern.« Andreas Hager stand auf und wollte gehen, da sprang Steinert ihm hinterher und baute sich mit breiter Brust vor ihm auf.

»Was fällt Ihnen eigentlich ein? Wollen Sie uns wegen Widerstandes gegen Vollstreckungsbeamte etwa auf die Dienststelle begleiten? Die Vernehmung ist erst vorbei, wenn ich das sage.«

»Aber Ihre Kollegin hat gesagt, dass ...«

»Steinert!«, rief Kaya. Innerlich kochte sie vor Zorn. Steinert und sie lieferten sich ein hitziges Blickduell.

»Ich habe Pfarrer Böck nie auf diese Art und Weise mit einem Kind oder einem Jugendlichen gesehen. Und jetzt entschuldigen Sie mich.« Hager drängte sich an Steinert vorbei und verließ das Zelt.

Kaya Benaty schnaubte. »Was war *das* denn?«

»Das würde ich auch gerne von dir wissen. Wieso fährst du mir so in die Parade?«, echauffierte sich Steinert.

»Bitte? Ist das dein Ernst? Du stellst hier völlig bei den Haaren herbeigezogene Spekulationen auf und konfrontierst unsere Zeugen damit. So steht das nicht im Protokoll.«

Steinerts Gesicht färbte sich kirschrot. »Genau da liegt dein Problem! Du kommst neu ins Team, hast überhaupt keine Ahnung, wie der Hase läuft, und denkst, du könntest hier altbewährte Prozesse über den Haufen werfen. Dafür musst du dir einen anderen Idioten suchen. *Ich* bin hier der Chefermittler, und *du* darfst froh sein, wenn ich dir ein paar Kniffe beibringe!«

Mit seinem Zeigefinger pikte er Kaya in die Mitte des Brustbeins.

»Lern deine Grenzen kennen, Mädchen. Ansonsten knallt's gewaltig!«

Steinert stürmte davon und ließ Kaya Benaty sprachlos zurück.

Das war es, dachte sie. *Ich kann nicht weiter mit diesem chauvinistischen Macho-Arsch zusammenarbeiten.* Wie sollten sie denn bei den Ermittlungen vorankommen, wenn Steinerts gekränktes Ego es nicht vertrug, dass eine Frau an seiner Seite ermittelte? Kaya riss sich zusammen, um nicht noch ein weiteres Mal überstürzt zu handeln. Die Ohrfeige hätte sie fast den Job gekostet. Dennoch wollte sie Steinerts demütigende Worte nicht einfach so auf sich sitzen lassen. Sie atmete noch einmal tief durch, bevor sie das Zelt verließ.

Die Polizisten hasteten geschäftig wie Arbeiterameisen über das Kirchengelände. Einige Meter entfernt unterhielt sich Wachtner mit einer Mitarbeiterin des Pfarrbüros. Ihre Vorgesetzte bedachte sie mit einem fragenden Blick. Von Steinert war keine Spur zu sehen. Kaya vermutete, dass er zurück in die Kirche gegangen war. Dafür entdeckte sie Andreas Hager, der mit dem Rücken gegen einen alten Apfelbaum lehnte und eine Zigarette rauchte.

Ihre letzte Zigarette hatte Kaya noch mit Johannes geraucht. In diesem Moment sehnte sie sich nach der gleichgültigen Leichtigkeit, die einem die Wirkung des Nikotins verlieh.

Sie schlenderte langsam zu dem Organisten.

»Ich möchte mich nochmals bei Ihnen für das fehlende Taktgefühl meines Kollegen bei Ihnen entschuldigen«, sagte sie.

Hager beäugte sie skeptisch.

»Die Ermittlungen nehmen uns alle mit. Drei Morde in so kurzer Zeit, das ist nichts, was man einfach so wegsteckt. Sogar wenn man schon jahrelang bei der Mordkommission ist.«

Hager blies bläulichen Dunst aus. »Ich verstehe. Trotzdem fand ich die forsche Art Ihres Kollegen mehr als unangebracht.«

Kaya lächelte schwach. »Da sind Sie nicht der Einzige.«

Hager lockerte seine Körperhaltung.

»Hatten Sie ein gutes Verhältnis zu Pfarrer Böck?«

»Setzen wir die Vernehmung jetzt etwa fort?« Hager hob eine Augenbraue.

»Nein, es interessiert mich nur persönlich«, versicherte Kaya.

»Wir haben lange zusammengearbeitet und uns auch oft über persönliche Dinge ausgetauscht. Wir haben für die Gemeinde gemeinsame Grillabende und kirchliche Feste organisiert. Ich würde uns nicht als gute Freunde bezeichnen, aber ich habe Werner sehr geschätzt.«

»Es ist wirklich tragisch«, presste Kaya zwischen den Zähnen hervor.

Schweigend standen die beiden eine Weile nebeneinander.

»Mir ist da tatsächlich noch etwas eingefallen.« Hager drückte trat seinen Zigarettenstummel auf dem Boden aus, hob ihn auf und packte ihn in eine kleine silberne Box.

Neugierig horchte die Kommissarin auf.

»Robert Dietrich war früher regelmäßig zur Beichte beim Pfarrer. Manchmal sogar mehrere Male in der Woche. Das kam mir damals ziemlich merkwürdig vor.«

»Wann war das?«

Hager dachte kurz nach.

»Das ist sehr lange her. Mir ist es erst einige Monate aufgefallen, nachdem ich die Stelle als Organist angetreten bin.«

»Wissen Sie, was dort zwischen den beiden besprochen wurde?«

Hager schüttelte den Kopf. »Nein. Die Beichte ist ein heiliges Sakrament. Über die Themen, die während der Beichte zur Sprache kamen, hat der Pfarrer nie gesprochen. Das habe ich ihm hoch angerechnet. Nicht jeder könnte so viele Geheimnisse bewahren und daraus resultierende Bürden mit sich tragen.«

Kayas Herz hämmerte bis zum Hals. Wie schon beim Fund von Robert Dietrichs Kassetten beschlich sie das starke Gefühl, ein weiteres wichtiges Puzzlestück zur Lösung des Falles gefunden zu haben.

»Dietrich war aber schon lange nicht mehr bei der Beichte. Zumindest habe ich ihn mindestens fünf Jahre nicht mehr außerhalb des Gottesdienstes gesehen«, ergänzte Hager.

»Das könnte durchaus ein wichtiger Hinweis sein! Damit helfen Sie uns wirklich sehr, Herr Hager. Vielen Dank.«

Hager lächelte bitter. »Bitte schnappen Sie sich diesen Kerl. Der Gedanke, dass dieser Typ ungestraft davonkommt, macht mich krank.«

»Ich verspreche es«, antwortete Kaya entschlossen.

Wachtner war mit ihren Befragungen fertig und trat zu den beiden heran. Sie begrüßte Hager mit einem Nicken, dann fragte sie Benaty: »Haben Sie heute schon etwas gegessen?«

Die junge Ermittlerin schüttelte den Kopf. »Nein, tatsächlich nicht.«

»Kommen Sie, ich lade Sie ein.«

17. Juni 2023
13:05 Uhr

Kurz nachdem sie das Café Kunterbunt erreicht hatten, setzte ein monsunartiger Regenschauer ein. Vor der großen Glasfront huschten Passanten vorbei, die vor der Nässe flüchteten, doch innerhalb des Cafés herrschte eine gemütliche Stimmung. In der Luft vermischte sich der Duft von frisch gebackenem Brot mit den Röstaromen hochwertigen Kaffees. Unterhalb der gerahmten Schwarz-Weiß-Fotografien an der Wand saß ein älteres Paar. Sie waren in ein Gespräch vertieft und bemerkten nicht einmal, dass Regina Wachtner und Kaya Benaty eintraten. Hinter der Theke räumte eine junge Frau mit grell pinkfarbenen Haaren und einer grünen Schürze gerade einen Schokokuchen in die Auslage.

Kaya bestellte ein Panini und einen Kaffee, Wachtner einen belegten Bagel. Sie setzten sich in eine ruhige Ecke des Cafés, wo sie ungestört waren.

»Wie geht es Ihnen, Benaty?« Wachtners Augen ruhten wachsam auf ihrer Mitarbeiterin.

»Die Ermittlungen verlangen mir alles ab«, gab sie offen zu. »Und Ihnen ist sicherlich nicht entgangen, dass Steinert und ich immer wieder aneinandergeraten. Wenn das eine Ehe zwischen uns wäre, würde ich wegen unüberbrückbaren Differenzen die Scheidung einreichen. Ich bezweifle, dass wir diesen Fall gemeinsam lösen können.«

Wachtner legte seufzend die Hände übereinander.

»Steinert hat seine Eigenheiten. Seine Spekulationen und Theorien sind oft so wild und realitätsfern, dass ich mir manchmal denke, er hätte Autor werden sollen. Doch wissen Sie, was ich so an ihm schätze?«

Kaya blickte ins Leere, antwortete aber nicht.

»Seinen Ehrgeiz und seine Furchtlosigkeit. Ich bin mir sicher, dass er an grenzenloser Selbstüberschätzung leidet, und er kann sehr impulsiv sein, aber er ist ein harter Hund. Er gräbt so lange, bis er auf den Grund der Wahrheit stößt, und lässt sich nur selten abbringen. Außerdem ist er ein sehr erfahrener Polizist. Ich hatte mir erhofft, dass sie beide sich gut ergänzen und voneinander lernen können.«

»Steinert nimmt mich nicht ernst. Er sieht in mir ein Helferlein und keine gleichberechtigte Ermittlerin. Mir gegenüber verhält er sich alles andere als kollegial. Ich glaube, wir sind einfach zu unterschiedlich, um als gesundes Team zu funktionieren«, frotzelte Kaya und biss ein großes Stück von ihrem Panini ab.

Wachtner lächelte verständnisvoll. Eine Gruppe Schülerinnen rettete sich vor dem Regen in das Café, woraufhin die Lautstärke exponentiell anstieg.

»Ich habe es Ihnen bereits gesagt. Wir Frauen haben es in diesem Beruf nicht leicht. Das Geheimnis ist, sich nicht unterkriegen zu lassen. Es ist schwer, seine innere Mitte zu finden und zu halten, wenn um einen herum ein Sturm tobt. Das ist eine Weisheit meines Yogalehrers, die ich Ihnen gerne als Tipp mit auf den Weg gebe. Sie haben einen guten Riecher, das haben Sie mit Dietrichs Videokassetten bewiesen. Jedoch habe ich das Gefühl, dass Sie sich bei all den rasanten Ereignissen schnell aus der Ruhe bringen lassen.«

Kaya dachte über die Worte ihrer Chefin nach. Tatsächlich fand sie, dass eine gewisse Wahrheit darin lag. All die Geschehnisse der letzten Tage hatten sie ihren Fokus verlieren lassen und vernebelten ihren Blick auf das große Ganze. Johannes, Steinert und ihr Halbbruder Maik. Die Begegnungen mit Personen aus ihrer Vergangenheit und die damit verbundenen Erinnerungen, gepaart mit Steinerts Sticheleien – all das brachte sie komplett aus der Spur. Kaya fand, dass es an der Zeit war, sich wieder auf das Wesentliche zu fokussieren: auf den Ludwig-Mörder und die Lösung des Falls.

Sie starrten nach hinaus auf die Straße. Der Regen hinterließ seine Spuren auf der Glasscheibe des Cafés und verzerrte das Treiben draußen.

»Ich würde gerne noch einmal zur Herreninsel hinüberfahren.« Kaya wollte zurück zum Schauplatz des ersten Mordes.

»Wir brauchen Sie hier. Die Vernehmungen rund um den Mord an dem Pfarrer sind noch lange nicht abgeschlossen. Außerdem müssen wir uns bereithalten, falls es wertvolle Hinweise aus der Bevölkerung gibt«, erklärte Wachtner.

»Bitte. So langsam denke ich, dass die Reihenfolge der Morde sorgfältig überlegt ist, ebenso wie die Auswahl der Tatorte. Ludwig und sein Märchenschloss haben eine Bedeutung für den Mörder, der wir aus meiner Sicht bisher viel zu wenig Bedeutung beigemessen haben.«

Wachtner zog die Lippen nach oben. »Enttäuschen Sie mich nicht, Benaty.«

Kayas Miene hellte sich auf. »Das werde ich nicht.«

17. Juni 2023
15:05 Uhr

Kaya fasste ihre Gedanken in einem Notizblock zusammen. Sie notierte die Namen der drei Opfer sowie ein X für den Täter, kritzelte die Namen einiger Zeugen an den Rand und verband Böck mit jeweils einem Strich zu Dietrich und Wolf. Immer wieder rauschte ein Gedankenfetzen durch ihren Kopf, bis er wenige Sekunden später von einer weiteren Sinneseingebung fortgetragen wurde. Mit einem Schirm bewaffnet, saß sie in der Kabine eines Chiemseedampfers, der in Richtung Herrenchiemsee fuhr. Der Regen war abgeklungen und hatte sich zu einem leichten Nieseln entwickelt. Während sie ihre Niederschrift betrachtete, kam ihr ein Geistesblitz.

Umgehend wählte sie die Nummer von Matthias Wennecke, ihrem ehemaligen Chef bei der Organisierten Kriminalität. Wennecke zeichnete sich durch seine guten Ratschläge und sein stets offenes Ohr aus. Über ihre langjährige Zusammenarbeit hinweg hatte er sich für sie zu einem väterlichen Freund entwickelt, und auch in ihrer neuen Position schätzte sie die Meinung ihres Ex-Chefs nach wie vor. Es klingelte lang, ehe Wennecke ihren Anruf entgegennahm.

»Wennecke«, schnauzte er unfreundlich in den Hörer. Typisch für Matthias. Kaya konnte sich ein Grinsen nicht verkneifen.

»Matthias! Ich bin's, Kaya.«

»Ah, Kaya. Ich freue mich, von dir zu hören. Ich habe schon mitbekommen, dass Regina dich nach Prien geschickt hat. Wie laufen die Ermittlungen?«

In knappen Worten berichtete Kaya ihm vom aktuellen Stand der Ermittlungen und von den drei ermordeten Männern.

»Ich weiß, du bist viel beschäftigt, Matthias. Deswegen will ich dich gar nicht lange aufhalten. Ich wollte dich nur eben nach deiner Unterstützung fragen.«

»Die Mordkommission braucht *meine* Unterstützung?«

Kaya bejahte und erzählte dem erfahrenen Polizisten von den VHS-Kassetten, die sie in Dietrichs Schuppen gefunden hatte.

»Diese Filme werden auf ganz unscheinbaren Plattformen verkauft und getauscht. Wie ist das möglich, ohne dass darauf jemand aufmerksam wird?«

»Na ja.« Wennecke überlegte einige Sekunden.

»Grundsätzlich kommt das nicht selten vor. Meistens werden bestimmte Schlagworte oder Phrasen benutzt, die nur Personen kennen, die gezielt danach suchen.«

»Das verstehe ich nicht ganz. Kannst du mir ein Beispiel geben?«

»Wir haben vor Kurzem einen Menschenhändlerring hochgehen lassen, der Prostituierte auf einer völlig unscheinbaren Webseite anbot, indem er sie als Bücher präsentierte. Die Interessenten haben dann zum Beispiel nach rumänischer Fachliteratur gesucht und auf die angegebene ISBN-Nummer geschaut, in der das Geburtsjahr und die Körpermaße der Frau oder des Mädchens enthalten waren. So konnte man gezielt nach Frauen aus Rumänien oder Polen mit den gewünschten Eigenschaften suchen. Wirklich morbide. Das Ganze ist aufgeflogen, weil mehrere Unwissende dort nach Büchern gesucht haben, die gar nicht existierten. Diese Leute lassen sich immer wieder neue Tricks einfallen.

»So ist das also«, sagte Kaya. Die Ermittlerin seufzte.

»Menschliche Abgründe haben wirklich keine Grenzen. Dankeschön Matthias. Kannst du dir die Seite, die Korbi entdeckt hat, bitte noch mal genauer ansehen? Es ist wirklich wichtig, dass wir diesen Pädophilen das Handwerk legen. Ich lasse dir noch die Kontaktdaten von Xaver Obermeier zukommen. Er steckt in dieser Sache mit drin.«

»Natürlich mache ich das, wenn du versprichst, nach Abschluss dieses Falls zurück zur Organisierten Kriminalität zu kommen. Wir vermissen dich hier«, feixte Wennecke.

Kaya lächelte. »Danke Matthias.«

»Na schön. Halte mich gerne über deine Ermittlungen auf dem Laufenden und lass dich bloß nicht unterkriegen.«

»Dafür bin ich viel zu stur, das weißt du doch. Du bist der Beste!«

Eine Viertelstunde später lief Kaya Benaty mit ihrem aufgespannten Schirm und in Gummistiefeln am Ufer der Herreninsel entlang. Es dauerte nicht lange, da erreichte sie die Stelle, an der Silke Ruland den ermordeten Robert Dietrich gefunden hatte. Die Luft roch nach nassem Laub, die Natur schien in Aufruhr. Der Boden war aufgeweicht und schlammig, doch trotzdem bückte sich Kaya hinab und betastete mit einer Hand die Stelle, an der Dietrichs Leichnam gelegen hatte.

»Wieso ausgerechnet hier«, murmelte sie und schaute sich um. Über dem See hingen bauchige graue Wolken. Der Wind pfiff unbarmherzig und brachte die Bäume am Rand der Insel ins Schwanken. Der leicht tropfende Regen vermischte sich mit den wütenden Wellen des Sees. Der Übergang zwischen Land und Wasser war kaum noch erkennbar. Plötzlich kam ihr eine Eingebung.

Was ist, wenn der Pfarrer Böck von den pädophilen Neigungen des Schlossgärtners wusste? War Dietrich deswegen so oft bei der Beichte gewesen? Doch wie passte Wolf ins Bild? Laut seinen ehemaligen Kollegen und vielen Bewohnern Priens war er ein ehrenhafter Bürger, der so einen frei herumlaufenden Pädophilen nicht geduldet hätte. Kaya musste sich eingestehen, dass Steinerts Theorie, es könnte sich bei dem Täter um den Vater eines missbrauchten Kindes handeln, gar nicht mehr so abwegig war. »Oder es war eines der Kinder selbst …«, murmelte sie.

Allerdings wusste sie nicht, ob Dietrich seinen kranken Fantasien überhaupt nachgegeben hatte. Auf den VHS-Kassetten war kein Gesicht zu erkennen. Kaya hatte einmal gehört, dass es viele Menschen mit pädosexuellen Neigungen gab, die ihrem Drang widerstehen konnten. Als pädophil bezeichnete man ausschließlich diejenigen, die wirklich tätlich wurden. Fragen über Fragen. Selbst dort zu stehen, wo der Mörder gestanden hatte, brachte ihr keine Klarheit. Also beschloss sie, die Fundstelle von Heinrich Wolfs Leiche aufzusuchen. Trotz des Schmuddelwetters waren viele Touristen auf der Insel unterwegs. Kaya begegnete mehreren Reisegruppen und Familien, die sich das Schloss ansehen wollten.

Der Fundort des zweiten Opfers erschien ihr, als wäre dort nie ein Verbrechen geschehen. Hinter dem Schilf tobte der See unter dem tosenden Wind. Laub raschelte. Kaya ließ sich mit dem Rücken gegen eine Douglasie fallen. Ihr Atem ging ruhig.

Sie rief sich den Moment ins Gedächtnis, in dem sie die Leiche Wolfs das erste Mal erblickt hatte. Wie Dietrich lag der Mann auf dem Rücken. Sein Hinterkopf war deformiert und blutüberströmt. Benaty stellte sich vor, wie der Mörder genau an dieser Stelle im Schutz der Dunkelheit gelauert hatte, bis er Wolf erspähte. Er muss sich von hinten angeschlichen und Wolf hinterhältig erschlagen haben. Dann gab sich der Täter seiner rasenden Wut hin und prügelte wie wild immer weiter auf Wolf ein, verarbeitete seinen Kopf regelrecht zu Matsch. Nach getaner Arbeit stand der Ludwig-Mörder noch eine ganze Weile über seinem Opfer und begutachtete sein vollendetes Werk. Zumindest in Kayas Vorstellung. Er drehte Wolfs Körper nach oben, sodass dieser dem silbrigen Mond entgegenstarrte. Kaya kam eine Vermutung. Sie spielte die These durch, dass die Reihenfolge der

Opfer eine Bedeutung hatte. Demnach lief alles bei Robert Dietrich zusammen. Der Polizeichef und der Pfarrer mussten sterben, weil sie die Wege des Mörders und Dietrichs zu einem bestimmten Zeitpunkt ihres Lebens gekreuzt hatten. Aber was verriet das über den Gesuchten?

»Ihm ist egal, ob er gefasst wird, solange er die wichtigsten Personen zuerst von seiner Todesliste streichen kann«, sprach sie ihren Gedanken aus. Der Ludwig-Mörder verfolgte keinen klaren Modus Operandi. Auf der einen Seite war er unberechenbar, ging aber in einigen Punkten äußerst planvoll und getaktet vor. Hier ging es nicht um ein sexuelles Bedürfnis oder die Lust am Morden. Der Täter verfolgte ein klares Ziel. *Aber wer stand als Nächstes auf seiner Liste? Und wie viele Personen waren noch darauf zu finden?*

Das galt es für die Kommissare herauszufinden. Kaya Benaty hatte endlich wieder einen klaren Gedanken fassen können. Sie war zufrieden mit den Erkenntnissen, die sie gewinnen konnte, und wollte darauf aufbauen. Einige Minuten verweilte sie noch an Ort und Stelle, ließ die Atmosphäre der Insel auf sich wirken. Unter den aktuellen Umständen erschien sie ihr gespenstisch. Während der Regen wieder stärker wurde und ihr heftig ins Gesicht peitschte, machte sie sich zurück auf den Weg zum Steg.

17. Juni 2023
18:30 Uhr

»Also gut«, begann Wachtner und schob die Aktenmappe vor sich zurecht. »Wo stehen wir aktuell?«

Die Kripochefin wirkte übermüdet, ihre Wangen waren eingefallen. Der Regen prasselte von außen unaufhörlich gegen die Fenster und erzeugte ein rhythmisches Stakkato, das Kaya schläfrig stimmte. Steinert lehnte sich mit selbstgefälliger Miene in seinem Stuhl zurück.

»Wir waren heute Nachmittag bei der Obduktion des Pfarrers.« Sina Millers Stimme drang blechern aus den Lautsprechern des Besprechungsraumes.

»Todesursache war stumpfe Gewalteinwirkung. Das passt zu dem Kerzenhalter, den ihr am Tatort gefunden habt, als Tatwaffe. Laut Marquart haben wir es mit einem äußerst gewalttätigen Täter zu tun. Das, was der Kerl diesen Männern angetan hat, zeugt von einer extremen Brutalität. Ich kann mir nicht vorstellen, dass dieser Typ noch nie zuvor auffällig geworden ist. Der besitzt ein solches Gewaltpotenzial. Vielleicht sollten wir einmal die Datenbank auf gewalttätige Straftäter in Prien durchsuchen«, fügte Unterschlesinger aus der Videoschaltung hinzu.

»Werner Böck war ein Einzelkind. Seine Eltern sind bereits verstorben. Er hatte keine Kinder und war sein gesamtes Leben alleinstehend. Polizeilich ist er noch nie auffällig geworden. Seine Weste ist sauber. Laut seinen Kollegen und einigen Mitgliedern der Kirche Mariä Himmelfahrt, in der er als Priester tätig war, sammelte er gerne seltene Münzen. In seinem Keller haben wir außerdem eine Miniatureisenbahn gefunden. Falls er pädophile Neigungen hatte, dann wusste niemand etwas davon, und es gibt auch keine Hinweise darauf.«

»Nur weil es *noch* keine Beweise dafür gibt, bedeutet das nicht, dass er keine Vorliebe für Kinder und Jugendliche hatte«, trug Steinert bei. Kaya Benaty verdrehte die Augen.

In ihr verfestigte sich die Meinung, dass Steinert in einer Verhaltenstherapie besser aufgehoben wäre als im Polizeidienst.

»Wie uns der Organist der Kirche berichtete, war Robert Dietrich bis vor einigen Jahren regelmäßig zur Beichte bei Werner Böck. Das ist eine Verbindung, die wir näher beleuchten sollten.«

Wachtner nickte. »Aufgrund dieses Hinweises haben die Priener Kollegen sich die Terminkalender und Dokumentationen der Kirche genauer angesehen. Wir haben die exakten Daten, an denen Dietrich bei Böck war. Einige Monate lang war Dietrich sogar zwei Mal pro Woche bei der Beichte. Dann wurden seine Besuche bei Böck langsam weniger. Das letzte Mal war vor fünfeinhalb Jahren.«

»Gibt es in dem Zeitraum, in dem das erste Opfer beim Pfarrer war, irgendwelche relevanten Straftaten? Ist damals irgendetwas geschehen, von dem wir Kenntnis haben?«, fragte Miller.

Wachtner verneinte. »Den Gedanken hatte ich auch schon. Leider gibt es da nichts, was von uns für Relevanz wäre. Alle Fälle von damals sind geklärt. Beide Opfer waren auf dem Papier unbeschriebene Blätter.«

Kaya massierte sich die Schläfen.

»Ich habe meine ehemaligen Kollegen von der Organisierten Kriminalität gebeten, die Webseite, auf der Dietrich diese VHS-Kassetten ver- und gekauft hat, noch einmal genauer unter die Lupe zu nehmen. Das könnte uns näher an den Täter heranbringen. Vielleicht wird dieser dort wieder aktiv.«

»Freilich! Weil es uns ja so viel weiterbringt, wenn wir wissen, welche Filme unser Mörder bevorzugt«, spottete Steinert. Benaty warf ihm einen zornigen Blick zu. Wachtner machte eine beschwichtigende Handbewegung.

»Die Mordserie wird in allen Medien diskutiert. Wir müssen den Leuten langsam etwas Hoffnung liefern. Was darf ich preisgeben?«, fragte der Pressesprecher Tino Seifert.

»Unsere Spuren sind viel zu unkonkret, um damit an die Presse zu gehen.« Kaya fixierte den Bildschirm.

Die Kripochefin tippte nervös mit den Fingerspitzen auf dem Tisch. »Sagen Sie den Journalisten, dass wir aktuell Hinweise aus der Bevölkerung auswerten. Damit sind die Kollegen aus Prien gerade tatsächlich beschäftigt. Außerdem rechnen wir mit einem baldigen Durchbruch.«

»Tun wir das denn wirklich?«, hakte Seifert ungläubig nach.

»Ich bin der festen Überzeugung, dass wir auf dem richtigen Weg sind. Die Theorie, dass Böck von Dietrichs pädophilen Neigungen wusste, klingt für mich plausibel. Wir müssen nur noch herausfinden, wie Heinrich Wolf in dieses verworrene Konstrukt hineinpasst, dann sind wir der Lösung des Falls ganz nah.« Trotz ihrer entschlossenen Miene wirkten Wachtners Worte nur wenig glaubwürdig auf Kaya.

Seifert nickte. »Ich schmücke das mit den üblichen Sätzen aus und gelobe, dass wir der Lösung des Falles näherkommen.«

»Mir jedenfalls reicht es mit Prien und dieser vermaledeiten Herreninsel. Ich möchte endlich zurück nach München«, sagte Steinert.

Wachtner nickte. »Laut Loserth haben wir viele Hinweise aus der Bevölkerung erhalten. Die Priener Kollegen priorisieren diese nach Relevanz und Detailgehalt. Steinert, ich möchte, dass Sie sich die vielversprechendsten Hinweise ansehen.« Die Leiterin der Mordkommission wandte sich an Kaya.

»Wir müssen unbedingt erfahren, was während der Beichttermine von Dietrich und Böck thematisiert wurde. Möglicherweise hat sich Robert Dietrich seiner Ehefrau anvertraut. Benaty, Sie haben ja bereits einen Draht zu der Frau. Schließlich hat sie Ihnen auch die VHS-Kassetten ihres Mannes anvertraut. Ich möchte, dass Sie morgen Vormittag noch mal mit Martha Dietrich über diese Beichttermine sprechen.«

Kayas Augen funkelten. »Ich werde mein Bestes geben.«

»Morgen Mittag treffen wir uns dann wieder hier zur Dienstbesprechung. Bis dahin möchte ich, dass die eben besprochenen Punkte geklärt werden.«

18. Juni 2023
06:45 Uhr

Schlaftrunken schaute Kaya auf den Wecker. Sonnenlicht flutete ihr karg eingerichtetes Zimmer und badete es in einem goldenen Rotschimmer. Sie schnaufte schwer. Johannes war ihr schon wieder im Schlaf erschienen. Aber auch der teuflische Ludwig-Verschnitt hatte sie heimgesucht und über einen tiefschwarzen Friedhof gejagt. Kaya hatte das üble Gefühl, dass die Mordserie dieses Verrückten noch nicht zu Ende war.

Am Vorabend hatte sie noch lange mit Wachtner auf der Dienststelle Prien über die aktuelle Faktenlage diskutiert. Sogar Steinert hatte sich beteiligt, wenn auch eher mäßig. Die Mobiltelefone von Wolf und Böck blieben weiterhin unauffindbar. Der ehemalige Polizeibeamte Heinrich Wolf besaß eine große Sammlung an Zeitungsartikeln, in denen es hauptsächlich um seine Arbeit bei der Polizei und in den Vereinen Priens ging. Diese wurden von den Kollegen aus Prien noch immer nach Auffälligkeiten durchsucht. Anscheinend entsprach das Ego des ehemaligen Leiters der Polizeidienststelle Prien der Größe des Burj Khalifa in Dubai. Steinert zufolge waren diese »Papierschnipsel« allerdings keine wichtigen Beweismittel und für den Fall nicht weiter von Belang. Die Ignoranz ihres Partners ging Kaya gehörig gegen den Strich. Sie hatte das Gefühl, von Steinert bei den Ermittlungen behindert zu werden. Ihm schien es genauso zu ergehen. Zwischen ihnen lief ein ständiges Katz-und-Maus-Spiel.

Auch in Werner Böcks Dreizimmerwohnung am Rande Priens hatten sie nichts Brauchbares vorgefunden. Der Pfarrer lebte bescheiden und besaß laut Bericht nicht einmal einen

Fernseher oder Computer. Dafür aber eine große Sammlung an theologischen Büchern und christlichen Niederschriften. Wieso tötete man einen Pfarrer? Den Inbegriff des Guten? Kaya konnte es einfach nicht verstehen.

Mit schweren Gliedern stapfte sie durch das Zimmer und sammelte ihre Kleider zusammen. Für den heutigen Tag hatte sie sich viel vorgenommen. Sie musste noch einmal mit der Witwe von Robert Dietrich sprechen und in Erfahrung bringen, was Dietrich dem Pfarrer gebeichtet hatte. Wichtig war außerdem, dass sie noch herausfinden mussten, welche Rolle Wolf bei alldem hatte. Bevor sie allerdings mit voller Konzentration weiter in den Fall eintauchen konnte, musste sie sich mit ihrer Vergangenheit auseinandersetzen und endlich ihre Gespenster loswerden. Deshalb verließ sie den Gasthof bereits im Schutze des Morgengrauens um kurz vor 07:00 Uhr. Aus dem Frühstücksraum drang eine herrlich duftende Wolke: eine Mischung aus Kaffee, Rührei und Pfannkuchen. In dem Hotel herrschte bereits eine rege Geschäftigkeit. Glücklicherweise begegnete sie Steinert nicht. Schnellen Schrittes schlüpfte sie aus der Schiebetür und atmete die zärtliche Frische des Morgens ein. Stahlgraue Wolken schoben sich träge über den Himmel, doch der Regen hatte aufgehört. Noch ehe sie ihren Zielort erreichte, stellte sich eine subtile Panik bei der sonst so mutigen Ermittlerin ein. Bei jedem Meter, den sie hinter sich ließ, wurden ihre Knie weicher und ihr Mund trockener. Ihr Herz bäumte sich auf, sträubte sich gegen das, was folgen würde. So lange hatte sie versucht, diesen Moment zu vermeiden. Über ein Jahrzehnt war es ihr gelungen, doch jetzt war es unabdingbar. Ihr innerer Kompass wies ihr den Weg. Sie wusste, dass sie es hinter sich bringen musste, so schmerzhaft es auch werden würde. Schließlich schaltete sie ihr Handy ab und atmete ein paarmal tief aus und ein. Dieser Moment gehörte nur ihr allein. Sie sah ihn schon von Weitem, mit seinem hohen gusseisernen Tor und den cremefarbenen Mauern: den Priener Friedhof.

18. Juni 2023
07:01 Uhr

Es war ein ekstatisches Gefühl. Das Adrenalin rauschte durch seine Blutbahn. Er fühlte sich, als hätte er etwas gefunden, nachdem er schon sein ganzes Leben lang gesucht hatte. Seine behandschuhten Finger glitten sanft über das Kissen der Kommissarin. Das Bett war noch leicht warm. In seinen Lenden zuckte es unkontrolliert. *Kaya Benaty ist scharf.* Sofort tadelte er sich selbst für den unangemessenen Gedanken. Hätte er sie unter anderen Umständen kennengelernt, so hätte er sie wahrscheinlich auf einen Drink eingeladen. Sie hätten einen entspannten Abend gehabt, über Gott und die Welt philosophiert und danach hätte sie ihn vielleicht sogar auf ihr Zimmer eingeladen. Er stellte sich ihre festen Brüste und die spitzen kleinen Brustwarzen darauf vor und stöhnte lustvoll auf. Das Problem war, dass sie auf der Suche nach ihm war. Und er musste zugeben, dass sie ihm immer näher kam. Allerdings nicht auf die Weise, die er bevorzugte. Nein! Er musste sich auf seinen Plan konzentrieren. Er musste Kaya Benaty aus dem Weg räumen!

Ursprünglich hatte er angedacht, sie zu König Ludwig zu schicken, doch das brachte er nicht über sich. Außerdem hatte er sich geschworen, keine Unschuldigen zu ermorden. Schließlich war er kein gefühlloses Monster. Andere mordeten aus Wut, Eifersucht, Habgier oder sogar reiner Lust am Töten. Er sah sich mehr als Racheengel. Benatys lieblicher Duft erfüllte noch immer den Raum. Ihr Gepäck lag für ihn wie ein offenes Buch auf der Ablage neben dem Bett. Vorsichtig näherte er sich ihrer Tasche und zog ein Höschen der

Kommissarin heraus. Weiße Spitze, genau wie er es mochte. Ob sie mit ihm spielte, so wie er es mit ihr tat? Vermutlich kannte sie seine Identität bereits und hielt sich zurück, um ihn nur noch weiter anzustacheln. Er grinste finster. Ein meisterhafter Schachzug stand ihm bevor. Wolf selbst hatte ihm die perfekte Vorlage dafür geliefert. Der alte Sack hatte den Tod verdient, doch dafür musste er den ollen Polizisten loben. Auf die Verbindung zwischen Wolf und Benaty wäre er ansonsten nie gekommen. Einer der Zeitungsausschnitte auf Wolfs Schreibtisch hatte ihm eine junge Kaya aus längst vergangenen Zeiten gezeigt. Sollte sich die Polizei doch selbst zerfleischen. Das würde ihm einen ordentlichen Vorsprung für sein großes Finale verschaffen. Ein Opfer fehlte ihm schließlich noch. Und um an dieses heranzukommen, war noch einiges an Vorbereitung notwendig.

Er wollte sich einen Namen machen. Er wollte der neue Mondkönig werden und sich für immer in die Köpfe der Gesellschaft brennen. Schon bald würden keine Urlauber mehr kommen, weil alle in Angst vor ihm lebten. Seine Mutter wäre so stolz auf ihn, er konnte es fühlen.

Der Reizhusten des Polizisten im Nebenzimmer ließ ihn erschrocken zusammenzucken. Er musste sich beeilen. Benatys Kollege durfte ihn nicht aus dem Zimmer der Kommissarin kommen sehen.

In kürzester Zeit vollendete er sein Werk. Die Tür ließ er angelehnt, so würde es Benatys dümmlicher Kollege später einfacher haben.

Den Schlüssel, den er in einem unbeobachteten Moment vom Wagen eines Zimmermädchens gestohlen hatte, warf er in einen vollen Wäschekorb. Dann spazierte er zufrieden und völlig gelassen aus dem Gasthof.

18 Juni 2023
07:15 Uhr

Auf dem Priener Friedhof schien die Zeit ihren Atem anzuhalten. Es war viele Jahre her, dass Kaya ihn das letzte Mal betreten hatte. Damals war eine Freundin ihrer Mutter an einem Gebärmutterhalstumor gestorben. Sie hatte die Trauerfeier gemeinsam mit ihren Eltern besucht und erinnerte sich noch genau an den gequälten Gesichtsausdruck ihrer Mutter Pernilla. Und an die wasserfallartigen Tränenausbrüche sowie die vielen schwarzen Anzüge und Kleider. Seitdem hatte sich hier nicht viel verändert.

Sie fühlte sich träge und ungelenk, als sie zwischen den alten, verwitterten und vom Moos umschlungenen Grabsteinen entlangschlenderte. Verschlungene Pfade führten zu jahrhundertealten Gräbern, in denen Menschen lagen, Menschen mit einem Schicksal – die meisten von ihnen für immer vergessen. Der morgendliche Nebel breitete sich wie ein schützender Schleier über den Toten aus. In Kayas Ohren klang der pfeifende Wind wie das leise Gewimmer der Vergangenen. Zu dieser frühen Stunde waren nur wenige Menschen auf dem Friedhof unterwegs. Kaya begegnete lediglich einer kleinen Rentnerin mit krausem Haar und einem schlanken jungen Mann, der mit gesenktem Kopf an ihr vorbeizog.

Unter einer verhärmten Trauerweide, deren Äste tröstend über dem dunklen Stein lagen, entdeckte sie Johannes' Grabstein.

»Johannes Körner
19.12.1990–23.10.2008
Dein Licht leuchtet uns immer noch den Weg.
Du bist viel zu früh gegangen, doch für uns noch immer nah.
Ein Stern, der nie verglüht.«

Kaya starrte lange auf das Grab hinab, das anscheinend immer noch sorgsam gepflegt wurde. Auf der dunklen Erde standen Töpfe mit Blumen in leuchtenden Farben. Auch ein kunstvoll arrangierter Strauß aus Chrysanthemen war darauf drapiert. Die Köpfe der Blüten neigten sich leicht im Wind. Wie der Rahmen eines Gemäldes umrankten zarte Efeutriebe die steinerne Umfassung.

Die junge Ermittlerin fühlte nichts. *Nichts.* Ihr Kopf war vollkommen leer. Sie wartete darauf, in Tränen auszubrechen oder einen Kloß im Hals zu spüren, doch nichts passierte.

Johannes' Bestattung vor 13 Jahren hatte sie absichtlich geschwänzt. Sie wollte den jungen lebenslustigen Mann so in Erinnerung behalten, wie sie ihn kannte. Aufgeweckt und fröhlich. Nicht als erkalteten Leichnam, der für immer in die ewige Dunkelheit eingelassen wurde. Darüber hinaus wusste sie nicht, ob sie überhaupt die Kraft aufgebracht hätte, dort zu erscheinen. Johannes war ihre erste große Liebe gewesen. Ihre Geschichte wurde auf solch tragische Weise beendet.

Ihr Augenmerk wanderte weiter zu dem Bild, das seine Eltern für den Grabstein ausgesucht hatten. Plötzlich regte sich etwas in Kaya. Beim Anblick seines zerzausten dunklen Schopfes, der feinen Züge und der leicht gekrümmten Nase wurde ihr Herz schwer. Auf der Aufnahme zeigte er sein charakteristisches Lächeln, bei dem sich die Mundwinkel schief verzogen. Im Hintergrund sah man ein Passagierschiff auf dem Chiemsee. Kaya wusste genau, wo das Foto aufgenommen wurde. Sie hatte es selbst geschossen. An diesem Tag hatten sie sich so unbeschwert und frei gefühlt. Es war einer der letzten Sommertage in dem Jahr, in dem Johannes starb. Nach einem Badetag am künstlichen Strand in Übersee trieben sie sich noch am Hafen herum. Sie machten sich über Touristen lustig, alberten herum und holten sich an einem Kiosk ein Eis. Kaya hatte das Foto mit ihrem neuen Handy gemacht, das sie erst einige Tage zuvor bekommen hatte.

Die Melancholie legte sich um ihr Herz wie eine Taucherweste, zog es hinab in eine schmerzhaft kalte Tiefe.

»Warum hast du mich nur so früh verlassen?«, flüsterte sie.

Natürlich erhielt sie keine Antwort.

»Ob wir wohl heute immer noch zusammen wären? Und was wohl aus uns beiden geworden wäre?« Kaya war nur wegen Johannes zur Polizei gegangen. Ursprünglich war es *sein* Plan, Ermittler zu werden. Er hatte seine Bewerbung bereits vorbereitet und trainierte für die sportliche Aufnahmeprüfung. Mit Sicherheit wäre er ein guter Polizeibeamter geworden, davon war sie überzeugt. Doch wo wäre sie heute, wenn Johannes nicht gestorben wäre? Als Jugendliche hatte sie sich vom Leben treiben lassen und fand es spießig, wenn jemand eine zu konkrete Vorstellung von seiner Zukunft hatte. Vielleicht wäre sie Lehrerin geworden. Oder Übersetzerin. Sprachen lagen ihr schon immer gut. Es war eine schöne Fantasie. In diesem Augenblick wurde Kaya wieder schmerzlich bewusst, dass sie die Vergangenheit nicht verändern konnte. Johannes war viel zu früh gestorben. Daran war nicht zu rütteln.

»Warum verfolgst du mich immer noch? Nach all den Jahren?«, konfrontierte sie den Grabstein. In ihrem Kopf flackerten die Bilder aus ihren jüngsten Träumen wieder auf. Johannes, der an ihrem Bett steht und sie schweigend beobachtet. Der plötzlich einsetzende Schmerz traf sie völlig unvorbereitet. Wie eine haushohe Welle verschluckte er sie und riss sie von den Füßen. Auf einmal kniete sie vor dem Grabstein, keuchte und kämpfte gegen einen Schwall aus Tränen. »Sag mir warum, Johannes?«

Immer wieder hämmerte sie mit ihren Fäusten auf den Boden. Es interessierte sie nicht, ob sie irgendjemand so sah. Sie wollte einfach nur den Schmerz abschütteln. Von einem Heulkrampf bebend, stellte sie immer wieder die gleiche Frage: »Warum kann ich dich nicht einfach loslassen?«

Ein starker Wind blies durch die engen Friedhofsgassen. Er hatte eine Antwort für Kaya. Es erschien ihr, als würde Johannes zu ihr sprechen. Die Worte waren leiser als ein Flüstern. Nur sie konnte sie hören.

»Weil du die Antwort noch nicht gefunden hast.«

Kaya schniefte. Sie zitterte am ganzen Körper. War das die Lösung, nach der sie die ganze Zeit gesucht hatte? Konnte sie Johannes wirklich erst in Frieden ruhen lassen, wenn sie verstand, warum er sterben musste? Sie erhob sich, schlang die Arme um den Oberkörper und starrte einfach zu Boden. Sie fröstelte. Der Schmerz in ihrer Brust ebbte allmählich ab, doch vergehen würde er nicht. Ihr Herz entkrampfte sich. So stand sie noch eine ganze Weile schweigend an Johannes' Grab. Der Gefühlsausbruch hatte ihr gutgetan und war längst überfällig gewesen. Dieser Schmerz hatte sich schon viel zu lange in ihr aufgestaut. Kaya war zuversichtlich, dass sie ihn irgendwann annehmen und damit leben konnte. Aber das brauchte noch Zeit. Für jetzt war sie ihrem inneren Frieden ein Stück nähergekommen. Irgendwann schüttelte sie den Kopf und verabschiedete sich von Johannes.

»Bis bald«, sagte sie mit der Gewissheit, dass sie zurückkommen würde.

Auf dem Weg zum Ausgang ließ sie sich Zeit, die tief sitzende Trauer wirkte noch nach. Sie war fast am gusseisernen Tor angelangt, da lief sie *ihr* über den Weg. Trotz des furchtbaren Schicksalsschlages und der vielen vergangenen

Zeit hatte sie sich kaum verändert. Die ehemals lange Mähne trug sie in einem dunklen Bob. Ihre modische Halbrandbrille saß locker auf der filigranen Nase. Ein dünner Trenchcoat umhüllte ihre Schultern. Ansonsten war sie genauso zierlich wie damals.

»Kaya? Bist du das wirklich?«, fragte die Frau und schlug sich eine Hand vor den Mund.

»Frau Körner!«

Johannes hatte ihr einmal erzählt, dass seine Mutter früher Model sehr gefragt war. Das konnte sich Kaya bei der Frau gut vorstellen, die auch mit Mitte Fünfzig noch gertenschlank und knapp 1,80 Meter groß war.

»Kaya! Wie geht es dir? Ich habe dich ja schon eine Ewigkeit nicht mehr gesehen.«

Kaya schniefte. »Es gab schon bessere Tage«, antwortete sie wahrheitsgetreu.

Lydia Körner schloss sie in eine warme Umarmung.

»Du warst bei Johannes.« Es war eine Feststellung, keine Frage.

Kaya nickte. »Ich habe beruflich in Prien zu tun. Es hat sich angeboten ...« Ihre Stimme brach.

»Ach, Kaya. Es freut mich so sehr, dich zu sehen. Du siehst gut aus.«

Kaya lächelte schwach und sah Lydia die schmeichelhafte Lüge nach.

»Wie geht es dir?«

Lydia schlang ihren Mantel enger um die Taille. »Es sind schwierige Zeiten, weißt du. Bernd liegt in einem Pflegeheim. Er hatte vor einigen Jahren einen schweren Schlaganfall. Die Sache mit Johannes hat uns damals zerstört. Ich musste das Haus verkaufen, um die Rechnungen des Pflegeheims zu bezahlen. Aber ich blicke nach vorn. Irgendwann geht es wieder bergauf, davon bin ich überzeugt.«

Kaya bewunderte Johannes' Mutter für ihre Stärke und machte sich selbst schlimme Vorwürfe. Nach Johannes' Tod war sie so sehr mit sich selbst beschäftigt gewesen, dass sie den Kontakt zu seinen Eltern verlor. Dabei hatte sie sich immer fantastisch mit Lydia und Bernd verstanden. Möglicherweise hätten sie sich in dieser schweren Zeit gegenseitig Trost spenden können. Nun war es zu spät.

»Das tut mir leid ... ehrlich. Wenn ich irgendetwas tun kann ...«, stammelte Kaya und ärgerte sich augenblicklich über sich selbst. Wie sollte sie der vom Leben gebeutelten Frau denn nur die Sorgen nehmen? Immerhin entwickelte sich ihr eigenes Leben gerade zu einer turbulenten Achterbahnfahrt.

Lydia Körner kramte in ihrer Handtasche und zog Notizblock und Stift heraus. Sie notierte ihre Adresse und Telefonnummer und überreichte sie Kaya.

»Komm mich gerne mal besuchen und berichte mir, wie es dir in den letzten Jahren ergangen ist. Ich freue mich wirklich, dass du wohlauf bist, Kaya.«

Kaya nahm den Zettel dankend entgegen. »Ich werde mich melden«, versprach sie. Anschließend verabschiedete sie sich kurz angebunden und stolperte davon, von der Begegnung überfordert.

18. Juni 2023
07:55 Uhr

Christoph Steinert rührte mit grimmigem Blick in seinem Milchkaffee. *Die Plörre hier kann man doch wirklich nicht trinken. Das ist eine echte Zumutung,* dachte er übel gelaunt. Wie sehr vermisste er den Kaffeevollautomaten im Münchner Präsidium!

Er war wieder mal als Erster in der Polizeiinspektion und fühlte sich gerädert. Keine Spur von Benaty. Sein Gehirn kam nur langsam in die Gänge, aber das scherte den Mörder vermutlich gerade am wenigsten. Sie brauchten endlich eine heiße Spur in dem Fall, soviel war klar, am besten einen Durchbruch. Wie dieser aussehen sollte, war Steinert jedoch noch rätselhaft. Er war fest davon überzeugt, dass der Mord an dem Pfarrer nur die Tat eines Nachahmers war, der sich die aktuelle Mordserie zunutze machte, um dem pädophilen Geistlichen eins auszuwischen. Aber ihm glaubte ja mal wieder niemand. Früher war das anders. Da war er immer an der Front, wurde von Kollegen bewundert und der damalige Chef, der Vorgänger von Regina Wachtner, bezeichnete ihn stets als sein bestes Pferd im Stall. Seit dem Personalumbruch in der Abteilung erhielt er nur noch wenig Wertschätzung. Sowohl von den neuen Kollegen, die ihm allesamt auf der Nase herumtanzten, als auch von der eigensinnigen Chefin.

Inzwischen wunderte er sich auch nicht mehr darüber, dass Kaya Benaty am Morgen weder zum Frühstück erschien noch mit ihm zur Dienststelle fuhr. Die junge Kommissarin war außer Kontrolle und tat ausschließlich, was ihr beliebte.

Steinerts Handy klingelte. Es war Frank Blume aus der Technikabteilung.

Er überbrachte eine durchaus interessante Neuigkeit: »Wolfs Netzanbieter hat uns soeben darüber informiert, dass sein Handy wieder angeschaltet wurde!«

Steinert wurde sofort hellwach. Sein Puls beschleunigte sich, und das Adrenalin schoss durch seine Venen.

»Wo?«

»Ich schicke dir die Daten rüber. Ihr solltet euch beeilen, sonst geht euch der Kerl durchs Netz.«

Jubelnd stieß Steinert eine Faust in die Luft. Genau diesen Durchbruch hatte er sich erwartet. Jetzt ging es endlich rund. Er würde es sein, der den Mörder noch an Ort und Stelle festnahm. Nicht Benaty mit ihren kruden Theorien und ihrem fehlerhaften Bauchgefühl. Der Kommissar sprang so überstürzt auf, dass der Stuhl hinter ihm zu Boden fiel. So schnell er konnte, rannte er in freudiger Aufregung durch die Flure und brüllte:

»Wir haben den Kerl! Schnell! Ich brauche so viele Männer wie möglich für den Zugriff.«

Eine Viertelstunde später stand Steinert stutzend vor dem Gasthof, in dem er nächtigte. Die fünf Kollegen von der Priener Polizei, die zu seiner Unterstützung mitgekommen waren, wirkten konsterniert.

»Das muss ein Irrtum sein.« Steinert setzte eine ratlose Miene auf, kratzte sich am Hinterkopf und wählte Blumes Nummer.

»Wir sind dort. Es ist das Hotel, in dem Benaty und ich untergebracht sind. Bist du dir denn absolut sicher, dass die Adresse stimmt?«

»Ist der Papst katholisch? Natürlich bin ich mir sicher. Das Handy ist dort drin.«

Christoph Steinert bekam eine üble Vorahnung. Spielte der Täter wirklich so ein perfides Spiel mit ihnen, dass er sich in dem Gasthof einquartierte, in dem die beiden ermittelnden Kommissare nächtigten? Dieser Ludwig-Mörder musste sich seiner Sache ziemlich sicher sein, soviel stand fest. Andererseits fand Steinert die Idee auf seltsame Weise ziemlich genial. So hatte der Gesuchte die Beamten immer gut im Blick und konnte davon ausgehen, dass er nicht auffallen würde.

»Na gut. Wir gehen rein. Bleib dran«, verkündete Steinert schließlich. Die Gäste in der Lobby und im Frühstücksraum machten große Augen, als der Polizeitrupp einmarschierte. Eine ältere Dame, die gerade in einem gemütlichen Sessel die Tageszeitung las, verfiel beim Anblick der Gruppe in regelrechte Schnappatmung. Steinert wanderte mit dem Handy am Ohr durch den Aufenthaltsbereich vor der Rezeption, hinter der ihn eine junge Hotelangestellte aufgeregt anblickte.

»Das Telefon ist immer noch an. Ich wähle jetzt Wolfs Nummer, dann müsste es klingeln.«

Die Priener Polizisten teilten sich auf. Steinert hielt sich das Smartphone vom Ohr und horchte. Nichts.

»Es müsste gerade klingeln«, erklärte Blume.

»Hier ist es nicht. Wir müssen uns die Zimmer oben ansehen«, brummte Steinert in den Hörer.

Einer der anwesenden Kollegen verstand den Wink mit dem Zaunpfahl und bat die Rezeptionistin, sie mit sämtlichen Schlüsseln ins Obergeschoss zu begleiten. Die junge Frau mit dem kastanienfarbenen Zopf schüttelte den Kopf. »Das ist nicht erlaubt. Das darf ich nicht.«

Steinert zückte seinen Dienstausweis und bellte: »Kriminalpolizei. Hier ist Gefahr im Verzug! Wir müssen sofort in die Zimmer.«

Die Rezeptionistin nickte eingeschüchtert und riss eilig die Schlüssel von der Holzwand hinter ihr. Sie eilten nach oben. Gerade wollte ihnen die Hotelangestellte das erste Gästezimmer aufschließen, da rief ein junger Beamter schon: »Hier! Ich höre es!«

Steinert gefror das Blut in den Adern. Der Polizeikollege stand vor der Tür zu *seinem* Zimmer.

»Das ist doch jetzt ein schlechter Witz!« Steinert schob einen Uniformierten mittleren Alters zur Seite und drängte sich vor zu dem Kollegen, der behauptete, das Klingeln zu hören. Tatsächlich vernahm auch Steinert den schrillen Ton, der wie das Kreischen eines exotischen Vogels klang.

»Habt ihr es gefunden?«, kam es aus der Leitung zu Blume. Der erfahrene Mordermittler drückte den Kollegen weg und ließ die Hand über das Holster seiner Heckler & Koch gleiten. Das Hämmern seines Herzens dröhnte in seinen Ohren, während er eine Kopfseite gegen die Tür presste.

Befindet sich der Mörder etwa in meinem Zimmer? Unterdessen hatten sich die fünf anderen Polizeibeamten um ihn herum versammelt.

»Es ist das andere Zimmer. Das daneben. Da ist das Klingeln wesentlich lauter zu hören«, sagte einer von ihnen mit gerunzelter Stirn.

Steinert nickte und tat überrascht, obwohl ihm eine zentnerschwere Last von den Schultern fiel. *Der Mörder scheint wohl mehr Interesse an Benaty zu haben,* ging es ihm durch den Kopf.

Er stellte sich vor, wie er den Mörder in Benatys Zimmer stellte. Ein triumphierendes Grinsen legte sich auf seine Züge. Die neue Kollegin hatte einiges zu erklären.

»Sperren Sie schon auf!«, befahl er der Hotelangestellten, die keuchend gehorchte. Sie stürmten mit gezogenen Waffen in das Hotelzimmer. Es war leer.

Entgegen Steinerts Erwartung fanden sie keinen Mörder vor. Dafür aber das klingelnde Telefon des zweiten Opfers.

»Jetzt bist du fällig, Benaty«, murmelte er und hechtete zu ihrer Reisetasche, aus der das lärmende Geräusch erklang.

18. Juni 2023
08:50 Uhr

Auf dem Rückweg vom Friedhof bebte Kayas Herz. Statt ihr, wie erwartet, Frieden zu schenken, hatte sie der Besuch an Johannes' Grab nur noch mehr aufgewühlt. Die tiefe Unruhe, die sie dabei verspürte, und die Begegnung mit Johannes' Mutter hallten noch in ihr nach. Sie war völlig verheult, wischte sich mit dem Handrücken eine Träne weg und unterdrückte ein Schluchzen.

So kann ich doch nicht zum Dienst. Ich sehe aus wie ein Zombie, überlegte sie. In dem Augenblick, als sie den Weg zur Uferpromenade kreuzte, machte sie ihr Smartphone wieder an. Darauf entdeckte sie fünf Anrufe von Korbiwan.

»Oh, großer Korbiwan. Wie kann ich Ihnen zu Diensten sein?«, begrüßte sie ihn schalkhaft. Sie wollte nicht, dass Korbi etwas von ihrer gedrückten Stimmung mitbekam.

»Kaya! Gott sei Dank erreiche ich dich endlich!«

Die Aufregung in Korbinians Stimme versetzte Kaya in Alarmbereitschaft.

»Was ist passiert?«, hauchte sie misstrauisch in ihr Mobiltelefon.

»Was bei mir passiert, ist völlig egal. Hat Wachtner dich bereits kontaktiert?«

Kaya entging die Panik in Korbiwans Stimme nicht.

»Ich hatte mein Handy nur für eine Stunde aus. Herrgott, was ist denn los?«

»Wo bist du?«, verlangte er dann zu wissen.

»Was ist denn los mit dir? Ich hatte privat noch etwas in Prien zu erledigen und bin jetzt auf dem Weg zur Polizeiinspektion. Steinert habe ich im Hotel zurückgelassen und von Wachtner habe ich heute noch nichts gehört«, antwortete sie so gelassen wie möglich.

»Das Handy von Heinrich Wolf wurde heute Morgen wieder aktiviert. Die Kollegen haben es sofort geortet und aufgespürt ...«

»Das sind ja großartige Neuigkeiten! Wo wurde es gefunden?«

Stille.

Korbiwan quasselte für gewöhnlich am laufenden Band. Entgegen aller Klischees war er ein überaus kommunikativer Nerd. Außerdem hielt er nie lange mit wichtigen Informationen hinter dem Berg. Daher trieb sein Schweigen Kayas Puls in schwindelerregende Höhen.

»Das Handy befand sich in *deinem* Gepäck im Landgasthof.«

»Lass den Unsinn. Wo hat man das Handy gefunden?«, fragte Kaya mit vorwurfsvollem Ton.

»Das ist mein Ernst, Kaya. Und das ist noch nicht alles. Ich habe über den Flurfunk hier in der Zentrale mitbekommen, dass die Leute von der Internen bereits informiert wurden. Irgendetwas aus Wolfs Haus deutet darauf hin, dass du eine Verbindung zum Opfer hattest.«

Das Herz der jungen Kommissarin rutschte ihr in die Hose. Die internen Ermittler der Polizei wurden erst hinzugezogen, wenn der Verdacht bestand, dass Polizeibeamte im Dienst eine Straftat begangen hatten. Ging es bei den Ermittlungen der internen Kollegen wirklich um die Mordserie? Oder hatte Steinert die Ohrfeige doch noch offiziell gemeldet? Nach ihrem Streit am vergangenen Tag war dies durchaus möglich. »Das ist doch lächerlich. Ich bin doch keine Mörderin«, erklärte Kaya in schrillem Ton. Ihre Stimme gehorchte ihr nicht mehr.

»Kaya, das ist wirklich kein Scherz. Sei bitte vorsichtig und ...«

Just in diesem Moment ging ein zweiter Anruf ein. Das Läuten der Kuhglocken übertönte Korbiwans nächste Worte. Ein Blick aufs Display verriet Kaya, dass die Kripochefin höchstpersönlich sie sprechen wollte.

»Wachtner ruft mich an. Ich melde mich später«, rief sie in den Hörer, bevor sie Korbinian wegdrückte und das Gespräch mit ihrer Chefin begann.

»Kaya Benaty hier. Hallo Chefin!«, grüßte sie so gefasst wie möglich, obwohl ihr Herz heftig gegen ihre Rippen hämmerte.

»Wo sind Sie gerade, Benaty?«, bellte Wachtner ohne Begrüßung in den Hörer.

»Wie besprochen bin ich gerade auf dem Weg zu Martha Dietrich und habe ...«

»Wolfs Handy und die blutige Kleidung des Pfarrers sind aufgetaucht.« Wachtner machte eine bedeutsame Pause. »Und zwar in einem *Ihrer* Gepäckstücke im Gasthof.« Trotz Korbiwans Vorwarnung fühlte sich Kaya völlig überrumpelt. Sie kam sich vor wie in einem surrealen Szenario, bei dem im nächsten Moment »versteckte Kamera« gerufen wurde.

»Aber ... Das kann doch gar nicht sein.« Sie schlug sich mit der Handfläche gegen die Stirn und atmete tief durch. »Dass ich in diese Mordserie involviert bin, ist doch ... völlig bei den Haaren herbeigezogen.« Der plötzliche Schock ließ sie einen Moment innehalten. Sie lehnte sich gegen eine Hausmauer. Verzweiflung breitete sich von ihrer Körpermitte aus und verteilte sich bis in die Finger und Zehen hinein. »Der Täter hat uns beobachtet. Das wissen Sie doch! Er kennt mich aus Wolfs Haus. Vermutlich ist er mir zum Gasthof gefolgt, in mein Zimmer eingebrochen und hat die Sachen dort platziert. Sie glauben doch wohl nicht ernsthaft, dass ich etwas mit dem Mord an Wolf zu tun habe, oder?«

Die Kripochefin seufzte.

»Da ist noch etwas. Die Zeitungsausschnitte aus Wolfs Villa wurden endlich vollständig ausgewertet. Darunter befand sich ein Interview von Ihnen, Benaty. Sie wissen genau, wovon ich rede, stimmt's?«

Für Kaya kam die Erkenntnis wie ein heftiger Schlag in die Magengrube. Ihre Mundwinkel sackten nach unten.

Johannes war unter mysteriösen Umständen verstorben. Seine Leiche war am Fuße eines Parkhauses in Bernau, einem Nachbarort von Prien, aufgefunden worden. Sein Handy blieb seitdem verschwunden und niemand wusste, warum Johannes damals auf dem Dach des Parkdecks war. Auch Alkohol konnte man keinen in seinem Blut nachweisen. Der damalige Leiter der Polizeidienststelle Prien, Heinrich Wolf, tat Johannes' Tod ziemlich schnell als Suizid ab. Kaya hingegen hatte immer wieder versucht, Wolf zu kontaktieren, und wollte ihn davon überzeugen, nach weiteren Indizien zu suchen, die gegen einen Selbstmord sprachen. Sie war der festen Überzeugung, dass Johannes' Tod kein Unfall und erst recht kein Suizid war. Aus Wut und jugendlichem Leichtsinn hatte sie damals einigen Reportern des Priener Wochenblatts von ihrem Verdacht erzählt. Daraus entstanden Artikel, in denen sie Wolfs Ermittlungsarbeit kritisierte und den Polizisten beschuldigte, die ominösen Umstände von Johannes' Tod unter den Tisch kehren zu wollen. Anscheinend hatte der pensionierte Dienststellenleiter auch diese Zeitungsartikel ausgeschnitten und behalten.

»Benaty? Sind Sie noch da?«

Kaya stockte der Atem.

»Das ist doch schon fünfzehn Jahre her. Ich war damals fast noch ein Kind.«

»Hören Sie mir zu, Benaty. Ich halte Sie nicht für eine Mörderin. Allerdings sprechen die Indizien für sich. Es steht nicht gut um Sie. Die Beweislage ist noch nicht so schwerwiegend, dass ich Sie festnehmen lassen müsste. Aber bis die Sache geklärt ist, muss ich Sie beurlauben. Steinert wird den Fall vorerst allein weiterbearbeiten.«

»Das ist nicht fair! Der Mörder hat mir Beweismittel

untergeschoben. Wir müssen ihm zu nahe gekommen sein, und nun möchte er mich sabotieren, um anschließend munter weiter morden zu können!«, echauffierte sich Kaya Benaty.

»Es tut mir leid. Bitte bringen Sie Ihre Dienstwaffe und Ihren Dienstausweis sofort zur Polizeiinspektion in Prien. Ihr Besuch bei der Witwe ist abgeblasen. Außerdem möchten die Kollegen von der Internen Sie heute noch vor Ort sprechen. Deswegen muss ich Sie darum bitten, noch eine Weile in Prien zu verweilen.«

Kaya kapierte sofort und beendete das Gespräch.

Die nächste Stunde verbrachte die junge Kommissarin damit, auf einer einsamen Bank am Ufer des Sees zu sitzen und auf die unruhig zuckende Wasseroberfläche zu starren.

Ihr Blick wanderte zu den beiden Inseln inmitten des Sees. Sie wirkten düster und furchterregend auf sie. Irgendwann begann es zu tröpfeln, doch Kaya nahm sowieso alles nur noch durch einen tränenverzerrten Schleier wahr. Ihr Start bei der Mordkommission war holprig gewesen, doch niemals hätte sie sich ausgemalt, dass ihr Weg dort so schnell und auf so tragische Weise beendet sein würde. Glaubte Wachtner ihr tatsächlich? Oder versuchte die Kripochefin nur, sie bei Laune zu halten, bis die internen Kollegen ihr die Handschellen anlegen konnten?

Als der Regen stärker wurde, stand Kaya auf und stellte sich fröstelnd unter eine Birke. Vor ihr tat sich ein unendlicher schwarzer Abgrund auf, der sie zu verschlingen drohte. Sogar der Chiemsee färbte sich tiefdunkel. Schluchzend lief sie durch Prien. Eigentlich hätte sie zurück in die Dienststelle gehen müssen, doch dazu fühlte sie sich noch nicht in der Lage. Wie sollte sie Steinert in dieser Situation gegenübertreten? In ihrer Brust brannte ein schmerzendes Feuer. Plötzlich fühlte sie sich nur noch leer und traurig. Schluchzend legte sie den Kopf in die Mitte ihrer Hände. In Situationen wie dieser realisierte sie, wie sehr ihr die körperliche

Nähe eines anderen Menschen fehlte. Aus der Verzweiflung heraus fasste sie einen Entschluss.

Mittlerweile schüttete es. Sie trug keinen Schirm bei sich, und ihre Augen kämpften blinzelnd gegen den strömenden Regen an. Gleichzeitig versuchte sie, ihren eigenen Wasserfall aus Tränen zu unterdrücken.

Eine halbe Stunde später stand sie vor einer weißen Tür am Rande Priens. Das Einfamilienhaus hatte sich kaum verändert. Sie hatte es sofort wiedererkannt. Sogar die Schaukel, die sie als Kind so geliebt hatte, war noch vorhanden.

Kurz nach dem ersten Klingeln schwang die Tür auf.

»Kaya!«

»Mama!«, schluchzte die Ermittlerin und ließ sich in die Arme ihrer aufheulenden Mutter fallen.

18. Juni 2023
13:24 Uhr

Der frisch aufgebrühte Kamillentee belebte ihre Lebensgeister allmählich wieder. Wie ein Häufchen Elend saß Kaya auf dem ausladenden Sofa und starrte auf den weißen Flokati-Teppich ihrer Mutter. Die Arme fest um die Knie geschlungen, versuchte sie, die Geschehnisse der letzten Stunden zu verarbeiten. Zuerst der hochemotionale Friedhofsbesuch, das Zusammentreffen mit Johannes' Mutter, und dann wurde sie auch noch beurlaubt.

Bis auf die stürmische Begrüßung hatte sie noch kein Wort mit Pernilla gewechselt, doch ihre Mutter beäugte sie aufmerksam. Nachdem sie ihr heulend in die Arme gefallen war, fühlte sich Kaya leer und kraftlos.

Pernilla Kalczyk hielt ihre Teetasse so fest umklammert, als wäre sie der kostbarste Gegenstand der Welt. Ihre himmelblauen Augen wanderten unruhig durch den Raum.

»Maik und Niklas müssten bald von der Schule kommen. Jens ist auf Geschäftsreise. Du kannst aber gerne eine Weile hierbleiben«, erklärte sie mit ruhiger Stimme.

Natürlich ist Jens auf Geschäftsreise, dachte Kaya spitz. Auf diesem Weg hatte der Handelsvertreter für Sanitäranlagen Pernilla überhaupt erst kennengelernt und den Stein für den Zerfall von Kayas Familie ins Rollen gebracht.

Kaya ließ ihren Blick durch das Wohnzimmer schweifen. Auf einem neumodischen Sekretär entdeckte sie Familienbilder der Kalczyks. Bernd und Pernilla hatten geheiratet, sobald die Tinte auf den Scheidungspapieren von Kayas Eltern trocken war. Daraufhin hatte Kayas Mutter den Namen Benaty abgelegt und Jens' Nachnamen angenommen.

Die Fotos zeigten hauptsächlich die Zwillinge, vom jungen Kindesalter bis zu ihrem heutigen Erscheinungsbild. Auf manchen spielten sie Fußball, auf anderen standen sie inmitten vieler anderer Kinder und lächelten verschmitzt in die Kamera. Kaya hatte Schwierigkeiten, die beiden auseinanderzuhalten. Etwas abseits strahlte der Kommissarin ihr jüngeres Abbild entgegen. Sie musste knapp zehn Jahre alt gewesen sein, als das Foto beim Familienurlaub auf der Insel Rügen entstand. Die Erinnerung an diese unbeschwerte Zeit stimmte sie selig.

»Bist du denn glücklich?«, erkundigte sich Kaya schniefend.

Pernilla spitzte überrascht die Lippen.

»Ich habe viele Fehler in meinem Leben begangen, Kaya. Die Vergangenheit kann ich nicht verändern, aber ich arbeite jeden Tag an mir. Ich finde, man kann heutzutage schon glücklich sein, wenn man jeden Tag gesund aufwacht«, antwortete Kayas Mutter.

Kaya nickte und sah Pernilla eine Weile ausdruckslos an.

»Und du? Bist du glücklich?«, entgegnete ihre Mutter.

»Ich weiß es nicht. Eigentlich dachte ich, ich wäre es. Aber nach den letzten Tagen habe ich das Gefühl, etwas in meinem Leben verändern zu müssen.«

Pernilla nickte zustimmend.

»Wenn ich dir dabei helfen kann, lass es mich wissen, Kaya.«

Benaty brummte etwas Unverständliches.

»Wie geht es denn deinem Vater?«

»Gut« antwortete Kaya ausweichend. Die Tatsache, dass ihr Vater mit gesundheitlichen Problemen und Stress bei der Arbeit zu kämpfen hatte, verschwieg sie.

Kaya nahm einen großen Schluck Tee und veränderte ihre

Haltung. Sie fühlte sich schon wesentlich entspannter als noch bei ihrer Ankunft.

»Die haben mich beurlaubt, weil ich damals in einigen Zeitungsartikeln gegen Wolf gezetert habe.«

Pernilla hob eine Braue. »Der ehemalige Leiter der Polizei? Ich habe gehört, dass er ermordet wurde. Die Nachricht verbreitet sich in Prien wie ein Lauffeuer. Auch das mit dem Pfarrer. Es ist wirklich schrecklich.«

Kaya nickte.

»Das kann doch nicht sein. Das können die doch nicht einfach so machen!«

»Man hat mir Wolfs Handy untergejubelt. Der Mörder scheint ein Auge auf mich geworfen zu haben.«

Pernilla erschauderte. »Macht dir das denn keine Angst?«

Kaya schüttelte den Kopf und reckte sich.

»Bei der Organisierten Kriminalität hatte ich es öfter mit gewalttätigen Zuhältern und Serienvergewaltigern zu tun. Man gewöhnt sich dran.«

»Ich bin froh, dass du gekommen bist. Auch wenn der Anlass kein schöner war«, erwiderte Pernilla sorgenvoll.

Kaya versuchte, ihre Gefühle zu sortieren. Bisher hatte sie jeden Kontakt zu ihrer Mutter absolut vermieden und jetzt war sie plötzlich vor ihrer Tür aufgetaucht. War sie denn wirklich so verzweifelt? Eine Mischung aus Abscheu und Sehnsucht stieg in ihr auf. Wenn sie ehrlich war, tat es ihr gut, mit Pernilla zu sprechen. Ob es ihr genauso ging?

»Was wirst du jetzt tun?«

Benaty guckte auf ihren Becher. »Ich werde mir das von diesem Psychopathen nicht gefallen lassen.« Allmählich kehrte der Kampfgeist der Kommissarin zurück. »Ich werde meine Unschuld beweisen und diesen Mörder stellen.«

»Ach, Kaya«, seufzte Pernilla ängstlich. »Bitte pass auf dich auf, mein Kind.«

16. Juni 2023
14:37 Uhr

In der Polizeiinspektion Prien wurde sie bereits von einem schlaksigen Anzugträger und einer Frau in einem eleganten Hosenanzug erwartet. Die Beamtin mit der muskatbraunen Haut und den auffälligen schwarzen Locken erkannte sie als Lena Bennet. Sie hatten sich flüchtig auf einem Betriebsfest im letzten Sommer kennengelernt, und Kaya wusste, dass die Eltern der Mittvierzigerin aus Amerika stammten.

Die beiden Kollegen von der Internen unterhielten sich angeregt mit Steinert im Flur, als Kaya mit gestrafften Schultern zu ihnen stieß.

»Ah … Frau Benaty, schön, dass Sie es einrichten konnten!«, begrüßte sie der Anzugträger, hinter dessen dicken Brillengläsern stahlgraue Augen saßen.

Steinert setzte ein teuflisches Grinsen auf.

»Benaty.«

»Guten Tag, Christoph.«

Kaya nickte den Anwesenden knapp zu.

»Dann wollen wir mal keine Zeit verlieren«, sagte Bennet in kühlem Tonfall, ehe sie sich zu Steinert drehte.

»Es hat mich gefreut, Sie kennenzulernen.«

»Gleichfalls!« Steinert zwinkerte der Ermittlerin verheißungsvoll zu, was diese mit einem nüchternen Blick quittierte.

Bennet und der Anzugträger führten Kaya in den Besprechungsraum, in dem sie noch am Vorabend mit Steinert und Wachtner an der Videokonferenz teilgenommen hatte.

»Ich bin Lena Bennet «, stellte sich die Ermittlerin vor, »und das ist mein Kollege Lorenz Emmerich.«

In den kargen Räumen der Priener Polizeidienststelle wirken die beiden wie Fremdkörper, ging es Kaya durch den Kopf, während sie Platz nahm. Das adrette Auftreten der Großstadtermittler passte so gar nicht in das ländliche Bild Priens.

»Wir nehmen an, Sie wurden von Ihrer Vorgesetzten bereits über die neuesten Erkenntnisse in den Mordfällen Dietrich, Wolf und Böck sowie über den Grund unseres Besuches hier informiert«, erklärte Emmerich mit eisiger Miene.

Kaya nickte.

»Also, Frau Benaty, was sagen Sie zu den gefundenen Beweisstücken in Ihrem Gepäck?«

»Was werfen Sie mir denn überhaupt vor? Habe ich Beweismittel unterschlagen? Oder verdächtigen Sie mich gar des Mordes an Wolf?«, erwiderte Kaya mit sarkastischem Unterton.

Die junge Kommissarin hatte selbst genug Vernehmungen durchgeführt, um zu wissen, wie solche Befragungen abliefen. Wenn die Kollegen der internen Ermittlung vermuteten, dass sie etwas mit dem Mord an Wolf zu tun hatte, dann fehlten ihnen dafür handfeste Beweise. Andernfalls hätten längst die Handschellen geklickt.

»Hören Sie zu, Benaty. Wir sind doch alle Kollegen. Wenn Sie sich also kooperativ zeigen, haben Sie nichts von uns zu befürchten. Wenn bei einem Polizeibeamten wichtige Indizien gefunden werden, dann ist eine interne Ermittlung Standardprozedur. Wir wollen Ihnen helfen und – das können Sie uns ruhig glauben – sind selbst nicht begeistert, hier sein zu müssen. Aktuell versuchen wir noch, uns ein Bild von der Sachlage zu machen. Also, wie sieht es aus? Spielen wir im gleichen Team?« Bennet sah sie aufgesetzt freundlich an.

Guter Bulle, böser Bulle, also. Kaya lächelte herausfordernd.

»Nach allem, was wir aktuell wissen, wurde Wolf vor wenigen Tagen noch gesehen. Gestern Morgen fand ein Schlosskutscher seine Leiche. Demnach ist davon auszugehen, dass der pensionierte Polizist in der Nacht vom 14. auf den 15. ermordet wurde. Am Abend des 14. war ich bei einer alten Schulfreundin zum Abendessen. Bis ca. 23:00 Uhr. Danach bin ich zu Fuß zurück zum Gasthof gelaufen, wo ich etwa gegen 23:30 Uhr eintraf und sofort zu Bett ging«, führte Kaya aus.

Emmerichs Blick verriet dessen Skepsis.

»Fragen Sie doch einfach die Rezeptionistin, die in dieser Nacht Dienst hatte. Ich habe den Gasthof nach meiner Ankunft nicht mehr verlassen. Aber natürlich könnte ich mich aus dem Fenster des ersten Stockwerks gestohlen haben, um Wolf zu ermorden. Das geht Ihnen beiden doch gerade durch den Kopf, oder?«

Bennet verzog eine säuerliche Miene.

»Das hat keiner von uns angedeutet oder auch nur im Geringsten gesagt.«

»Gut«, antworte Kaya selbstsicher. »Ich habe nämlich nichts mit den Morden zu tun. Vermutlich hat der Mörder mich nach unserem Zusammentreffen in Wolfs Anwesen beobachtet und verfolgt. Er streut falsche Beweise und spielt eine gut durchdachte Verwirrungstaktik. Es geht ihm nur darum, Unruhe bei den Ermittlungen zu verursachen. Und bisher sind wir ihm völlig auf den Leim gegangen.«

»Es gibt keine Anzeichen für einen Einbruch in dem Gästezimmer. Die Tür war verschlossen, als die Kollegen auf der Suche nach dem Handy in Ihr Zimmer eingedrungen sind«, sagte Emmerich und kniff die Augenbrauen zusammen.

Kaya schnaubte verärgert.

»Herrgott …«, Benaty machte eine beschwichtigende Handbewegung, »… unser Mörder ist verdammt raffiniert. Er hat sich bestimmt eines Schlüssels bemächtigt. Ich bezweifle, dass die Sicherheitsvorkehrungen des Gasthofs mit

Alcatraz zu vergleichen sind. Außerdem wäre ich doch verdammt blöd, wenn ich das Handy in meinem eigenen Zimmer aktiviert hätte.«

»Leider gibt es keine Videoaufzeichnungen in dem Gasthof«, stimmte ihr Bennet nachdenklich zu.

»Sie wissen, dass das Aktivieren des Telefons genauso gut eine Verwirrungstaktik Ihrerseits hätte sein können, oder?«, hakte Emmerich nach.

»Wieso sollte ich eine Verwirrungstaktik benötigen? Vor dieser Sache hatte mich niemand auf dem Schirm. Am besten, Sie lassen mich weiter meiner Arbeit nachgehen. Ich fürchte, die Mordserie unseres Täters ist noch nicht beendet.«

Emmerich schaute in ihre Richtung, doch guckte er direkt durch sie hindurch, als wäre sie aus Glas.

»Wir müssen Sie bitten, sowohl Ihren Dienstausweis als auch die Dienstwaffe abzugeben«, sagte Bennet nach einer Weile der Stille.

Kaya knallte die geforderten Gegenstände geräuschvoll auf den Tisch und streckte entwaffnet die Arme von sich.

»Kann ich jetzt gehen?«

18. Juni 2023
14:45 Uhr

»Was kann ich für Sie tun?«, fragte Pernilla Kalczyk und musterte den Mann misstrauisch. Er setzte seine freundlichste Miene auf und räusperte sich.

»Guten Tag, Frau Kalczyk. Ich bin ein Kollege von Kaya Benaty und weiß, dass sie Sie heute besuchen wollte. Ist sie denn noch hier? Ich müsste sie dringend sprechen.«

Er musste sich bemühen, nicht in ein böses Grinsen zu verfallen. Inzwischen trieb er sein Spiel auf die Spitze. Doch es machte ihm einen solchen Spaß, dass er es einfach nicht lassen konnte. Natürlich wusste er, dass Kaya Benaty nicht mehr bei Kalczyk war. Immerhin verfolgte er die Ermittlerin, seitdem er sie vor einigen Stunden einsam und allein auf einer Sitzbank am Ufer des Sees entdeckt hatte. Innerlich triumphierte er, weil es ihm gelungen war, die taffe Ermittlerin zu brechen. Als sie Kalczyks Haus aufsuchte, stand sie vollkommen neben sich. Kaya Benaty war der älteren Blondine noch auf der Türschwelle heulend in die Arme gefallen. Das hatte er aus sicherer Entfernung beobachtet. Er hatte den Spieß einfach umgedreht, spielte mit ihr wie ein Löwe mit der Gazelle, bevor er sie sich einverleibte. Aber wer war diese Kalczyk? Welche Rolle spielte die Frau im Leben der Ermittlerin? Ein erregtes Zucken schoss ihm in die Lenden, als er daran dachte, dass er Kaya Benatys Leben kontrollierte wie ein Puppenspieler seine Marionetten.

In ihm brannte die Frage, ob sein Coup mit Wolfs Handy und Böcks blutiger Kleidung, die er in Benatys Zimmer im

Gasthof versteckt hatte, wohl aufgegangen war. Es schien zumindest, als hätten sie Benaty nicht umgehend verhaftet.

Kalczyks Stirn legte sich in Falten. »Sind Sie wirklich ein Kollege meiner Tochter? Wie ist Ihr Name?«

Tochter! Ihm war, als hätte er falsch gehört. Hatte die alte Kalczyk Kaya Benaty soeben wirklich als ihre Tochter bezeichnet?

Natürlich! Das macht Sinn, dachte er. Wem sollte sie sich sonst in ihrer dunkelsten Stunde anvertrauen? Seine Kopfhaut begann zu kribbeln.

»Christoph Steinert ist mein Name«, log er. Kalczyk nickte gedankenverloren. Wenn man die Verbindung der beiden Frauen kannte, entdeckte man auch gewisse Ähnlichkeiten zwischen ihnen. Die Nasen- und Kinnpartie sowie das herzförmige Gesicht hatte die Kommissarin definitiv von ihrer Mutter geerbt.

»Kaya ist nicht mehr hier. Sie ist vor einer halben Stunde zur Polizei aufgebrochen. Wenn Sie mit ihr zusammenarbeiten, dann wissen Sie ja mit Sicherheit, was gerade bei ihr los ist.«

Er setzte eine betroffene Miene auf. »Tut mir leid, ich war den ganzen Tag bei Zeugen und habe Aussagen aufgenommen. Ich habe eine wichtige neue Erkenntnis, die ich Kaya unbedingt mitteilen muss. Aber ich habe heute sonst noch nichts mitbekommen. Was ist denn los?«

Kalczyk rang mit sich. Sie schien unentschlossen, ob sie sich ihm anvertrauen sollte.

»Sie können mir wirklich vertrauen«, versicherte er.

Sie guckte ihn an, als besäße sie einen Röntgenblick. Er senkte die Schultern, um weniger bedrohlich zu wirken, und strahlte sie an. Schlussendlich schien Kalczyk ihn für vertrauenswürdig zu befinden.

»Kaya wurde heute Morgen vom Dienst suspendiert. Es ist schrecklich. Da will ihr jemand etwas in die Schuhe schieben.«

Er schluckte, setzte eine überraschte Miene auf.

»Was ist geschehen?«

»Ihre Kollegen haben Beweismaterial zu den aktuellen Mordfällen in Kayas Gepäck im Gasthof gefunden. Sie kann sich selbst nicht erklären, woher diese Gegenstände plötzlich kommen. Es ist einfach furchtbar.«

»Wo ist Kaya jetzt? Ich kann nicht glauben, dass man sie tatsächlich mit diesen Morden in Verbindung bringt. Bestimmt kann sie jetzt einen guten Freund gebrauchen.«

Kalczyks Miene wurde weicher. »Das stimmt. Sie sollte jetzt nicht allein sein. Kaya wollte auf die Dienststelle, um ihre Sachen dort abzugeben.«

Er trat einen Schritt zurück. »Dann sollte ich mich jetzt schleunigst auf den Weg machen. Hoffentlich erwische ich sie noch. Herzlichen Dank, Frau Kalczyk. Sie haben mir sehr geholfen.«

»Sagen Sie Kaya, dass es mich sehr gefreut, hat sie zu sehen. Und dass sie jederzeit wieder vorbeikommen kann.«

Er zwinkerte Kayas Mutter zu und lächelte frech. »Ich verspreche es.«

»Dankeschön.«

»Ich wünsche Ihnen noch einen wundervollen Tag!« Mit diesen Worten machte er auf dem Absatz des Einfamilienhauses kehrt und marschierte auf die Straße. Mit gemütlichem Schritt entfernte er sich von Kalczyks Haus, obwohl sein Herz heftig gegen seinen Brustkorb trommelte. Kaya Benaty war suspendiert worden und suchte seelischen Beistand bei ihrer Mami. Er lachte kehlig. Besser könnte es nicht laufen. Diese Bullenschweine tappten immer noch im Dunkeln, und er war frei wie ein Vogel. Nichts und niemand konnte ihn jetzt noch aufhalten. Er hatte Kaya Benaty ausgeschaltet. Ihr dümmlicher Kollege würde ihm nie auf die Schliche kommen. Ein herrliches Gefühl von Freiheit überkam ihn. Jetzt stand dem letzten Schritt seines Plans nichts mehr im Weg. Ein letztes Opfer galt es noch zu töten, dann hatte er endlich für Gerechtigkeit gesorgt. Oder wie der Märchenkönig es einst formulierte: *Ein ewiges Rätsel bleiben will ich mir und Anderen.*

18. Juni 2023
17:26 Uhr

Obwohl sie sich müde und ausgelaugt fühlte, war die Kommissarin zum Haus der Witwe Dietrich gelaufen; vorher hatte sie auf eigene Kosten in ein puritanisch eingerichtetes Hotel eingecheckt. Es lag im Zentrum von Prien und beherbergte allem Anschein nach hauptsächlich Touristen auf der Durchreise. Nachdem ihre Sachen von den Spurentechnikern untersucht worden waren, hatte ihr Steinert ihre große Sporttasche mit einem hämischen Grinsen ausgehändigt. Kaya hatte sein provozierendes Gehabe ignoriert und sich schnurstracks aus der Dienststelle verabschiedet.

Die zwangsbeurlaubte Kommissarin hatte nicht vor abzuwarten, bis ein weiterer Mord geschah. Sie musste handeln, solange sie es noch konnte. Es spielte keine Rolle, ob sie eine Dienstmarke oder eine Waffe mit sich führte. Obwohl sie sich ohne die Utensilien seltsam machtlos fühlte, wollte sie jetzt nicht einfach aufgeben. Sie hatte versprochen, diesen Fall aufzuklären, und das würde sie auch tun.

Dieses Mal trat sie Martha Dietrich ohne die Unterstützung von Johanna Meissen gegenüber. Die Zeit drängte, außerdem hatte sie keinen Zugriff mehr auf die Ressourcen der Polizei. Also war sie jetzt völlig auf sich allein gestellt. Dies befeuerte ihren Ehrgeiz umso mehr.

Martha Dietrich war verwundert über den unangekündigten Besuch, gewährte Kaya jedoch sofort Einlass. Sie sah erholter aus als noch am Tag zuvor. Zu Kayas Überraschung war auch einer von Dietrichs Söhnen anwesend. Er stellte sich als Daniel Dietrich vor, zweiundzwanzig Jahre alt und der ältere der beiden Dietrich-Söhne.

Sein hellbraunes Haar trug er kurz mit abrasierten Seiten. An seinem drahtigen Körper baumelte das Shirt einer Heavy-Metal-Band. Er reichte Kaya eine kalte, schweißnasse Hand. Von ihrer vorübergehenden Suspendierung erwähnte Kaya der Witwe und ihrem Sohn gegenüber nichts. Daniel wich nicht von der Seite seiner Mutter, als diese durch den Flur schritt und Kaya an den Küchentisch bat. »Frau Meissen war heute Mittag noch mal hier, wissen Sie? Sie ist sehr einfühlsam, und ich wollte noch einmal mit ihr sprechen. So langsam begreife ich erst, dass Robert nicht mehr wiederkommen wird«, berichtete die Witwe. Kaya gab sich verständnisvoll und nickte mitfühlend.

Sie dachte an die schlimmen Monate nach Johannes' Tod, in denen sie immer wieder nach dem Handy gegriffen hatte, nur um dann wehmütig festzustellen, dass sie nie wieder mit ihm kommunizieren konnte. Über das Gesicht der Kommissarin huschte ein Schatten. Schmerzgeplagt schüttelte sie die Erinnerung ab und konzentrierte sich auf das Hier und Jetzt.

»Ihr Verlust tut mir im Herzen weh, Frau Dietrich. Ich störe Sie auch nur ungern ein weiteres Mal, allerdings gibt es neue Hinweise, über die ich dringend mit Ihnen sprechen muss.«

Die Witwe und ihr Sohn sahen sie aufmerksam an. Daniel legte seine Hand auf die seiner Mutter. Die beiden rutschten näher zusammen.

»Geht es um die VHS-Kassetten, die sie gestern mitgenommen haben?«

Kaya nickte. »Darauf haben wir unangenehmes Material gefunden.« Sie warf Daniel einen fragenden Blick zu.

»Sind Sie sicher, dass Sie sich das anhören wollen? Vielleicht wäre es besser, wenn ich diese Angelegenheit mit Ihrer Mutter allein bespreche.«

»Ich werde meine Mutter jetzt nicht allein lassen. Was Sie

auch gefunden haben, ich bleibe«, erwiderte Daniel mit trotziger Miene. »Wenn er das möchte, soll er bleiben«, bestätigte Martha Dietrich. Kaya bewunderte den jungen Mann für seine Entschlossenheit und hoffte, dass Mutter und Sohn sich gegenseitig Trost spenden konnten.

»Also gut. Auf den VHS-Kassetten sind keine Kinderfilme. Darauf befindet sich kinderpornografisches Material.«

Stille. Daniel Dietrich zuckte kaum merklich zusammen. Seine Mutter begann leise zu weinen.

»Das kann nicht wahr sein. Sie müssen sich irren. Mein Vater war doch kein Pädo.«

Kaya widersprach nicht. Sie legte die Hände in den Schoß und ließ die Worte des Sohnes im Raum nachhallen.

»Da muss es einen Irrtum geben. Sind Sie sicher, dass die Kassetten nicht mit denen eines anderen Falls vertauscht wurden?«

Kaya wollte gerade zur Antwort ansetzen, da wimmerte Martha Dietrich: »Lass es gut sein, Daniel.« Sie putzte sich die Nase und schluchzte. Nach einem ewig andauernden Moment sagte sie: »Dein Vater und ich waren schon lange nicht mehr so glücklich wie noch zu deiner Geburt. Robert war ständig unterwegs. Zärtlichkeiten gab es schon seit Jahren nicht mehr zwischen uns. Ich dachte schon, er hätte vielleicht eine Affäre. Aber das ...«, ihr versagte die Stimme.

»Aber Papa stand doch nicht auf Kinder!«, bezeugte der Sohn des Opfers. Kaya ging gar nicht darauf ein. Sie verfügte zwar über ein hohes Maß an Empathie, war aber nicht professionell dafür ausgebildet, eine Nachricht dieser Art zu überbringen. Sie fühlte sich wie eine Nussschale auf hoher See. Hilflosigkeit übermannte sie, während die Emotionen sie hin und her schleuderten. Gerne hätte sie die beiden aufgefangen, wusste aber nicht wie. Also hielt sie sich weiter an das Protokoll.

»Gestern wurde der Pfarrer der Kirche Mariä Himmelfahrt ermordet. Mit Sicherheit haben Sie bereits davon gehört. Laut den Aussagen der Kirchenmitarbeiter und den Aufzeichnungen dort hat ihr Mann den Pfarrer Werner Böck früher oft zur Beichte aufgesucht. Was können Sie mir dazu sagen?«

Frau Dietrich hüstelte und suchte den Blick ihres Sohnes.

»Ich weiß, dass der Robert früher oft bei der Beichte war. Aber was er da mit dem Pfarrer besprochen hat, das hat er mir nie verraten. Aber das ist doch normal, oder? Ich war auch schon oft bei der Beichte, ohne Robert zu erzählen, was der Pfarrer und ich besprochen haben.«

Kaya überlegte kurz und fragte dann: »Können Sie sich vorstellen, welche Verbindung es zwischen den anderen beiden ermordeten Männern, Werner Böck, Heinrich Wolf, und ihrem Mann gab?«

Die Witwe putzte sich erneut die Nase und schüttelte heftig den Kopf. »Den Marktgemeinderat Wolf kannten wir überhaupt nicht persönlich. Mit dem Pfarrer hatten wir außerhalb der Kirche nichts zu tun. Ich wüsste nicht, was die drei gemeinsam gehabt haben sollten.«

»Dankeschön. Das genügt mir«, sagte Kaya. Sie wollte nur noch raus aus dieser Küche, raus aus diesem Haus. Ihr Magen rumorte, und in ihrem Hals steckte ein tennisballgroßer Kloß. Eigentlich hatte sie sich mehr von ihrem Besuch bei der Witwe versprochen, war aber dennoch froh, sie jetzt wieder verlassen zu können. Ihr kam der Gedanke, dass gerade in den unscheinbarsten harmonischsten Familien die schrecklichsten Dinge vor sich gingen. Sie verabschiedete sich kurz angebunden von Martha und Daniel und suchte das Weite. Erst als sie vor das Gittertor des Hauses trat, hatte sie das Gefühl, wieder frei atmen zu können. *Ich bin einfach nicht dafür gemacht, solche Gespräche zu führen,* dachte sie.

18. Juni 2023
19:23 Uhr

Laut klackernd schrammten die Absätze ihrer roten Pumps über den gefliesten Boden des Schlosses. Die Stille kam ihr unheimlich vor, doch das war jeden Abend so. Ohne all die Touristen und Mitarbeiter wirkte das menschenleere Schloss nahezu angsteinflößend. Sie dachte daran, dass Ludwig II. vor unzähligen Jahren nachts mutterseelenallein durch die riesigen Zimmer irrte, während er seinen Hirngespinsten lauschte. Sie erschauderte. Die Augen der altertümlichen Gemälde verfolgten sie den gesamten Weg über, von ihrem Büro bis zum Ausgang des Gebäudetrakts. Marianne Stanglberger grüßte einen der Wachmänner vor dem Haupteingang, ehe sie leichtfüßig auf den Mitarbeiterausgang zulief. Der Mann nickte nur knapp. Sie zeichnete Kreise mit ihrem Hals. Ein heißes Bad war genau das, was ihre steifen Gelenke jetzt brauchten. Andere verzichteten im Sommer auf ein warmes Bad, doch für sie bedeutete es auch in der sonnigen Jahreszeit pure Entspannung. Vielleicht würde sich ihr Mann Ingo sogar dazu erbarmen, ihr die Füße zu massieren. Ansonsten müsste sie ihn, wie so oft, mit Sex bestechen. *Männer waren doch so leicht zu manipulieren,* dachte sie belustigt.

Vor ihr erstreckte sich die historische Schlossauffahrt, die ursprünglich für Ludwigs adligen Besuch gedacht war, jedoch nie genutzt wurde. König Ludwig war nämlich noch vor der Fertigstellung des Schlosses gestorben. Die massiven Buchen und riesigen Douglasien warfen bereits weite Schatten, doch der Sonnenuntergang war noch nicht in Sicht.

Wenn sie die letzte Fähre erwischen wollte, musste Marianne sich sputen. Nachdem sie sich versichert hatte, dass die seitlichen Zugänge zum Schloss verschlossen waren, machte sie sich auf den Weg zur Anlegestelle. Irgendwo hämmerte ein Specht heftig gegen einen der seltenen geschützten Tulpenbäume. Ein Rotkehlchen sang in melodischen Tönen und eine sommerliche Brise durchwehte Mariannes schulterlange Haare. Geräusche des Sommers eben. Dabei war sie wahrlich keine Freundin der warmen Jahreszeit. Das Frühjahr mochte sie viel lieber, wenn alles zu blühen begann und die Insel so herrlich duftete. Im Sommer hingegen herrschte oftmals eine drückende Hitze, die ihr den Schweiß auf die Stirn trieb und für unangenehme dunkle Flecken unter ihren Armen sorgte.

Ein Mitarbeiter des Sicherheitsdienstes kam Marianne entgegen, wahrscheinlich war er auf dem Weg zum Schloss. Er trug die dunkelblaue Uniform mit dem Aufdruck des Firmenlogos auf der Brust. Die Schirmkappe hatte er sich tief ins Gesicht gezogen, sodass sie sein Gesicht nicht erkannte. Mit den Händen in den Hosentaschen steuerte er direkt auf sie zu. Seit Tagen befand sich zu jeder Tageszeit auch eine Handvoll Polizisten auf der Insel. Die drei Morde hatten die Bevölkerung Priens aufgescheucht. Sicherer hätte es gar nicht sein können. Doch warum beschleunigte Marianne dann ihre Schritte? Ihr Herz pochte ihr bis zum Hals. *Benimm dich nicht so lächerlich,* rief sie sich ins Gedächtnis und lächelte dem Wachmann freundlich zu.

Der Nachtwächter hielt den Blick gesenkt und reagierte nicht auf die Schlossverwalterin.

Na dann halt nicht, ging es Marianne verärgert durch den Kopf. Wenige Sekunden später kreuzte sie den Weg des Uniformierten.

Marianne lief unbeirrt weiter, fuhr mit den Fingern über ihre Unterarme. Vom Schloss aus lief man ungefähr zehn Minuten bis zum Steg. Normalerweise genoss sie diese Strecke, aber seit Roberts Tod blickte sie sich ständig nervös um. Die Angst, dass hinter jedem Busch ein tödlicher Angreifer lauern könnte, war ihr ständiger Begleiter auf diesem Pfad.

Just in diesem Augenblick raschelte etwas hinter Marianne. Sie fuhr erschrocken herum und stieß ein merkwürdiges Geräusch aus. Es klang fast wie ein Knurren. Der Wachmann stand so nah vor ihrem Gesicht, dass sie seinen fauligen Atem riechen konnte.

Marianne Stanglberger wollte um Hilfe schreien. Sie wollte um sich schlagen. Stattdessen nahm sie einen beißenden Geruch wahr, ehe ihr die Glieder schwer wurden und ihre Wahrnehmungen verblassten.

18. Juni 2023
20:47 Uhr

»Mein Gott, Kaya! Wieso rufst du erst jetzt zurück?«

Korbiwan prustete aufgewühlt in den Hörer.

»Es war ein verdammt langer, nervenaufreibender Tag«, antwortete Kaya. Wie eine Raubkatze hinter dicken Zoogittern zog sie unruhige Kreise durch ihr Hotelzimmer. Auf dem Tisch lag ein Pizzakarton mit den Überbleibseln einer Capricciosa.

»Der Flurfunk ist mal wieder schnell. Ich habe mitbekommen, dass du vorübergehend suspendiert wurdest. Wie geht es dir? Wo bist du jetzt?«

»Immer noch in Prien. Dort bleibe ich auch vorerst. Ich denke, ich bin dem Mörder dicht auf der Spur. Näher als wir denken. Er ist nervös geworden und wollte mich aus dem Weg räumen. Anders kann ich mir den Fund von Wolfs Mobiltelefon und Böcks Kleidern in meiner Tasche nicht erklären.«

Ein lautes Seufzen folgte als Antwort.

»Wie geht es jetzt weiter? Dir hängt die Interne am Arsch, oder?«

Kaya schnaubte. »Ja, aber von denen werde ich mich nicht einschüchtern lassen. Ich werde diesen Mörder fassen, komme, was wolle.«

»Zumindest deinen Kampfgeist hast du nicht verloren, Prinzessin! So lobe ich mir das.«

»Allem Anschein nach war Dietrich pädophil. Auf seinen Videokassetten befinden sich Aufnahmen von kinderpornografischem Material. Vermutlich gibt es noch viel mehr Pädophile in diesen Foren.«

»Ich habe es bereits von Matthias mitbekommen. Er hat mich darum gebeten, das ganze Forum zu durchleuchten. Das ist ja unglaublich, was sich diese Pädos heutzutage alles einfallen lassen. Auf Dietrichs Datenträgern gab es nicht die geringste Spur von solchen Aufnahmen, das schwöre ich! Die hätte ich gefunden.«

Kaya lehnte sich gegen das Fensterbrett und streckte den Rücken durch.

»Ich habe noch mehr gefunden. Zwischen den VHS-Bändern befand sich eine Botschaft des Mörders. Er muss sich irgendwie Zugang zu Dietrichs Schuppen verschafft haben. Die Frage ist, ob Dietrich ihm selbst Zugang gewährt hat. Ich habe die Witwe noch nicht dazu befragt. Dafür hat mir einfach die Kraft gefehlt, nachdem ich sie und ihren Sohn mit den Vorlieben des ermordeten Ehemannes und Vaters konfrontieren musste.« Kaya hielt inne und seufzte. »Zu diesem Zeitpunkt von den Ermittlungen abgezogen zu werden ist das Schlechteste, was mir hätte passieren können. Aber ich werde trotzdem weitermachen. Wenn Dietrichs sexuelle Vorliebe für Kinder das Motiv des Mörders war und er diese Neigung Böck gebeichtet hat, in welchem Zusammenhang stehen die beiden dann zu Wolf? War der pensionierte Polizeichef ebenfalls in diesen Internetforen unterwegs?«

Der IT-Forensiker stöhnte auf.

»Du weißt aber schon, dass du von den Ermittlungen ausgeschlossen wurdest und ich dir keine Informationen mitteilen darf?«

»Und dir ist bewusst, dass dieser Mörder jederzeit wieder zuschlagen könnte und Steinert absolut im Dunkeln tappt?«, erwiderte Kaya mit einem zuversichtlichen Grinsen.

»Na schön ...«, gab Korbiwan nach, »... Wolfs Rechner war sauber. Er hat ihn kaum benutzt und war der Technik nicht sehr zugewandt. Er hat nicht einmal seine Cookies gelöscht. Soweit ich das beurteilen kann, war er nie in solchen Foren unterwegs.«

»Eine Gemeinsamkeit mit Dietrich. Zumindest das Misstrauen gegenüber der Technik. Wurden in Wolfs Haus oder in Böcks Wohnung denn weitere VHS-Kassetten gefunden?«

»Nicht, dass ich wüsste. Aber dank dem Fund in deinem Gepäck wissen wir inzwischen, dass Wolfs Handy vor dessen Verschwinden dauerhaft aktiv war. Kurz vor Feierabend habe ich noch ein Bewegungsprofil erstellt. Er war eigentlich hauptsächlich in Prien unterwegs. Dort bewegte er sich in Supermärkten, Cafés oder auch auf der Dienststelle, wo er seine ehemaligen Kollegen besuchte. Da gibt es nichts Auffälliges.«

»Wann war Wolfs Telefon das letzte Mal aktiv, bevor es abgeschaltet wurde?«, warf Benaty ein.

»Vor drei Tagen gegen 20:00 Uhr. Das einzig Interessante ist, dass Wolf wenige Tage zuvor zweimal mit einer Nummer telefonierte, die nicht zugeordnet werden konnte. Diese Gespräche liefen über eine Prepaid-Karte ohne Nutzerkennung.«

»Das könnte unser Täter gewesen sein. Er verwischt seine Spuren äußerst geschickt. Zuerst das Profil in dem Sammlerforum und jetzt das. Alle Opfer kannten ihren Mörder, da bin ich sicher. Aber welche Verbindung gibt es zwischen dem Gärtner, dem Pfarrer und dem pensionierten Polizisten?« Kaya erwartete keine Antwort auf diese Frage. Angestrengt runzelte sie die Stirn.

In der Leitung rauschte es kurz.

»Dietrich muss sein Handy immer dann ausgeschalten haben, wenn er sich zum Videotausch mit einem Gleichgesinnten aus dem Forum getroffen hat. Er betrachtete alles Technische mit größter Skepsis. Es würde mich nicht wundern, wenn er Angst hatte, dass einer seiner Kontakte auffliegt und ihn anschwärzt. Natürlich hätte man sonst anhand der

Bewegungsortung seines Handys nachweisen können, dass er sich mit anderen Pädophilen getroffen hat ...«

»... Und deswegen hat er sein Handy immer dann ausgemacht, wenn er sich mit jemandem aus dem Forum verabredete!«, vollendete Korbiwan ihren Gedankengang. »Das ist genial, Kaya!«

»Erklärt aber nicht, warum Wolf oder Böck sterben mussten.«

»Morgen früh werde ich sofort die Tage, an denen Dietrich sich mit jemandem aus dem Chat treffen wollte, mit seinen Rundfunkdaten abgleichen. Und natürlich auch mit Wolfs Bewegungsprofil.«

Ein herzhaftes Gähnen entfuhr der Kommissarin.

»Melde dich bitte, sobald es Neuigkeiten gibt, ja?«

»Versprochen. Möge die Macht weiterhin mit dir sein, edle Prinzessin Kaya.«

Nach dem Telefonat mit Korbiwan durchflutete Kaya eine Welle der Hoffnung. Langsam, aber sicher kam sie der Lösung des Rätsels um den Ludwig-Fanatiker näher. Sie starrte eine Weile aus dem Fenster, begutachtete ihre eigene Spiegelung im faden Licht des kleinen Raumes und fragte sich, ob der Mörder von Werner Böck, Heinrich Wolf und Robert Dietrich wohl gerade unten auf der anderen Seite der Straße stand und sie beobachtete.

»Ich kriege dich«, versprach sie. Danach löschte sie das Licht und legte sich schlafen.

19. Juni 2023
10:23 Uhr

Eine junge Stockente schnappte im Wasser nach einem heruntergefallenen Blatt, spie es aber sofort wieder aus, als sie bemerkte, dass es ungenießbar war. Der Vogel schwamm näher an sie heran. Unter der Wasseroberfläche erkannte Kaya die filigranen Beine des Tieres, die unermüdlich strampelten.

Hin und wieder drang ein Sonnenstrahl durch die stahlgraue Wolkendecke. Eine frische Brise wehte ihr feuchte Luft ins Gesicht. Noch immer fühlte sie Johannes' Berührung auf ihrer Wange. Letzte Nacht war er ihr erneut erschienen. Seine fast durchsichtige Silhouette hatte sich zu ihr auf die Bettkante gesetzt. Der sehnige Teenager war um keinen Tag gealtert. Er hatte ihr zugelächelt, wobei seine Grübchen zuckten. Wie sehr hatte sie diesen Anblick vermisst!

Eine ganze Weile hatte sie nur dagelegen und ihn angestarrt. Dann flüsterte er ihr zu.

»Du musst ihn finden«, waren seine Worte gewesen.

»Wen muss ich finden?«, hatte Kaya verschlafen erwidert.

»Ludwig. Finde Ludwig. Danach kannst du dich auf mich konzentrieren.«

Ein schmerzlich leidender Ausdruck legte sich auf sein Gesicht. Schon beim nächsten Wimpernschlag war er wieder verschwunden.

Kaya verlagerte ihre Sitzposition. Das Holz unter ihr knarzte. Auf dem alten Steg am westlichen Rande Priens hatte sie früher Stunden zugebracht. Meist allein, manchmal auch in Johannes' Gesellschaft.

Ursprünglich handelte es sich um einen Badeort, doch nur wenige kannten die Stelle. Mit großer Genugtuung hatte Kaya festgestellt, dass dies heute immer noch der Fall war.

Zum gefühlt hundertsten Mal wanderte ihr Blick wieder auf ihr Handydisplay, auf dem sie die Aufnahmen der Ludwig-Botschaften gespeichert hatte.

Und mich befiel ein sel'ger Schlummer
In einem magisch blauen See,
Dort war nur Lust und niemals Kummer
Und ich empfand ein wonnig Weh.

Mit dieser Botschaft hatte der Mörder seine Tat angekündigt, dessen war Kaya sich sicher. Der magisch blaue See stand für den Ort des Verbrechens. War die »Lust« eine Anspielung auf Dietrichs sexuelle Vorlieben?

Die Suchmaschine hatte ihr verraten, dass der Auszug aus dem gleichen Gedicht stammte wie die meisten anderen Nachrichten des Killers. Die Verbindung zwischen dem Mörder, Dietrich, Wolf und Böck lag trotzdem immer noch im Verborgenen. In ihrem Kopf führte sie alle Informationen zusammen.

Der Statur des Ludwig-Doppelgängers nach handelte es sich um einen schlanken Mann. In Kayas Vorstellung befand er sich ungefähr in ihrem Alter. Wolf war zwar ein Rentner, aber ein ehemaliger Polizist, und Dietrich und Böck waren beide keine Leichtgewichte. Es benötigte ein schnelles Reaktionsvermögen und viel Ausdauer, um solche Männer zu überwältigen. Sogar wenn er Dietrich und Wolf von hinten attackierte, so hatte er mit Böck gekämpft und diesen überwältigt. Andererseits hieß es, dass man in Extremsituationen ungeahnte Kräfte entwickelte. So wie eine Mutter, die ihr

Kind aus einem Unfallwrack befreite und dabei eine hundert Kilo schwere Tür aufbrach.

Kaya spielte mit der Annahme, dass Dietrich seinen Mörder in einem Online-Forum kennengelernt hatte, wo er allem Anschein nach auf der Suche nach kinderpornografischem Material war. Mutmaßlich war dies auch das Motiv. Das war für Kaya bislang die realistischste Theorie. Für das äußerst gewaltvolle Vorgehen des Täters muss sehr viel Hass und eine persönliche Beziehung zu den Opfern im Spiel gewesen sein. Darauf wiesen schon allein die zertrümmerten Schädel der Ermordeten hin. Der Mörder wollte, dass seine Opfer litten. Er schlug den ersten beiden Männern von hinten den Kopf ein. Bei Dietrich hatte er darauf geachtet, ihn nicht totzuschlagen, nur um ihn anschließend zu ertränken. So wie auch Ludwig auf ominöse Weise ertrunken war. Wolf hatte er heimtückisch von hinten erschlagen, und bei Böck endete es in einem regelrechten Gewaltexzess. Es hatte fast etwas Symbolisches, so als hätte jede Tötung einen besonderen Hintergrund.

Wer könnte nur so einen Hass auf Dietrich, Wolf und Böck verspüren? Der Gärtner hatte seine Neigung schließlich sehr gut verheimlicht. Ob der Pfarrer davon wusste, konnte sie bisher nicht verifizieren, und der Mord an Wolf war ein einziges Fragezeichen in diesem Fall.

Beim einsetzenden Geräusch von Kuhglocken zuckte Kaya erschrocken zusammen. Sie war so in Gedanken vertieft, dass sie das Klingeln ihres Telefons in Aufruhr versetzte.

»Henry-Michel«, murrte sie beim Blick auf das Display.

Aus einem plötzlichen Impuls heraus nahm sie den Anruf an. Sie wusste selbst nicht, wieso sie es tat.

»Kaya Benaty«, sagte sie förmlich, obwohl sie wusste, wer sich am anderen Ende der Leitung befand.

»Kaya, ma chérie! Endlich erreiche ich dich. C´est incroyable! Ich habe es so lange versucht.«

»Henry-Michel!«, antwortete Kaya gespielt überrascht.

Bei dem sanften Klang seiner Stimme und dem französischen Akzent machte ihr Herz einen Sprung.

»Oui, oui. Ich habe deine Stimme vermisst. Wie ist es dir seit unserem Treffen ergangen?«

Kaya wippte mit dem Kopf. An unzähligen Abenden allein in ihrer Wohnung hatte sie sich überlegt, welche Anschuldigungen und Vorwürfe sie dem verheirateten Psychologen an den Kopf werfen würde; sie hatte sich regelrecht in Rage gedacht. Wie konnte ein augenscheinlich überdurchschnittlich intelligenter Mann denn wirklich glauben, dass sie sich damit zufrieden geben würde, eine heimliche Affäre mit ihm einzugehen? War es Naivität? Oder eiskalte Berechnung? Kaya atmete tief durch. In Anbetracht der jüngsten Ereignisse erschien ihr der Groll gegen Henry-Michel nicht mehr von Bedeutung. Der Psychologe war in diesem Moment ihre kleinste Sorge.

»Hör mir zu, Henry-Michel. Es schmeichelt mir, dass du nach all den Wochen immer noch an unsere gemeinsame Nacht denkst. Ich fand es auch sehr schön mit dir, wirklich. Aber du musst aufhören, mich anzurufen. Du bist verheiratet, und ich habe kein Interesse an einem vergebenen Mann. In meinem Leben herrscht gerade genug Chaos.«

Sie wollte das Gespräch schnellstens wieder beenden. Ihr Finger schwebte bereits über der Taste zum Auflegen, doch Henry-Michel kam ihr zuvor.

»S'il te plaît, ma chérie! Meine Frau weiß von unserer gemeinsamen Nacht. Davon wollte ich dir doch die ganze Zeit berichten. Es ist kein Problem, wenn wir uns wiedersehen.«

Kaya war empört. Hinter ihrer Stirn pochte es. Ihr Kopf fühlte sich an, als würde er bald platzen. »Du hast es ihr *erzählt?«*

»Oui«, bestätigte der charmante Franzose. »Wir führen eine offene Ehe. Meine Frau und ich sind verheiratet und teilen uns Haus und Bett, aber trotzdem dürfen wir Beziehungen mit anderen eingehen. Meine Frau hat neben unserer Ehe noch eine weitere Beziehung und mehrere Liebhaber.«

Kaya lachte. Es war eine aufrichtige Reaktion und kam aus tiefstem Herzen. Die Situation kam ihr so irrwitzig vor, dass sie nicht anders konnte. Eine offene Ehe also. Sie fühlte sich veräppelt.

»Du willst mich also neben deiner Frau als ... *Zweitfrau?* Oder *Freundin?* Wie soll ich das verstehen?«

Auch Henry-Michel lachte, doch es klang wesentlich angestrengter.

»Nein, so habe ich das nicht gesagt. Ich weiß nicht, was ich mir von dir erhoffe, aber ich kann seit unserem Treffen nicht aufhören, an dich zu denken, Kaya. Bitte triff dich noch einmal mit mir. Lass uns herausfinden, was da zwischen uns ist.«

Kaya verlagerte seufzend ihr Gewicht und starrte auf den tiefgrauen See. Eine kühle Brise wehte ihr die straßenköterblonden Haare ins Gesicht. »Ich glaube nicht, dass ich mich damit gut fühlen würde. Außerdem habe ich gerade sehr viel um die Ohren.«

»Je comprends. Bitte gib uns eine Chance. Oder denk zumindest darüber nach.«

In Kayas Ohren begann es zu rauschen. Die Erinnerung an Henry-Michels Küsse trieben ihr eine Gänsehaut auf die Oberarme. Der Teil von ihr, der sich nach körperlicher Nähe und Geborgenheit sehnte, wollte sich auf das Angebot des Psychologen einlassen und ein Treffen vereinbaren. Alles andere in ihr bäumte sich dagegen auf. Schließlich hatte sie ganz klare Vorstellungen von Moral, Anstand und einer gesunden Beziehung.

»Gib mir Zeit, um darüber nachzudenken. Ich kann das gerade nicht entscheiden. In meinem Leben geschieht so viel. Ich rette mich von einer Insel auf die andere, nur um von der nächsten Welle zurück ins offene Meer gezogen zu werden.«

»Hmm. Was belastet dich denn so sehr, Kaya? Ich würde dir gerne helfen.«

Kaya wollte ihn schon abwürgen, da kam ihr tatsächlich eine Idee, wie Henry-Michel sie unterstützen konnte. Vor allem, wenn er es so bereitwillig anbot. Auf seinem Fachgebiet galt er schließlich als eine wirkliche Koryphäe. Sie wusste, dass es verboten war, Polizeiinterna mit Außenstehenden zu teilen, jedoch war sie sowieso schon suspendiert worden und jetzt ging es darum, einen weiteren Mord zu verhindern. Wie eine Ertrinkende griff sie also nach jedem Halm, der sich ihr bot. Besondere Zeiten erforderten eben auch manchmal unkonventionelle Methoden.

»Du könntest mir wirklich helfen«, antwortete sie.

»Ich tue alles. Was brauchst du, ma chérie?«

Kaya schilderte Henry-Michel ihre Ausgangslage und berichtete von der Mordserie, den geheimnisvollen Ludwig-Zitaten an den Tatorten, der schwierigen Zusammenarbeit mit Steinert und schloss mit ihrer Beurlaubung.

»Oh mon Dieu! Das ist ja furchtbar. Es tut mir leid, dass du beurlaubt wurdest und dass gegen dich ermittelt wird. Aber was kann ich in dieser schwierigen Lage für dich tun?«

»Dieser Mörder hat mich beobachtet, ist mir gefolgt und in mein Zimmer im Gasthof eingebrochen. Die Sache ist persönlich. Ich muss diesen Kerl stoppen, ehe er seine Mordserie fortsetzen kann. Möglicherweise hat er sogar mich auf dem Schirm. Wir wissen ja, dass er vor Polizistenmorden nicht zurückschreckt. Ich muss ihn aber noch besser verstehen. Von was für einem Persönlichkeitsprofil sprechen wir hier? Wie tickt der Mörder? Möglicherweise hilft mir eine Analyse seiner Psyche dabei, ihm bei der nächsten Tat zuvorzukommen.«

»Aber du wurdest doch von den Ermittlungen ausgeschlossen. Wäre es nicht klüger, sich zunächst aus dem Fall herauszuhalten? Vor allem, wenn dir die internen Ermittler im Nacken sitzen.«

»Henry-Michel, bitte hilf mir einfach dabei, den Mörder zu analysieren. Dieser Kerl hat mich persönlich herausgefordert. Das kann ich nicht so einfach auf mir sitzen lassen.«

Henry-Michel sog am anderen Ende der Leitung hörbar Luft ein.

»Deinen Schilderungen zufolge hast du es mit einem äußerst gewalttätigen Menschen zu tun. Natürlich habe ich nur deine Erzählungen und keine offiziellen Fallakten vorliegen; trotzdem denke ich, dass der Mörder einen ausgeprägten Selbstgeltungsdrang besitzt. Er möchte gesehen und für seine Taten gefürchtet werden. Deswegen hinterlässt er Botschaften von König Ludwig. Die Botschaften selbst könnten auch tiefer auf sein Innenleben schließen lassen. Er identifiziert sich mit Ludwig, einer bedeutenden historischen Figur, und möchte sich damit von der Gesellschaft abheben. In seinen Augen ist er außergewöhnlich und mächtig. Allerdings könntest du es auch mit jemandem zu tun haben, der unter einer psychischen Störung leidet. Er könnte zum Beispiel glauben, der wiedergeborene Ludwig zu sein.«

Die Kommissarin überlegte. »Was denkst du, welchen Bildungsstand er hat? Und wie alt könnte er sein?«

Henry-Michel ließ sich Zeit mit der Antwort.

»Der Typ hat vermutlich ein durchschnittliches bis höheres Bildungsniveau. Er scheint sich offensichtlich viel mit Ludwig II. beschäftigt zu haben. Anhand deiner Informationen vermute ich, dass er allein und zurückgezogen lebt, mit wenig sozialen Kontakten. Diese Isolation kann dazu führen, dass er sich intensiv mit seinen Gewaltfantasien auseinandersetzt. Dass er drei Morde begehen konnte, ohne gefasst zu werden, verschafft ihm mit Sicherheit ein Hochgefühl. Er ist gut organisiert und detailorientiert. Da er in der Lage war, eines der Opfer in den See zu schleifen und zu ertränken, denke ich nicht, dass es sich um einen senioren Täter handelt. Grob geschätzt, würde ich sagen, er ist zwischen 25 und 40 Jahre alt.«

Die Ausführungen des Psychologen leuchteten Kaya ein. »Danke, Henry-Michel. Das sind sehr viele Informationen, die mich weiterbringen.«

»Die größten Schwachpunkte des Mörders sind sein Geltungsbedürfnis und sein Aufmerksamkeitsdrang. Wenn er sich dir schon einige Male genähert hat, wird er das vermutlich wieder tun.«

»Aber er hat sein Ziel doch erreicht. Ich wurde von den Ermittlungen ausgeschlossen. Macht mich das nicht unwichtig für ihn?«

»Non, da irrst du dich. Die Botschaften, dass er sich dir im Garten eines der Opfer gezeigt hat und schlussendlich in dein Zimmer eingestiegen ist – das deutet alles darauf hin, dass er ein persönliches Interesse an dir hegt, was ich durchaus verstehen kann, ma chérie. Vielleicht hast du den Mörder genauso verzaubert wie mich.«

Kaya rollte die Augen. »Genau das wird es sein. Was für ein Motiv könnte er haben? Geht es ihm wirklich nur um das Ansehen? Ist es sein Ludwig-Wahn oder die pure Mordlust?«

Henry-Michel überlegte kurz. »Wenn er seine Opfer wirklich so zugerichtet at, dann gehe ich von einem persönlichen Motiv aus. Er ist in einen wahren Blutrausch verfallen. Die ermordeten Männer müssen ihm viel Leid zugefügt haben.«

Das klang einleuchtend. »Ich danke dir, Henry-Michel. Jetzt muss ich genau dort ansetzen und den Mörder dingfest machen.«

»Werden wir uns wiedersehen, wenn du zurück in München bist?«

Kaya schob ihre Unterlippe hervor. »Ich kann es dir nicht versprechen. Darüber muss ich noch einmal in Ruhe nachdenken, wenn dieser Fall abgeschlossen ist.«

»Oui. Ich lasse dir deinen Freiraum. Falls du mich brauchst, werde ich für dich da sein.«

»Mach es gut, Henry-Michel.«

Sie beendete das Telefonat und schnaubte.

Kaya überlegte, wieso der Täter solch einen Hass für die Opfer empfand. Eine Antwort kam ihr als Erstes in den Sinn. *Er musste ein ehemaliges Opfer sein.* Was, wenn Dietrich seine Fantasien nicht nur in seinem Schuppen ausgelebt hat? Was, wenn er vor Jahren ein Kind missbraucht hatte und sich dieses mittlerweile erwachsene Kind nun an ihm rächen wollte? Und wenn Böck davon wusste und nichts dagegen unternommen hatte? Aber wie passte Wolf ins Bild? Der ehemalige Polizeidienststellenleiter hatte bisher eine reine Weste vorzuweisen. Was war das Motiv für den Mord an ihm?

19. Juni 2023
11:05 Uhr

Das Gespräch mit Henry-Michel hatte ihr einen neuen Aufschwung gegeben. Danach verweilte sie noch einige Minuten am See und legte sich einen Plan für ihre nächsten Schritte zurecht. Sie musste mehr über Heinrich Wolf in Erfahrung bringen. Auch wenn es keine offensichtlichen Berührungspunkte zwischen den Opfern gab, so musste Wolf in irgendeiner Form mit Böck und Dietrich zu tun gehabt haben. Da sie keinen Zugang mehr zu offiziellen Quellen hatte, musste sie auf ihre Kontakte aus Prien zurückgreifen. Möglicherweise hatte Silke noch einen Tipp für sie, was Wolfs soziales Umfeld betraf. Irgendjemand musste es doch geben, der ihr noch mehr über den Pensionisten verraten konnte.

Kaya wanderte einen Kiesweg am Ufer des Chiemsees entlang. Gerade als sie an den Parkplatz einer Badestelle kam, entdeckte sie ein bekanntes Gesicht.

»Welch traumhafte Kulisse, finden Sie nicht?«

Lena Bennet lehnte lässig gegen die Motorhaube ihres schwarzen Dienstwagens. Die Beamtin mit dem dunklen Teint trug einen sommerlichen Trenchcoat und eng anliegende Jeans.

Kaya guckte sie überrascht an.

»Verfolgen Sie mich etwa?«

Bennet lächelte schwach.

»Sie saßen eine ganze Weile am Ufer und haben auf den See gestarrt. Das kann sehr beruhigend sein. Was ging Ihnen durch den Kopf?« Die Frau mit den dichten schwarzen Wimpern trat zielstrebig auf Kaya zu und grinste freundlich.

Natürlich war Kaya der dunkle BMW mit dem Münchener Kennzeichen nicht entgangen, der sie auf dem Weg zum See verfolgt hatte. Allerdings hatte sie nicht damit gerechnet, dass sich die internen Ermittler ihr zeigen würden.

»Eigentlich habe ich gerade über mein Mittagessen nachgedacht«, antwortete Kaya frech.

»Hmm.« Bennets Lächeln erstarb.

»Emmerich ist gerade mit der Befragung der Hotelmitarbeiter beschäftigt.«

»Und Sie sind derweil meine Babysitterin?«

Bennet guckte zuerst auf den Chiemsee, dann richtete sie ihren Blick noch weiter in die Ferne.

»Das könnte Sie entlasten, wissen Sie? Vielleicht hat einer der Hotelangestellten etwas mitbekommen. Dann könnten Sie schon bald wieder in die Ermittlung einsteigen.«

Kaya setzte eine gleichgültige Miene auf.

»Ich habe ihre Akte gelesen …«, wechselte Bennet das Thema, »… Sie haben wirklich eine beeindruckende Laufbahn hingelegt. Die Sporttests in der Ausbildung haben Sie mit Bestnoten abgeschlossen. Außerdem weisen Sie eine überdurchschnittliche Intelligenz auf. Sie konnten die Aufklärungsquote bei der Organisierten Kriminalität um fünfzehn Prozent steigern. Kein Wunder, dass Wachtner Sie im Team haben wollte.«

»Das sind alles nur wertlose Zahlen und Statistiken auf einem Blatt Papier«, erwiderte Kaya ernst. »Wissen Sie, warum ich wirklich zur Polizei gegangen bin?«

Bennet schüttelte den Kopf.

»Ich wollte Menschen helfen und Gutes tun. Ich wollte meinen Teil dazu beitragen, dass unser Rechtssystem funktioniert. Es gibt viel zu viel Ungerechtigkeit auf dieser Welt, und irgendwo muss man ja schließlich anfangen.«

»Das klingt bewundernswert«, antwortete Bennet aufrichtig.

»Ich möchte gar nicht bewundert werden. Was ich wirklich will, ist Leben retten. Die Hinterbliebenen von Mordopfern sollen die Chance bekommen, einen Abschluss zu finden und nach vorne zu schauen. Dies wurde mir nie gewährt.«

»Wegen Wolf? Weil er Johannes Körners Tod nicht weiter untersucht hat?«, hakte Bennet interessiert nach.

»Unter anderem. Ja, ich hatte eine Wut auf Wolf, deswegen habe ich damals auch dieses Interview gegeben. Aber ich habe seit Jahren nicht mehr an diesen Mann gedacht. Oder an Johannes. Oder an Prien. Das alles liegt weit hinter mir. Mit neunzehn habe ich mir versprochen, dass ich Johannes' Tod irgendwann selbst aufklären würde, wenn es schon kein anderer tut. Doch inzwischen bin ich ein anderer Mensch geworden ...«, Kaya bekam glasige Augen, »... das dachte ich zumindest.«

Bennet klopfte ihr freundschaftlich auf die Schulter.

»Sie wirken auf mich nicht wie ein schlechter Mensch. Und schon gar nicht wie eine Mörderin. Trotzdem muss ich Sie im Auge behalten, Benaty. Es tut mir leid.«

Bennets Stiefeletten knirschten auf dem steinigen Boden, als sie ins Auto stieg. Kaya verweilte noch eine Weile an Ort und Stelle. Dann machte sie sich auf den Weg zurück in die Ortschaft.

19. Juni 2023
12:06 Uhr

Als Erstes spürte sie das dröhnende Pochen in ihrem Kopf. Sie fühlte sich, als hätte sie eine durchzechte Nacht hinter sich, dabei trank sie schon seit vielen Jahren keinen Alkohol mehr. Danach kam das Bewusstsein zurück. Sie schlug die Augen auf und fand sich in tiefschwarzer Finsternis wieder. Was war geschehen? Das Letzte, an das sie sich erinnerte, war, dass sie ihre Arbeit beendet und das Schloss verlassen hatte.

Ihre Gedanken waren träge und schwer. Es kostete sie enorm viel Kraft, einen klaren Kopf zu fassen.

Eine Weile verging, bis das Gefühl in ihren Armen und Beinen zurückkam. Dicke Seile schnitten an ihren Gelenken in ihr Fleisch. Sie war gefesselt.

Marianne Stanglberger entfuhr ein erstickter Schluchzer. Hatte Roberts Mörder sie entführt?

Die Erinnerung an den Wachmann und den beißenden Geruch stürzte aus dem Nichts auf sie ein.

Hatte der Mann etwas zu ihr gesagt? Wollte er Geld? Nein, darum konnte es nicht gehen. Sie hatte doch gar nichts, war nicht vermögend.

Ihre Augen kämpften mit der Dunkelheit, gewöhnten sich nur allmählich an die vorherrschende Finsternis.

Sie hörte Wasser schwappen. *Der Chiemsee.* Also konnte ihr Entführer sie nicht weit weggebracht haben. Würde er sie auch ertränken? So wie er es mit Robert gemacht hatte? Warum sollte er das tun? Sie hatte nie einem Menschen Leid zugefügt. Sie war doch ein guter Mensch. Ging sogar regelmäßig in die Kirche und spendete Geld für die Entwicklungsländer.

Ein modriger Geruch hing in der Luft. Zaghaft fuhr sie mit den Fingern über die raue Holzfläche unter ihr. War sie in einem Bootsschuppen?

Marianne begann panisch zu zittern und wimmerte ängstlich. Tränen schossen ihr in die Augen. Wer hatte sie hierhergebracht?

Ein Teil von ihr hoffte, jeden Moment in ihrem gemütlichen warmen Bett aufzuwachen. Ingo war immer vor ihr wach. Er würde mit einem schiefen Lächeln und einer frisch gebrühten Tasse Kaffee im Türrahmen erscheinen. Ja, es musste sich um einen schlimmen Albtraum handeln. Anders konnte es nicht sein.

Der Gedanke spendete ihr Trost. Angestrengt versuchte sie, irgendetwas in dem Schuppen auszumachen, das ihr zur Flucht verhelfen konnte. Nichts. Sie erkannte nicht einmal Umrisse, so finster war es.

Eine unheimliche Stille legte sich über sie.

Das hier war real. Sie würde schon bald sterben.

»Hilfeee! Hört mich jemand? Ist da irgendjemand? *Hilfeee!«,* krächzte sie. Ihr Hals war trocken, und ihre Zunge fühlte sich pelzig an.

Mit großer Mühe bekam sie ihren Atem unter Kontrolle, versuchte, dem Beben ihres Körpers Herr zu werden. Marianne stützte die Hände auf dem Boden ab und robbte langsam nach vorne. Sie bekam das Ende eines Pfostens zu fassen. Dahinter griff sie ins Nichts. Tatsächlich eine Bootshütte. Sie stellte sich vor, wie sie mit einem Boot in die Freiheit segelte. Plötzlich durchfuhr sie ein stechender Schmerz in den Handgelenken. Die Hand- und Fußfesseln waren irgendwo an der Wand oder an der Decke festgemacht. Sie tastete sich an dem Seil entlang. Schließlich berührten ihre Finger eine kalte Oberfläche. Das Herz rutschte ihr in die Hose. Ein

Karabiner. Sie war gefangen. Marianne bäumte sich auf und ballte die Fäuste.

»Hiiiilfeeee!« Erstaunt über ihren kraftvollen Schrei, setzte sie sofort erneut an.

»Ist da jemaaand? Hallo? Ich brauche Hilfe ...«, ihre Stimme brach. Die Schmerzen in ihrem Kopf wurden wieder stärker. Was hatte sie nur getan, um das hier zu verdienen? Sie brüllte sich die Seele aus dem Leib. Doch nichts geschah. Niemand kam, um sie zu retten. Irgendwann versagten ihr die Kräfte, und sie sank erschöpft in sich zusammen.

»Wieso ausgerechnet ich?«, hauchte sie verzweifelt.

17. Juni 2023
14:27 Uhr

Es würde mich freuen, wenn du heute Abend zum Essen kommst. Die Zwillinge wollen ihre Schwester besser kennenlernen.
Kuss, Mama

Kaya starrte mehrere Minuten lang auf das Display. Sie bereute es inzwischen schon, in ihrem schwächsten Moment Zuflucht bei Pernilla gesucht zu haben. Ihrem Vater gegenüber fühlte sich der Besuch wie ein Verrat an. Immerhin hatte es jahrelang nur Papa und sie gegeben. Sie liebte ihren Vater über alles, und sie verstanden einander ohne Worte, schon seit ihrer Kindheit. In seiner Gegenwart fiel jeglicher Stress von ihr ab. Ihr Vater war der einzige Mensch auf der Welt, bei dem sie sein konnte, wie sie war, und von dem sie dafür ausschließlich bedingungslose Liebe erhielt. Die beiden hatten sich geschworen, Pernilla nie wieder zu erwähnen. Geschweige denn tränenüberströmt vor ihrer Haustür aufzutauchen. In ihrer beider Augen war sie nicht nur gestorben. Es war, als ob sie nie existiert hätte.

Allerdings konnte Kaya nicht abstreiten, dass es gutgetan hatte, sich im übertragenen Sinne an der Schulter ihrer Mutter auszuweinen. Die Kommissarin war hin- und hergerissen. Sie wählte den leichtesten Weg und steckte das Handy zurück in ihre Tasche. Damit würde sie sich später beschäftigen. Zuerst musste sie einen Mörder fassen.

Kaya stocherte lustlos in ihrem Kuchenstück herum. Die Blaubeer-Zitronenschnitte duftete herrlich, doch ihr fehlte der Appetit. Anschließend beobachtete sie die anderen Gäste des Cafés. Eine junge Mutter tadelte gerade ihren Sohn, der sich mit bloßen Händen eine Sahneschnitte in den Mund geschoben hatte. Kaya lächelte. Früher wollte sie auch einmal Mutter werden. Inzwischen war diese Realität so weit von ihrer eigenen entfernt, dass sie es sich kaum noch vorstellen konnte. Zudem bräuchte sie dazu einen Partner.

Im Laufe der Jahre hatte es immer wieder Männer in ihrem Leben gegeben, doch nichts davon hielt langfristig. Vor zwei Jahren hatte sie eine Affäre mit einem Kollegen aus Frankfurt begonnen. Die Liebelei ging über mehrere Monate, bis Kaya herausfand, dass er zu Hause in Frankfurt Frau und Kinder sitzen hatte. Sie war zwar nicht Hals über Kopf in den Mann verliebt gewesen, doch es hatte sie trotzdem verletzt.

Auch die Geschichte mit Henry-Michel stand unter einem schlechten Stern. Offene Ehe hin oder her. Das war nicht die Art von Liebe und Beständigkeit, die Kaya anstrebte. Was letztendlich blieb, waren Verzweiflung und Sprachlosigkeit über das Verhalten der Männer.

Manchmal fragte sie sich, wie ihr Leben mit Johannes verlaufen wäre, hätte es diesen tragischen Abend nicht gegeben. Wären sie inzwischen verheiratet? Hätten sie gemeinsame Kinder? Mittlerweile konnte sich Kaya zwar vorstellen, jemanden Neues kennenzulernen, doch ihre Arbeit nahm dafür aktuell einfach zu viel Platz in ihrem Leben ein. Außerdem hatte sie mit Henry-Michel bewiesen, dass sie kein glückliches Händchen bei der Männerwahl hatte.

Das Läuten von Kuhglocken riss sie aus ihren Gedanken. Unterdrückte Nummer.

»Benaty, hallo?« meldete sich Kaya.

»Kaya, wie gut, dass ich dich erreiche. Hier ist Silke.« Morgens hatte sie erfolglos versucht, ihre Freundin zu erreichen. Das Beben in Silkes Stimme beunruhigte Kaya.

»Hi, Silke! Schön, dass du zurückrufst. Können wir uns noch mal über Robert Dietrich unterhalten?«

»Kaya! Wo bist du? Hier auf Herrenchiemsee ist die Hölle los! Ich konnte mich nicht eher melden. Marianne ist verschwunden!«

Kaya rappelte sich in ihrem Stuhl auf und spitzte die Ohren.

»Marianne Stanglberger? Die Frau von der Schlossverwaltung?«

»Ja, genau die. Laut ihrem Mann ist sie gestern Abend nicht nach Hause gekommen. Und heute Morgen zur Arbeit ist sie auch nicht erschienen. Das passt so überhaupt nicht zu ihr, sie ist doch immer so pflichtbewusst und gewissenhaft. Deine Kollegen sind bereits vor Ort und durchkämmen die Insel, aber dieser besserwisserische Kommissar hält es für unwahrscheinlich, dass Marianne von Roberts Mörder entführt wurde. Weil die bisherigen Opfer doch alle männlich waren, weißt du?«

Kaya schnaubte verächtlich aus. Das klang sehr nach Steinert.

»Ich mache mich sofort auf den Weg«, versprach Kaya und winkte hektisch nach einer Servicekraft.

»Ich warte am Steg auf dich.«

19. Juni 2023
16:09 Uhr

Die Herreninsel lag im goldenen Glanz der sengenden Nachmittagssonne. Wenige cremefarbene Wolken spannten sich über den königsblauen Chiemsee. Die »Hannelore« durchschnitt beinahe lautlos die spiegelglatte Oberfläche des Wassers auf ihrem Weg zur Herreninsel. Kayas Blick wanderte zu den Matrosen, die das Schiff zum Anlegen bereit machten. Ein Mann mit kräftigen Muskeln rollte ein Seil aus dickem Garn über seinem Arm aus, womit er das Schiff an einem der Poller am Steg befestigen konnte. Obwohl es für touristische Ausflüge bereits relativ spät war, fanden sich immer noch zahlreiche Urlauber auf dem Passagierschiff. Nur wenige gingen mit der Kommissarin gemeinsam von Bord. Die meisten fuhren auf die Fraueninsel, nach Seebruck oder Chieming weiter. Kayas Finger wanderten am Saum ihrer blütenweißen Bluse entlang. Erfrischend kühle Luft blies ihr ins Gesicht, und die Silhouette des Chorherrenstifts begrüßte sie mit ihren hellen Türmen. In den Fenstern des alten Gemäuers schimmerte das gleißende Sonnenlicht.

Silke erwartete sie mit rudernden Armen am Ende der Anlegestelle. Ihre feuerrote Mähne wehte unter dem hohen Bogen des Steintors hin und her, das den Steg vom Ticketcenter der Insel trennte. Im Gesicht der Touristenführerin konnte Kaya Trauer und Angst wahrnehmen. Mit einer flüchtigen Umarmung begrüßten sich die beiden Frauen.

»Von Marianne gibt es immer noch keine Spur«, erklärte Silke mit gedämpfter Stimme. »Glaubst du, dass der Mörder sie geschnappt hat, weil sie zu viel wusste? Vielleicht weiß sie ja, wer der Mörder von Robert ist.«

Kayas Blick wurde leer. Sie zuckte mit den Achseln.

»Komm, lass uns zum Schloss laufen. Auf dem Weg kannst du mir alles erzählen«, schlug sie vor.

Die beiden Frauen gingen schweigend am Kutschenplatz vorbei, wo sich gerade zwei junge Mädchen über die Rasse der Zugpferde unterhielten. Erst vor Kurzem war Kaya in einem Bericht zu Ohren gekommen, dass es auf Mallorca heftige Proteste gab, nachdem einige Kutschpferde aufgrund der hohen Anstrengung zusammengebrochen waren. Sie empfand ein tiefes Mitleid und hoffte, dass die Tiere auf der Chiemseeinsel besser behandelt wurden.

Sie riss sich von ihren Gedanken los und wandte sich an Silke: »Wer hat Marianne Stanglberger zuletzt gesehen?«

Das Verschwinden der Schlossverwalterin stellte die junge Kommissarin vor ein weiteres Rätsel. Es passte überhaupt nicht ins bisherige Muster des Mörders, seine Opfer zu entführen und lange gefangen zu halten. Sowohl Dietrichs als auch Wolfs und Böcks Leiche hatte man nach dem Abend aufgefunden, an dem die Männer jeweils verschwunden waren. Entweder ist der Mörder gestört worden, oder er wartete auf etwas Bestimmtes. Möglicherweise war es aber auch schon zu spät für die Schlossmitarbeiterin. Kaya wollte es sich überhaupt nicht ausmalen. Sie hielt es für sehr wahrscheinlich, dass Stanglberger noch lebte, *falls* der Mörder der drei Männer auch sie entführt hatte.

»Das muss einer der Wachmänner gewesen sein. Marianne ist nämlich immer die Letzte, die das Schloss verlässt.«

Kaya überkam eine ungute Vorahnung, doch sie konnte nicht benennen, was sie an der Aussage störte. Während der Fortuna-Brunnen des Schlosses in Sicht kam, plapperte Silke ohne Pause weiter.

»Meine heutige Tour wurde abgebrochen, weil ich erneut zur Befragung musste. Aber das weißt du sicherlich schon.

Das wird meinem Chef überhaupt nicht gefallen ... Wird das Schloss jetzt eigentlich dichtgemacht? Ich meine ... drei Leichen und dann jetzt das mit Marianne ... Ich glaube, so etwas gab es in Prien noch nie.«

Die zwangsbeurlaubte Kommissarin verzog ratlos die Lippen. Der Duft von allerlei blühenden Blumen erfüllte den Garten des Schlosses.

Mit großem Erstaunen stellte Kaya fest, dass sich nahezu die gesamte Polizeiinspektion Prien auf der Insel eingefunden hatte. Unter ihnen entdeckte sie auch einige bekannte Gesichter aus München. Sogar Bennet und Emmerich waren anwesend, sie unterhielten sich vor dem Schlosscafé miteinander. Auf jede Touristengruppe kam mindestens ein Beamter, der die Leute befragte. Ein junger Kollege mit breiten Schultern und markanten Wangenknochen notierte sich die Aussagen von zwei jugendlichen Mädchen, die ihn aufgeregt anguckten. Kaya betrachtete die Szene mit wachsendem Unmut.

»Warum warst du eigentlich nicht schon vorher hier auf der Insel? Mit den anderen Ermittlern meine ich?«, fragte Silke plötzlich.

»Ich bin einer anderen wichtigen Spur gefolgt«, log Kaya. Ihre Gedanken schweiften ab und wanderten zu Stanglberger. Sie rief sich das unförmige Kostüm und die roten Pumps der Frau ins Gedächtnis. Marianne Stanglberger hatte etwas Vogelartiges, wie sie fand. Doch wo steckte sie nun? Was war mit ihr geschehen? Ihre Intuition verriet Kaya, dass Stanglbergers Verschwinden mit den drei Morden zusammenhing, doch sie ermahnte sich, keine voreiligen Schlüsse zu ziehen.

Gerade als sie den oberen Vorplatz des Schlosses erreichten, trat Steinert aus dem Gebäude hervor.

Sein Gesicht hatte die Farbe von Erdbeermarmelade, sein Schnauzer erzitterte bei jedem Atemzug. Im nächsten Augenblick erkannte der untersetzte Kommissar seine beurlaubte Kollegin und schoss in schnellen Schritten auf Silke und Kaya zu.

»Ich muss meinen Kollegen sprechen ... allein ...«, entschuldigte sich Kaya eilig und lief Steinert entgegen.

Noch ehe der Kommissar ein Wort verlieren konnte, packte sie ihn am Oberarm und zog ihn beiseite.

»Na, sag mal! Warum denn heute so stürmisch?«, protestierte Steinert verwundert. Kaya ließ sich nicht davon beirren und zerrte den großen Mann mit sich. Erst unter dem langen Schatten einer alten Platane ließ sie von ihm ab.

»Ihr müsst das Schlosspersonal genau unter die Lupe nehmen. Vor allem die Nachtwächter«, platzte es sofort aus ihr heraus.

Steinert kniff die Augen zusammen. *»Du* hast mir keine Befehle zu erteilen! Was suchst *du* denn eigentlich hier? Du bist offiziell von den Ermittlungen ausgeschlossen.«

Kaya stöhnte und lieferte sich ein hitziges Blickduell mit ihrem ehemaligen Kollegen.

»Ich mag zwar von den Ermittlungen ausgeschlossen sein, aber ich bin weder blind noch taub. Die Nachricht über die verschwundene Schlossverwalterin verbreitet sich wie ein Lauffeuer in Prien. Außerdem bin ich als Zivilistin auf die Insel gekommen, um meine Freundin Silke zu unterstützen, die völlig aufgelöst ist. Das ist mir nicht verboten, oder?«

Als Steinert seine Arme vor der Brust verschränkte und zum nächsten Rundschlag ausholte, änderte sie ihre Taktik und entspannte ihre Muskeln.

»Komm schon, Christoph. Es steht schließlich ein Menschenleben auf dem Spiel. Ich weiß, ich bin dir ein Dorn im Auge. Aber diese Frau lebt vermutlich noch, und sie kann noch gerettet werden!«

Steinert schnaubte. »Was bringt dich zu der Annahme, dass Stanglberger noch lebt?«

»Bisher ...«, erwiderte Kaya ruhig, »... hat der Mörder seine Opfer alle in der gleichen Nacht ermordet, in der er ihnen gegenübertrat. Er hat zwar keinen fixen Modus Operandi, aber es passt nicht ins Bild, dass er seine Opfer lange gefangen hält. Worin unterscheidet sich Stanglberger also von den anderen? Außer dass sie eine Frau ist?«

»Die Schlossverwalterin kann auch einfach mit ihrem Liebhaber durchgebrannt sein. Schon einmal daran gedacht? Kommt heutzutage durchaus öfter vor.«

»Das ist doch Schwachsinn, Christoph!« Gänsehaut huschte über Kayas Arme.

In Steinerts Blick lag Skepsis. Er sah aus, als würde er abwägen, ob er Kaya vertrauen sollte.

»Du kannst dir sicher sein, dass wir alles in unserer Macht Stehende tun, um die Stanglberger zu finden. Aber danke für deinen Hinweis«, antwortete er schließlich.

Verwundert über die plötzlich versöhnliche Art ihres Kollegen, runzelte Kaya die Stirn.

Hinter Steinert erschienen auf einmal Wachtner, Bennet und Emmerich.

»Frau Benaty, was machen Sie denn hier?«, platzte es sofort aus Wachtner heraus. Bennet nickte ihr hingegen freundlich zu, Emmerich dagegen verzog keine Miene.

Auf ihrer Unterlippe kauend, legte sich Kaya eine passende Antwort zurecht, als sie Silke erspähte, die vor dem Schlosseingang auf sie wartete.

»Ich bin hier, um Silke Ruland abzuholen. Meine Freundin aus Kindheitstagen. Durch die Ereignisse der letzten Tage ist sie furchtbar aufgewühlt. Und jetzt noch das Verschwinden von Stanglberger.«

Wachtners Augenbrauen wanderten nach oben.

»Silke Ruland ist die Touristenführerin, die Dietrichs Leichnam gefunden hat«, schob Kaya schnell hinterher.

»Sie müssen die Beine stillhalten, Benaty. Die Ermittlungen gegen Sie laufen noch.« Die Chefin der Mordkommission schaute zu Emmerich und Bennet.

»Na, gut. Dann noch einen schönen Tag. Wir haben viel zu tun«, meldete sich Emmerich zu Wort.

Die vier Kollegen drehten Kaya den Rücken zu. In Steinerts Blick lag etwas Reumütiges. Kaya fragte sich, ob ihm die Ermittlungen, die er jetzt allein durchführen musste, wohl langsam über den Kopf wuchsen. Es machte allen Anschein danach. Immerhin waren die anderen Kollegen des K11 vermutlich immer noch mit dem Mord an der Prostituierten in München beschäftigt.

Kaya atmete noch einmal tief durch, ehe sie sich wieder zu Silke gesellte.

Den lauernden Blick des Mörders, der sich nur wenige Meter entfernt hinter der Schlosshecke versteckt hielt, spürte sie währenddessen nicht in ihrem Nacken.

19. Juni 2023
21:20 Uhr

Mariannes Finger zitterten. Ihr Magen krampfte sich vor Hunger zusammen, und ihre Kehle lechzte nach Flüssigkeit. Sie weinte zum wiederholten Male. Ihre Tränen flossen leise. Sie versuchte, ihre trockenen Lippen mit der Zunge zu befeuchten, doch auch diese kratzte mittlerweile wie Sandpapier.

Zuerst hatte sie gedacht, dass ihr Peiniger sie vergewaltigen und töten wolle. Dann keimte die Hoffnung in ihr auf, dass es sich bei ihrer Entführung nur um ein Versehen gehandelt hatte und der Fremde nicht wusste, was er mit ihr anstellen sollte. Wie lange sie wohl schon eingesperrt war? Zwischendurch war sie einmal eingeschlafen, doch sie war sich sicher, dass die Sonne draußen mittlerweile verschwunden war. Zumindest drang kein Licht mehr durch die Schlitze der Holzhütte. Nach all der Zeit in ihrem dunklen Verlies wurde die Furcht immer stärker, dass dieser Psychopath sie entweder verhungern oder verdursten lassen wollte. Oder aber er hatte sie inzwischen einfach vergessen.

Am schlimmsten war für sie das Rauschen und Plätschern des Chiemsees, wenn der Wind sanft über das Wasser strich. *Wasser*. Es war so nah und doch so fern. Mehrere Male hatte sie bereits versucht, sich bis zur Anlegestelle des Bootshauses vorzukämpfen. Sie konnte das Wasser darunter riechen und hören, mahlte sich dessen herrlich erfrischenden Geschmack in ihrer Mundhöhle aus, doch ihre Fesseln verhinderten es, eine Handvoll daraus zu schöpfen. Ihre Schreie waren nach einigen Stunden verklungen. Für Befreiungsversuche fehlte ihr die Kraft, außerdem wollte sie sich das letzte bisschen für später aufsparen. Sollte es wirklich so enden?

Der beißende Geruch ihres verschwitzten Kostüms mischte sich mit dem ihrer eigenen Ausscheidungen. Sie unterdrückte einen Würgereiz. Die Scham darüber war so groß, dass sie sich fragte, ob sie in dieser Verfassung überhaupt gefunden werden wollte. Schließlich war Eitelkeit schon immer ein hervorstechendes Merkmal ihrer Persönlichkeit gewesen. Ihre Gedanken wanderten hierhin und dorthin. Zum einen war ihr Kampfgeist noch nicht gebrochen, zum anderen stellte sie sich jedoch bereits auf einen qualvollen Tod ein – falls man das überhaupt je konnte. Wie bereitete man sich auf den eigenen Tod vor? Mit dieser Frage hatte sie sich bisher noch nie beschäftigen müssen. Suchte man denn überhaupt nach ihr? Ihr Mann Ingo hatte sich mit Sicherheit umgehend an die Polizei gewandt, aber wie viel Zeit musste vergehen, damit jemand tätig wurde? Marianne hatte einmal von 48 Stunden gehört, ehe die polizeiliche Arbeit einsetzt, wusste jedoch nicht, ob dies stimmte.

Ihre Angst steigerte sich weiter ins Unermessliche. Schüttelfrost ereilte sie, bis das Adrenalin letztendlich wieder absank und sie ihre Gliedmaßen kraftlos von sich streckte. Das hatte sie nicht verdient. *Das* hatte niemand verdient. Sie haderte mich sich selbst und mit Gott. Immer wieder wollte sie mit ihm um ihr Schicksal verhandeln und flehte eine höhere Macht an, sie endlich aus dieser Situation zu erlösen. Würde sie einfach wegdämmern, wenn ihrem Körper die Kraft fehlte, um weiterhin zu funktionieren? Wie stark würden die Schmerzen noch werden? Wie quälend der Hunger? Vermutlich sollte sie sich eher um das Verdursten Sorgen machen.

Marianne traute ihren Ohren nicht, als sie das Quietschen rostiger Türangeln vernahm. Einen Herzschlag später glitt eine sanfte Brise über ihre Wangen. Die Tür der alten Hütte schwang auf.

Für einen kurzen Augenblick sah sie den sternenbedeckten Himmel, dann verdunkelte die Silhouette eines Mannes ihre Welt erneut.

Sie konnte sein Gesicht nicht erkennen, doch sie hörte ein schweres Schnaufen.

»Was ... soll das?« Mariannes Stimme klang schwach und kratzig.

Mit einem dumpfen Geräusch ließ der Entführer etwas vor ihr auf den Boden fallen.

»Iss und trink. Du wirst nicht mehr lange dazu in der Lage sein«, befahl er in scharfem Ton.

Gierig ertastete Marianne eine Wasserflasche und ein belegtes Brötchen in Frischhaltefolie. Sie zog die Literflasche in einem Zug nach unten, keuchte und rang anschließend nach Luft. Sofort spürte sie, wie die Flüssigkeit ihre Seele benetzte und ihren Körper mit Leben flutete.

»Ich habe eine Familie! Lassen Sie mich bitte gehen ... Das ... muss ein Irrtum sein«, sagte sie, als sie sich gesammelt hatte.

Der Mann legte seinen Kopf schief, erwiderte jedoch nichts.

»Ich habe doch *nichts* getan!«, flehte Marianne

Es folgte ein heiseres Lachen.

»Genau das ist das Problem. Du hast *nichts* getan, obwohl du die Chance dazu gehabt hast. Du wirst es noch verstehen, glaub mir«, erklärte der schwarze Umriss vor Marianne. Er besaß eine Stimme mit Tiefe und Substanz. Ein angenehmes Timbre, dem man für gewöhnlich gerne lauschte, doch seine Worte waren angereichert mit Hass und Verachtung.

»Ich verstehe nicht ...«, wimmerte die Schlossverwalterin verzweifelt.

»Das wirst du noch. Und dann wirst du unserem Mondkönig in den Tod folgen.«

19. Juni 2023
23:37 Uhr

»Ich ... brauch dasetz.«

Kaya guckte mit sorgenvoller Miene zu, wie Silke den guten Bordeaux bis auf den letzten Tropfen leerte. Wie zur Bestätigung hielt sie die Flasche noch einmal über das Glas und schüttelte sie kräftig.

Die beiden saßen in Silkes Wohnzimmer. Das Interior gefiel Kaya, auch wenn sie es etwas altmodisch fand. Besonders das bequeme graue Ledersofa hatte es ihr angetan. Auf dem Tisch und dem Sekretär flackerten Duftkerzen, die den Raum mit einer fruchtigen Note anreicherten. Kayas Freundin aus Kindheitstagen trug ein verschlissenes T-Shirt. Ehemals weiß, verzierten das Kleidungsstück inzwischen mehrere Rotweinflecken. Nach ihrem Aufeinandertreffen mit Wachtner, Steinert und den internen Ermittlern war Kaya mit Silke zurück aufs Festland gefahren. Da ihr nicht entgangen war, dass Bennet und Emmerich ihnen gefolgt waren, beschloss Kaya, Silke nach Hause zu begleiten. Sie bestellten Sushi und unterhielten sich hauptsächlich über Silkes Leben nach dem Schulabschluss. Irgendwann begann ihre Freundin damit, das Weinregal zu plündern.

»Meine Tochter findet es gansss toll bei meim Ex und sseiner Neun ... Wascheinlich bin ich wegen den Morden etz ersma beurlaubt und vielleicht werde ich aunoch ermordet«, lallte Silke mit hochrotem Kopf und verweinten Augen. Verlaufene Mascara zeichnete pechschwarze Linien auf ihr schwach beleuchtetes Antlitz.

»Das ist doch Quatsch, Silke. Du bist mit Sicherheit eine

fantastische Mutter! Und wieso sollte der Mörder denn ein Interesse an dir haben?«, erwiderte Kaya ruhig. Im Gegensatz zu ihrer Freundin war die Kommissarin den ganzen Abend über bei Saftschorlen und Wasser geblieben. Kaya wollte einen klaren Kopf behalten, um am nächsten Tag weitere Ermittlungen anzustellen.

»Marianne wurde doch nur entführt, weil ...«, Silke unterdrückte ein Aufstoßen, »... weilse zuwiel wusste.«

Tiefe Sorgenfalten zogen sich über Kayas Stirn. »Das hast du heute Nachmittag bereits angedeutet. Aber was meinst du damit?«

Silke machte eine beschwichtigende Handbewegung, bei der sie fast ihr Weinglas umstieß.

»Na ja... Robert und Maianne kannden ssichdoch. Beschimmt wusste se was über ihn. Vielleicht sogar den Grund, waumer sterm musste. Und dass hat dem Mörder nich gefalln.« Silke fiel es schwer, sich zu artikulieren, doch Kaya verstand ihre Bedenken.

Wusste Stanglberger von Dietrichs Kassetten? Oder generell von seinen kranken Fantasien? Kaya musste die Antwort herausfinden. Am besten schnell. Kurzzeitig überkam sie die Idee, am nächsten Morgen Stanglbergers Familie zu kontaktieren. Allerdings würde dies Steinert und die internen Ermittler auf den Plan rufen. Sie verwarf den Gedanken wieder und musterte Silke mit durchdringendem Blick.

»Und du weißt auch etwas über Robert Dietrich?«

Silke begann laut zu lachen. Ihr schallendes Gelächter ging langsam in ein schluchzendes Heulen über.

Für einen kurzen Moment dachte Kaya, sie hätte endlich die entscheidende Spur gefunden. Dann folgte die Enttäuschung.

»Nein ... ich kannde ... den Robert nurvom Sehn.«

Ein heftiger Schluckauf schüttelte Silke.

»Ich verstehe nicht ...«, Kaya lehnte sich nach vorne und legte eine Hand auf den Arm ihrer Freundin, »... warum dann ausgerechnet du für den Täter von Interesse sein solltest.«

In Silkes Augen glänzten Trauer und Scham. Sie drehte den Kopf und zog ihre Hand vor Kaya zurück.

»Weil ich au was weiß ...«, deutete sie geheimnisvoll an. In Kayas Miene spiegelte sich Neugier.

»Wegen Johannes!«, jaulte Silke Ruland schließlich auf.

Reflexhaft schreckte Kaya zurück. Mit einem Gefühl von Überraschung und Entsetzen wandte sie sich ihrer Freundin zu.

»Was ist mit Johannes?« Kayas Herz pochte dumpf in ihrem Brustkorb.

»Ich ... war da. In diessernacht.«

Die Worte drangen zwar an Kayas Ohr, doch sie konnte – oder wollte – diese nicht dechiffrieren.

»Ich hab Gras geraucht. Hinter dem Parkhaus...«

Augenblicklich wirkte Silke wieder klarer. Der alkoholgeschwängerte Vorhang ihrer Augen lichtete sich für einen Moment, während sie um Beherrschung rang. Und Kaya hörte zu. Sie hörte einfach nur zu.

»Wie du weißt, haddeich auch was für Hannes über. Wie alle Mädels in Prien ... Ich sah ihn schon von Weitem kommen und versteckte mich. Ich wusste, dass er aufs Dach wollte, weil ... na ja, da ham wir ja immer abgehangen.« Silke wirkte hoch konzentriert, auch wenn ihr ihre schwere Zunge zu schaffen machte.

»Ich war sssoooo aufgeregt und wollte unbedingt mit ihm reden. Aber vorher habe ich noch ein'n ... ein'n Joint durchgezogen. Wegn der Aufregung. Dann war ich so abgelenkt, dass ich die sweite Perssson nich kommen sah. Aber ich hab die Tür zum Parkhaus noch ma gehört ... ganss sicher.« Schluchzend massierte sich Silke die Hände.

»Kurz später hab ich Johannes schreien hörn ... Er war wütend, hat sich mit jemandem gestrittn. Und dann hörte ich den Aufprall.« Kayas Blut gefror zu Eis. Ihr Herz setzte einen Moment aus. In all den Jahren hatte sie sich ausgemalt, was in dieser schicksalhaften Nacht wohl geschehen war. Silke hingegen wusste es die ganze Zeit. Sie wusste, dass Johannes' Tod kein Suizid gewesen war. Und sie hatte geschwiegen. Fünfzehn Jahre lang. Die betrunkene Silke legte das Gesicht in die Hände und gab einem bebenden Heulkrampf nach.

»Wieso hast du nichts gesagt, Silke?«

Die Wut in Kaya loderte kurz auf, verrauchte aber schnell wieder und machte Platz für Leere und Traurigkeit.

»Ich war doch ers siebsehn! Und ich hatte gekifft, Kaya. Niemand hätte mir geglaubt. Ich ... war mir doch selbst nicht sicher, ob ich Hallus schieb.«

Zu ihrem Missfallen musste Kaya ihr recht geben. Das Parkhausdeck in Bernau war damals ein beliebter Treff für Jugendliche. Dort wurde geraucht, getrunken und gefeiert. Nicht selten waren dabei auch Drogen im Spiel. Nach Johannes' Tod wurde sogar spekuliert, dass er sich im Rauschzustand vom Dach gestürzt hatte. Eine Obduktion hatte diese Vermutung widerlegt, denn in seinem Blut hatten sich zum Todeszeitpunkt weder Alkohol noch Drogen befunden. Danach stempelte man den Tod als Selbstmord eines depressiven Jugendlichen ab und legte ihn zu den Akten.

Ob Silkes Aussage etwas verändert hätte, konnte man nur schwer sagen. Schließlich stand sie selbst während des Tatgeschehens unter Drogeneinfluss. Im schlimmsten Fall hätte man sie selbst verdächtigt. Die siebzehnjährige Kaya hätte alles für diese Information gegeben. Sie hätte Silke angeschrien und ihr die wildesten Beschimpfungen an den Kopf geworfen, wenn sie von ihrem Geheimnis erfahren hätte. Rückblickend wusste Kaya allerdings nicht, wie sie in Silkes Haut in dieser grenzwertigen Situation reagiert hätte.

»Wer war noch dort? Mit Johannes auf dem Parkdeck?«

»Ich weis nich«, nuschelte Silke.

»Ich hab nichs gesagt ... Hatte zu große Angst und wollte

kein Ärger mit meinen Eltern unden Bullen ...« Silke zuckte unter Kayas scharfem Blick zusammen.

»Uups ... schuldigung.«

Kaya fühlte sich vollkommen gerädert. Sie wusste nicht, wie sie mit den neu gewonnenen Informationen umgehen sollte, und musste diese erst einmal für sich verarbeiten.

Wie ein Häufchen Elend fiel Silke schwer atmend auf das Sofa und weinte leise in ein Kissen.

Kaya gesellte sich zu ihr, nahm die alleinerziehende Mutter in den Arm und ließ ihren Tränen ebenfalls freien Lauf.

20. Juni 2023
09:08 Uhr

Ich könnte dich auch im Hotel in Prien besuchen.
Mir fehlt deine Nähe, Bärchen.
Kuss, Agi.

Christoph Steinert grinste breit, ehe er sein Handy in der Hosentasche verschwinden ließ.

Seit zwei Jahren traf er sich inzwischen regelmäßig mit der verwitweten Agathe, und sie bekam immer noch nicht genug von ihm. Steinert war ein wahrer Glückspilz. Eine regelrechte Nymphomanin hatte er sich da geangelt! Sie brauchte es immer und überall. Genau wie er. Und im Gegensatz zu seiner Frau Alexandra war Agathe weniger prüde und weitaus flexibler im Bett. Schon allein der Gedanke daran, wie seine gierigen Finger an Agathes weichen Schenkeln hinaufwandern, versetzte ihn in Hochstimmung. Obwohl er allein war, sah sich der Kommissar verstohlen um. In Gedanken wog er das Risiko ab, von einem Kollegen erwischt zu werden, falls er Agi am Abend zu sich in den Gasthof bestellte. Allerdings war sein größter Dorn im Auge, die Benaty, inzwischen aus dem Gasthof ausgezogen. Somit stand einem nächtlichen Abenteuer eigentlich nichts im Weg.

Doch da kamen ihm Bennet und der alte Spießer Emmerich in den Sinn. Steinert seufzte. Die beiden schnüffelten noch immer im Gasthof herum. Vermutlich müsste er sich mit seinen sexuellen Fantasien zufriedengeben, bis er endlich zurück in München war. Agi lebte dort in einem kleinen

Haus am Stadtrand, in dem sie ihren Gelüsten freien Lauf lassen konnten, ohne dass es jemanden störte. Ein Grund mehr, den Fall so schnell wie möglich zu lösen.

Auf dem Schreibtisch, der ihm von den Priener Kollegen zur Verfügung gestellt wurde, herrschte ein heilloses Chaos. Kopien der Zeitungsausschnitte aus Wolfs Villa stapelten sich über Ermittlungs- und Obduktionsberichten. Außer ihm befand sich niemand in dem vollgestellten Großraumbüro. Sämtliche Kollegen hielten sich entweder auf der Herreninsel oder unten am Hafen auf. Steinert griff sich einen der Ordner, die sie im Haus des ehemaligen Präsidiumschefs sichergestellt hatten, und blätterte darin.

Heinrich Wolf war ein Mann nach seinem Geschmack gewesen, er hatte seine Unterlagen noch alle feinsäuberlich abgeheftet. Da gab es nichts, das hinter zahlreichen Passwörtern auf irgendwelchen Datenbanken abgespeichert war. Ein Polizist der alten Schule eben. Davon gab es heutzutage nicht mehr viele. Auch Steinert zählte sich zu den Urgesteinen der Polizeiarbeit. Er war ein Mann, der noch wusste, wie man richtig anpackte und körperliche Arbeit vollbrachte. Heutzutage kamen ja nur noch verweichlichte Muttersöhnchen von der Polizeischule, die glaubten, sie könnten die Welt mit ihrem theoretischen Wissen verändern. Oder Frauen, die penibel darauf achteten, sich am Schießstand keinen Nagel abzubrechen. Nach dem ersten Leichenfund bekamen jene dann zumeist einen Nervenzusammenbruch, und das war es dann auch schon wieder mit der Polizeikarriere. In Steinerts Augen ging Deutschlands Polizei vor die Hunde, und er konnte absolut nichts dagegen tun. Ein Thema, das ihn regelmäßig zum Rumoren brachte. Eigentlich sollte *er* auf Wachtners Platz sitzen und die Befehle erteilen. Dann würde es bei der Mordkommission ganz anders laufen. Die Vorstellung brachte ihn zum Schmunzeln. Was Steinert jedoch überhaupt nicht ausstehen konnte, war Schreibtischarbeit. Er gehörte auf die Straße und wollte die richtig bösen

Jungs festnehmen. Gerne benutzte er dabei auch seine Fäuste und verabreichte diesen Kriminellen etwas von ihrer eigenen Medizin. All das Organisatorische interessierte ihn nicht im Geringsten. Ansonsten wäre er sicherlich schon seit Langem Wachtners Boss und nicht umgekehrt.

Er riss sich von seinen Gedanken los und widmete sich wieder den Papieren. Besitzurkunden, Steuerbescheide, Rentenunterlagen und persönlicher Krimskrams. Wolfs Existenz gründete auf diesen Aktenordnern. Wie bereits unzählige Male in früheren Fällen würde Steinert darin mit Sicherheit den Grund für den Tod des Mannes finden. Das war so sicher wie das Amen in der Kirche.

Zunächst nahm er sich einen grünen Wälzer mit der Aufschrift »Versicherungen« vor. Noch ehe der die erste Seite unter Beschau nehmen konnte, fiel ein loser Zettel aus dem Ordner.

Ein mehrfach gefaltetes, weißes Stück Papier.

Zum Schlosse sandt' ich einen Boten,
Ich sandte als Spion ihn aus;
Verlassen nicht, ein Haus von Toten,
Nicht sollte sein das Ritterhaus.

»Bingo«, rief er laut aus und wedelte mit dem Zettel über seinen Kopf. Der Mörder hatte Wolf also ebenfalls eine Botschaft zukommen lassen, bevor er ihn umbrachte. Das würde er sofort der Wachtner stecken. Dann müsste sie ihm einfach den nötigen Respekt zollen. Seitdem die Benaty zwangsbeurlaubt war, liefen die Ermittlungen ziemlich schleppend; allerdings hätte er diese Tatsache weder sich selbst noch der Kommissariatsleiterin gegenüber zugegeben.

Er war froh, dass er die überehrgeizige und schrecklich nervtötende Kollegin endlich los war. Die Benaty hatte wirklich geglaubt, sie könnte die Ermittlungen an sich reißen. Dabei war das Mädel doch noch völlig grün hinter den

Ohren. Steinert hoffte, dass ihr die Beurlaubung eine Lehre sein würde, obwohl ihm seine Intuition etwas anderes verriet. Es kam ihm seltsam vor, dass sie ausgerechnet gestern auf der Insel aufgetaucht war. Und das, nachdem die Schlossverwalterin verschwunden war, mit der ausgerechnet sie sich als einzige Polizistin zuvor unterhalten hatte. Steinert hielt Kaya Benaty keineswegs für schuldig, dafür war sie viel zu schwächlich und inkompetent. Die Morde musste ein Mann ausgeführt haben. Ein jüngerer Mann, sportlich, im Saft seiner Jugend. Vermutlich sogar ein Akademiker.

Dennoch glaubte Christoph Steinert, dass seine junge Kollegin etwas im Schilde führte. Irgendetwas heckte dieses freche Weib doch immer aus, schoss es ihm durch den Kopf.

»I hob wos Interessants gfunden.«

Joachim Loserths Stimme durchbrach die geisterhafte Stille des Großraumbüros und ließ Steinert aufhorchen. Wolfs Nachfolger baute sich mit verschränkten Armen vor Steinerts Schreibtisch auf. Die Pupillen in Loserths schokoladenbraunen Augen zuckten unentwegt. Steinert erwiderte seinen Blick unverwandt.

»Was gibt's?«

Aufgeregt wühlte der Präsidiumschef in dem Chaos aus Unterlagen auf Steinerts Tisch.

»Uns ist wos entganga …«, erklärte Loserth mit gedankenverlorener Miene. Er zog mehrere Zeitungsschnipsel aus Wolfs Villa hervor und begann seine akribische Suche.

»Do! Des moan i!«

Er übergab Steinert einen der Berichte, datiert auf Juni 2003.

»Des war a halberts Jahr, bevor i zur Polizei ganga bin, deswegen is ma des ned glei eigfoin! Olle Kollegen, die damals an dem Foi beteiligt waren, san inzwischen versetzt worden oder in Rente ganga. Inklusive Wolf.«

Steinert überflog den Artikel. Während sein Blick über die

Zeilen wanderte, breitete sich ein siegessicheres Lächeln auf seinen Lippen aus.

»Das könnte durchaus eine vielversprechende Spur sein. Wir sollten uns das einmal genauer ansehen.«

Christoph Steinert legte den Artikel vor sich ab.

Dort prangte in Großlettern:

»9-Jährige tot am Ufer der Herreninsel aufgefunden – Polizei ermittelt.«

20. Juni 2023
09:53 Uhr

»Bist du dir sicher?«

»Absolut sicher. Mensch, Kaya! Ich mache den ganzen Tag nichts anderes, als mit irgendwelchen Mitarbeitern von Providern zu sprechen und Handys auszulesen. Das geht mir langsam richtig auf den Sack! Ich hatte mir meinen Job bei der Polizei wirklich spannender vorgestellt. Ich muss die Bösewichte da draußen ja nicht jagen so wie du, aber manchmal wünsche ich mir schon ein bisschen mehr Action«, seufzte Korbinian.

Kaya saß auf ihrem Hotelbett. Daneben stand ihre Tasche, in der sich unordentlich hineingeworfene Kleidung stapelte. Sie ließ den Blick langsam durch das Zimmer schweifen und runzelte angestrengt die Stirn.

»Vorgestern und in den Tagen vor Marianne Stanglbergers Verschwinden gab es keine auffälligen Telefonate oder Bewegungen ihrerseits. Keine geheimnisvollen Verabredungen oder sonstiges. Sie hat ausschließlich mit ihrem Mann geschrieben und telefoniert. Ja, einmal auch mit ihrer Tochter, aber das war's.«

Kaya nickte enttäuscht. »Wann war ihr Handy denn das letzte Mal an?«

»Am 18.06. um 19:34 Uhr gab es das letzte Funksignal.«

»Verdammt, Korbi. Wir müssen diese Frau retten. Aber mir fällt nichts ein, was ich tun könnte. Steinert und die anderen haben sicherlich bereits mit der Familie geredet. Mit denen Kontakt aufzunehmen wäre in meiner aktuellen Situation aber äußerst riskant. Weißt du etwas darüber?«

»Nein, leider nicht. Ich versuche, mich mal umzuhören, aber hier wissen alle, dass wir einen guten Draht haben und miteinander kommunizieren; dementsprechend sind sie natürlich vorsichtig mit ihren Aussagen. Ich begebe mich da auf heißes Terrain, Prinzessin.«

Kaya ließ sich in die Federn fallen und stieß ein leises Stöhnen aus. »Ich danke dir, großer Korbiwan.«

»Ich tue natürlich weiterhin alles, um diesen Todesstern zu Fall zu bringen!«

Kaya lächelte kurz.

»Ich danke dir.«

Eine halbe Stunde später stand Kaya wieder an der Anlegestelle des Priener Hafens.

Es war Samstag, und die Touristen drängten sich um die begehrten Sitzplätze auf der Fähre. Eine Gruppe Möwen zog weite Kreise über dem Wasser. Der Chiemsee glitzerte meeresblau in der Junisonne.

Einige Polizisten hatten sich am Steg versammelt, um auf die Herreninsel überzusetzen.

Weitere Kollegen erklärten einer verärgerten Touristengruppe gerade, dass man zurzeit nur eine begrenzte Anzahl von Leuten auf die Insel lassen konnte. Als Grund nannten sie die laufenden Ermittlungen. Silke hatte also mit ihrer Befürchtung recht gehabt. Man versuchte, die Insel größtenteils vor der Öffentlichkeit abzuschirmen, und erhoffte sich dadurch möglichst ungestörte Ermittlungen.

Derweil saß der vergangene Abend Kaya noch immer tief in den Knochen. In der Nacht hatte die junge Kommissarin kein Auge zubekommen. Zu groß war der Schock über die neuesten Erkenntnisse gewesen. Auf dem Grab, in dem sie vor vielen Jahren ihren Optimismus, was die Aufklärung von Johannes´ Tod anging, beigesetzt hatte, sprossen wieder zarte Pflänzchen der Hoffnung.

Wie so oft in ihrem Leben verdrängte Kaya vorerst alle

Gedanken an ihre erste große Liebe. Sie stellte Johannes zurück – zum Wohl von Marianne Stanglberger. Sein Leben konnte nicht mehr gerettet werden. Ihres hingegen war noch nicht verloren. Zumindest redete Kaya sich das ein.

Pernilla gesellte sich zu ihrer Tochter, in den Händen zwei Becher mit heiß dampfendem Kaffee. Sie hatten sich zu einem Spaziergang verabredet. Dieses Mal ging es Kaya nicht um persönliche Belange. Schon vor vielen Jahren war Pernilla eine gute Anlaufstelle gewesen, was Klatsch und Tratsch in der Kleinstadt betraf. Dies wollte die Ermittlerin nun zu ihrem Vorteil nutzen. Allerdings stellte sie beim Anblick Pernillas leuchtender Augen beschämt fest, dass es sie freute, ihre Mutter wiederzusehen.

Sie zog eine Grimasse und nahm Pernilla einen der Becher ab.

»Ich freue mich, dass du dich gemeldet hast!«, strahlte Pernilla.

Kaya quittierte dies mit einem angespannten Lächeln und schlug vor: »Lass uns am Ufer des Sees entlanglaufen.« Sie wusste, dass sie immer noch unter Beobachtung stand, und wollte kein Aufsehen bei ihren Kollegen erregen.

Pernilla berichtete ihr, dass Jens' Dienstreise verlängert wurde, die Zwillinge nach einer ausschweifenden Geburtstagsparty den ganzen Tag verschlafen würden und ihre beste Freundin gerade einen Wellnessurlaub in einem exklusiven österreichischen Hotel verbrachte. Die Freude über den spontanen Ausflug mit ihrer Tochter stand ihr regelrecht ins Gesicht geschrieben.

»Was erzählt man sich denn über Dietrich, Böck und Wolf? Ich versuche immer noch, mir ein Bild von den drei Männern zu machen«, erklärte Kaya, als sie an einer Eisdiele vorbeischlenderten, die es schon zu ihrer Kindheit gab. Der traumhafte Himbeerbecher kam ihr auch heute noch manchmal in den Sinn.

»Ich dachte, du seist beurlaubt«, hakte Pernilla verwundert nach.

Kaya biss sich auf die Unterlippe und verzog eine unschuldige Miene.

»Eine Mitarbeiterin des Schlosses wurde entführt. Das hast du ja vermutlich schon mitbekommen. Höchstwahrscheinlich von dem Mörder von Wolf, Böck und Dietrich. Ich kann jetzt nicht einfach so aufgeben und diese Frau sterben lassen …«

»Oh Gott, das klingt schrecklich! Du solltest dich aber wegen dieser Sache nicht verrückt machen. Immerhin haben *die* dich suspendiert!« Pernillas Worte klangen eher tadelnd als verärgert.

»Was weißt du denn über die drei Opfer? Kanntest du sie?«

Pernilla überlegte einen Augenblick.

»Die Dietrichs sind eine seltsame Familie. Man traf sie gelegentlich beim Einkaufen oder auf einem Fest, aber die meiste Zeit lebten sie zurückgezogen und blieben für sich allein. Ich kenne ihre Nachbarin, die Gabi. Sie hat mir erzählt, dass die eine ganz komische Familie seien. Sie gehen kaum auf die Straße. Über Robert Dietrich weiß ich demnach nichts Konkretes. Außer natürlich, dass er Gärtner auf der Insel war.«

Kaya überspielte ihre Enttäuschung. »Und was ist mit Wolf oder Böck?«

»Heinrich Wolf war in Prien bekannt wie ein bunter Hund. Sein Ansehen und sein Ruf waren ihm wichtiger als alles andere. Vor vielen Jahren, da war er gerade erst zum Chef der Polizei ernannt worden, ging er mehrere Monate mit einer Bekannten von mir aus. Er hat die Beziehung beendet, weil ihr Sohn aus erster Ehe beim Kiffen erwischt wurde. Das musst du dir mal vorstellen!«

Für Kaya passte das genau in das Bild, das sie sich selbst von Wolf gemacht hatte. Sie gab ihrer Mutter den nötigen

Raum, um sich weiter zu öffnen. Schweigend liefen sie den Seeweg entlang. Inmitten einiger mächtigen Eichen beendete Pernilla plötzlich die Stille.

»Heinrich Wolf war stets darauf bedacht, sein Gesicht in der Öffentlichkeit zu wahren. Das mit Johannes damals war ein Schandfleck in seiner Polizeikarriere. Und das nur wenige Jahre nach der Sache mit diesem kleinen Mädchen …«

Verwundert blieb Kaya stehen. »Von welcher Sache sprichst du?«

Pernilla drehte sich mit betroffener Miene zu ihrer Tochter.

»Erinnerst du dich denn nicht? Ach, eigentlich wundert mich das nicht. Du warst schließlich erst dreizehn Jahre alt. Damals hat man ein neunjähriges Mädchen tot am Ufer der Herreninsel entdeckt. Ich habe mir solche Sorgen um dich gemacht. Angeblich war das tote Mädchen nackt aufgefunden worden. Sie wurde ertränkt.«

Kaya entgleisten die Gesichtszüge. Sie erinnerte sich an diesen Sommer. In diesen Zeiten kreisten ihre Gedanken um Martin Strömer, ihren Schwarm aus der Nebenklasse. Ihre Hormone spielten verrückt, und sie wagte die ersten Schminkversuche. Alles andere hatte sie zu dieser Zeit komplett ausgeblendet und Jahre später verdrängt.

»Auf der Herreninsel? Und Wolf hat die Ermittlungen geführt?«

»Ja, in dieser Zeit war es das Thema Nummer eins in Prien. Sogar die größeren Zeitungen aus dem Umkreis haben darüber berichtet.«

Kaya kamen die Presseartikel von Wolfs Schreibtisch in den Sinn. Allmählich setzte sich das Puzzle vor ihren Augen zusammen.

»Kanntest du die Familie des Mädchens?«, hakte Kaya nach.

Pernilla schüttelte den Kopf.

»Laut der Zeitung war ihre Mutter alleinerziehend. Sie

lebten schon immer in Prien. Als das Medieninteresse dann langsam abklang, habe ich den Vorfall auch für einige Zeit verdrängt. Aber diese neuen Morde haben meine Erinnerungen an damals geweckt. Es kam mir schon, als ich von Robert Dietrichs Tod hörte. Vor allem wie die beiden Leichen aufgefunden wurden.«

Kaya nickte. Ihre Kopfdecke kribbelte. Das konnte kein Zufall sein.

»Vielleicht gibt es da eine Verbindung.«

»Wie meinst du das? Zwischen dem ermordeten Mädchen und den neuen Leichen?«

»Exakt.« Kayas Herzschlag beschleunigte sich.

»Was weißt du über den Pfarrer Böck?«

Pernilla zuckte die Achseln. »Du weißt doch, dass ich es noch nie so wirklich mit der Kirche und dem Glauben hatte. Böck war beliebt und ein gern gesehener Gast bei öffentlichen Veranstaltungen. Ansonsten kann ich dir nichts über ihn sagen.«

Kaya nickte und lauschte den Wellen des Sees. In ihrem Blick flackerte Entschlossenheit auf. Sie stand kurz vor dem Durchbruch.

»Ich muss unbedingt mehr über den Fall des kleinen Mädchens herausfinden.«

»Und dann, was?« Pernilla sah ihre Tochter sorgenvoll an. »Du bist eine suspendierte Polizistin ohne Dienstmarke und Waffe, also was willst du tun?«

Kaya machte eine beschwichtigende Handbewegung.

»Mach dir keine Sorgen, Pernilla. Ich werde meine Kollegen rechtzeitig ins Bild setzen.«

Sie wusste, dass dies die einzig richtige Vorgehensweise war. Eigentlich sollte sie jetzt bereits mit Steinert oder Wachtner in Verbindung treten. Und trotzdem war sie sich nicht sicher, wie ernst sie das Versprechen gegenüber ihrer Mutter im Fall der Fälle nehmen würde.

20. Juni 2023
11:44 Uhr

Er war seinem Ziel ganz nahe. Endlich! So lange hatte er davon geträumt, seine Pläne zu verwirklichen. Leider hatte es länger gedauert, als erwartet, was seine Vorfreude jedoch nicht im Geringsten minderte. Der letzte Stein in einer mühsam zusammengesetzten Reihe aus Dominosteinen war Stanglbergers finale Erkenntnis. Er öffnete die alte Bootskate, indem er die vier Metallriegel zurückschob und die Tür aufzog. Vor dem Eintreten blickte er sich noch einmal um und vergewisserte sich, dass ihm niemand gefolgt war.

Eine Mischung aus Schweiß, Erbrochenem und Exkrementen schlug ihm entgegen. Er ekelte sich vor der hageren Frau, die da vor ihm auf dem Holzboden kauerte. Ihre wachsamen Augen starrten ihn aus der Dunkelheit heraus an. Ihr Wille war noch nicht gebrochen, das konnte er ihr ansehen, doch die Zeit saß ihm im Nacken. Die Finte mit Kaya Benaty war ein schlauer Schachzug gewesen, würde die Bullen jedoch nicht ewig auf die falsche Spur führen.

Stanglberger rührte sich nicht. Er erwiderte ihren verständnislosen Blick. Sie wirkte kraftlos und flehend.

»Weißt du inzwischen, was du getan hast?«, fragte er barsch.

Wolf und Dietrich hatten ihre Verbrechen gestanden, ohne dass er zu härteren Mitteln greifen musste. Böck war in pures Entsetzen verfallen, als er ihn mit der Wahrheit konfrontierte. Dabei hätte der Pfarrer es eigentlich besser wissen müssen. Bei der Schlossverwalterin war es schwieriger. Mit Sicherheit konnte sie sich an jenen schicksalhaften Tag erinnern, der sein gesamtes Leben veränderte. Sie war sich ihrer Schuld jedoch zu keinem Zeitpunkt bewusst.

Er wollte, dass sie selbst darauf kam. Wollte die Erinnerung an ihre Fehlbarkeit hervorkitzeln. Die Einsicht, dass sie ihr Recht auf Leben verwirkt hatte, musste von ihr selbst kommen.

Die Genugtuung, wenn ihr endlich klar wurde, wieso er sie sich geholt hatte, stellte er sich erfüllender vor als einen Orgasmus. Der Gedanke brachte ihn zum Lächeln.

»Bitte ...«, setzte Stanglberger mit schwacher Stimme an.

Zuvor hatte er beim beliebtesten Bäcker des Ortes zwei Brötchen und ein Croissant gekauft. Die Backwaren dufteten herrlich frisch. Er ließ die Tüte rascheln.

»Die bekommst du, wenn du geständig bist.«

»Ich bin mir keiner Schuld bewusst. Wie oft soll ich das noch sagen. Das muss ...« Ein Hustenanfall schüttelte die vogelartige Frau.

»... ein Irrtum sein.«

»Ach, komm schon. Du musst deine graue Eminenz nur ein bisschen anstrengen. Dein Verbrechen liegt schon lange zurück.«

Marianne Stanglberger richtete den resignierten Blick starr nach vorne und strecke die Beine aus.

»Egal, was ich sage, Sie werden mich sowieso nicht gehen lassen.«

»Du brauchst doch dringend etwas zu essen, oder? Dein Magenknurren hört man schon von draußen. Und deine Kehle könnte sicherlich auch einmal wieder etwas Feuchtigkeit vertragen, habe ich recht?«

Stanglberger zog an ihren Fesseln und stöhnte auf.

»Bitte ... Lassen Sie mich gehen. Ich werde niemandem hiervon erzählen.«

Er lachte laut auf. »Denkst du wirklich, *das* glaube ich dir? Dann musst du schon eine besonders dämliche Schlampe sein.«

Ein Surren erfüllte den Raum, als er den Lichtschalter in der alten Kate betätigte. Stanglberger vergrub das Gesicht in ihren Armen. Die plötzlich einsetzende Helligkeit blendete sie, nachdem sie stundenlang kein Tageslicht gesehen hatte. Ihr Gesicht wirkte eingefallen und die Haut aschfahl. Sie gab einen wimmernden Laut von sich, ehe sie den Kopf anhob.

»Sieh dir mein Gesicht ganz genau an! Es wird das Letzte sein, was du in deinem Leben siehst.«

20. Juni 2023
15:25 Uhr

Die raupenartigen Brauen des Bibliothekars zogen sich zusammen, während er Kaya mit strengem Blick musterte. Kaya tippte sich mit den Fingern gegen die Stirn und tat so, als würde sie verbissen über etwas nachdenken. Dann nahm sie einen Schluck von ihrem Kamillentee, bevor sie sich wieder ihrer Recherche widmete.

Zu ihrem Glück gab es in der Bücherei Prien sämtliche Presseartikel der letzten Jahrzehnte in digitaler Form. Die Bibliothek befand sich im Herzen Priens in der alten Rathausstraße. Darin roch es nach Sandelholz und alten Büchern. Kaya liebte den Geruch von bedruckten Buchseiten, denn sie verband ihn mit ihrem Vater, der seit jeher ein begeisterter Leser war.

Kaya hatte herausgefunden, dass die kleine Elisabeth W. bei einem Ausflug ihrer Familie zur Herreninsel verschwunden war. Über die anderen Familienmitglieder gab es zwar keine Informationen, doch in den Berichten hieß es, dass sie gerade das Schloss Ludwigs II. besichtigten, als Elisabeth plötzlich verschwand. Noch am selben Tag wurde ein Suchtrupp zusammengestellt. Helfer fanden die Leiche des Mädchens schließlich am späten Abend. Sie lag splitterfasernackt im Schilf, am südlichen Ufer der Insel. Am Hinterkopf stellte man eine Platzwunde fest, die vermutlich von einem Stein aus dem See stammte. *Genau wie bei Dietrich,* dachte Kaya. Ansonsten wies die Leiche keine Spuren eines sexuellen Missbrauchs auf.

Das kam Kaya seltsam vor. Wenn ein Kind ermordet wurde, dann war einer der häufigsten Gründe, eine sexuell motivierte Tat zu verschleiern. Bei Elisabeth W. war das nicht der Fall gewesen. Laut den Presseberichten zeigten sich an ihrem Körper keinerlei Anzeichen für sexuellen Missbrauch. War der Täter bei seinem Vergehen gestört und unterbrochen worden?

Mit gemischten Gefühlen fuhr Kaya den Rechner herunter, kramte ihre Sachen zusammen und machte sich auf den Weg. Beim Verlassen der Bibliothek schenkte sie dem strengen Büchereimitarbeiter noch ein süffisantes Lächeln, ehe sie in die sengende Nachmittagssonne hinaustrat.

Ihr Instinkt verriet der Kommissarin, dass die jüngsten Morde mit dem Fall der Elisabeth W. zu tun hatten. Doch wo lag die Verbindung?

Gedankenverloren schlenderte Kaya durch die Gassen Priens. In den Außenbereichen der Cafés kauerten Touristen und Rentner über ihren Getränken und Kuchenstücken wie Löwinnen, die ihre Jungen behüteten. Die Straßen der Innenstadt waren nahezu leer gefegt. Die meisten Menschen suchten in ihren Häusern Schutz vor der Hitze oder unternahmen einen Badeausflug. Eine laue Brise wehte durch die Stadt und ließ Kayas dunkelblonde Strähnen flattern.

Kurz nachdem sie Kurs auf die Seestraße genommen hatte, entdeckte sie Bennet auf der gegenüberliegenden Straßenseite. Die Ermittlerin der Internen gab sich überhaupt keine Mühe, sich vor Kayas Augen zu verstecken. Zielstrebig schritt die Frau mit den eleganten Locken auf sie zu.

»Was kann ich für Sie tun?«, brummte Kaya, sobald Bennet in Hörweite war.

»Ich wünsche Ihnen ebenfalls einen schönen Tag, Frau Benaty!«, erwiderte die Münchener Kollegin mit einem aufgesetzten Lächeln.

»Darf ich Sie ein Stück begleiten?«, wollte Bennet wissen. Kaya nickte knapp.

»Die Luft wird dünn für Sie, Benaty«, erklärte Bennet,

während der im Sonnenlicht funkelnde Chiemsee in Sicht kam.

Kaya winkte entnervt ab. »Was wollen Sie denn eigentlich von mir? Wollen Sie mich einschüchtern?«

»Ich habe wirklich an Ihre Unschuld geglaubt, Benaty. Und ich habe alles getan, um diese zu beweisen, aber die Faktenlage sieht anders aus. Wir haben herausgefunden, dass Sie bei der Witwe von Robert Dietrich waren. *Nach Ihrer Beurlaubung.*« Die letzten Worte kamen mit Nachdruck über die Lippen der hochgewachsenen Frau.

Kaya fühlte sich ertappt, reagierte aber prompt und setzte eine gleichgültige Miene auf.

»Und das ist ein Verbrechen?«

»Sie haben Frau Dietrich über die Inhalte der VHS-Kassetten unterrichtet und sie zum Ableben von Werner Böck befragt. Und all das unter der Vortäuschung falscher Tatsachen. Frau Dietrich wusste nämlich überhaupt nichts von Ihrer Suspendierung.«

Kaya zuckte mit den Schultern und blickte die Kollegin unverwandt an.

»Ich habe Frau Dietrich nichts von meiner Suspendierung erzählt, das stimmt. Allerdings habe ich auch nie vorgegeben, dass ich sie im Dienst besucht habe.«

»Soll das ein Witz sein? Natürlich ging die Frau davon aus, dass Sie sich im Dienst befanden! Hören Sie mir jetzt genau zu. Wir haben die restlichen Kassetten aus Dietrichs Verschlag sichten lassen. Dabei handelt es sich bis auf einige wenige Ausnahmen um kinderpornografisches Material, aber das konnten Sie sich sicherlich schon denken.«

Kaya fuhr sich angespannt durch die Haare.

»Was wollen Sie denn überhaupt von mir? Ich dachte, ich sollte mich aus den Ermittlungen heraushalten? Jetzt müssen Sie sich aber wirklich mal entscheiden«, antwortete sie in überspitzt scharfem Tonfall.

»Das ist kein Witz, Benaty. Wir haben auch mit Ihrer angeblichen Freundin, Silke Ruland, gesprochen. Sie wusste ebenfalls nichts von ihrer Beurlaubung. Dabei ist das doch eine Information, die man für gewöhnlich mit vertrauten Personen teilt.«

»Ich wusste nicht, dass es meine Pflicht ist, meine Suspendierung in die Welt hinauszuposaunen«, gab Kaya genervt zurück.

»Und es wird noch heißer. Wir haben Silke Ruland zu ihrer gemeinsamen Vergangenheit befragt. Glücklicherweise war die Gute in Plauderlaune. Sie berichtete von einer Veränderung Ihres Wesens nach dem Ableben von Johannes Körner. Schon die Trennung Ihrer Eltern hatte Ihnen zugesetzt und dann geschah das mit Johannes. Ich kann gut verstehen, dass man sich da in einer psychischen Ausnahmesituation befindet.

Vielleicht haben Sie bei Ihren Ermittlungen herausgefunden, dass Dietrich etwas mit Johannes' Ableben zu tun hatte? Vielleicht hat Robert Dietrich den damals Siebzehnjährigen schon über Jahre missbraucht. Als Johannes Körner auspacken wollte, stieß Dietrich ihn vom Deck des Parkhauses. Wolf hat das Ganze als Suizid abgetan. Böck wusste von Dietrichs sexuellen Neigungen und dem Missbrauch, hat aber im Anbetracht seiner Stellung das Beichtgeheimnis gewahrt. Nach all den Jahren fanden Sie heraus, was wirklich passiert ist, und schworen sich, Rache zu nehmen. Aber was ist mit Marianne Stanglberger? Wusste Sie von Dietrichs Geheimnis?«

Kaya konnte nicht länger an sich halten und prustete laut los.

»Nette Geschichte. Das muss ich Ihnen lassen. Aber ich weiß nach wie vor nicht, wie Johannes gestorben ist. Und von Dietrichs Existenz habe ich erst nach seinem Tod erfahren. Ich kannte ihn überhaupt nicht, solange ich in Prien lebte. Genauso wie Stanglberger. Außerdem bin ich erst am

Morgen nach dem Mord an Dietrich gemeinsam mit Steinert hier in Prien eingetroffen.«

Bennets düsterer Blick wanderte die Straße entlang. Vor einer Eisdiele drängten sich ein Dutzend Menschen, die alle mit großen Augen auf die Auslage starrten.

»Laut Steinert waren Sie die Einzige, die Stanglberger vernommen hat. Was hat die Frau Ihnen erzählt?«

Das Gespräch rieb Kaya auf. Seufzend realisierte sie, dass Bennet ihr nicht glauben würde. Egal, was sie ihr erzählte. Diese Unterredung kostete sie nur unnütz Kraft und Zeit.

»Stanglberger und Dietrich waren über viele Jahre befreundet. Ich denke ebenfalls, dass Stanglberger etwas gewusst hat. Was das war, habe ich allerdings nie erfahren. Ich würde mich jetzt aber wirklich gerne auf andere Dinge konzentrieren. Schließlich befinde ich mich im Zwangsurlaub, und im Urlaub sollte man doch entspannen, oder? Vielen Dank für das nette Gespräch.« Kaya wandte sich ab, beschleunigte ihre Schritte und schlug einen Weg ein, der sie zur Minigolfanlage am See führte.

Bennet schluckte trocken.

»Ich habe noch keine Beweise für meine Theorie, aber Sie machen sich zunehmend verdächtiger. Achten Sie gut auf Ihre nächsten Schritte, Benaty!«, rief sie ihr hinterher.

Bennets letzte Worte hallten noch lange in Kayas Ohren nach. Mit düsterer Miene ließ sie sich auf einer Staustufe in der Nähe des Sees nieder. Auf ihrer Stirn glänzte ein dünner Film.

Bennet hatte recht. Ihre Ermittlungen rückten Kaya in ein falsches Licht. Sie drückte ihren Rücken durch und stöhnte auf. Die Zeit lief ab – sowohl ihre eigene als auch die von Marianne Stanglberger.

20. Juni 2023
16:32 Uhr

»Erzähl mir etwas Neues«, forderte Kaya, nachdem Korbinian Forbach sie darüber informiert hatte, dass sich die Vorwürfe gegen sie erhärteten. Anscheinend wurde sie auch von Steinert ganz hoch als Verdächtige gehandelt.

»Die Ermittlungen gegen dich nehmen Fahrt auf. Die beiden Kommissare von der Internen warten anscheinend nur darauf, bis sie einen Haftbefehl gegen dich durchsetzen können. Ich mache mir wirklich Sorgen um dich, Kaya. Kannst du nicht einfach für eine Weile die Füße stillhalten?«

Kaya hörte ernsthafte Besorgnis in der Stimme ihres Freundes mitschwingen. Sie hatte es sich unter dem Schatten einer alten Linde gemütlich gemacht und ließ ihre Zunge über ein Waffeleis gleiten. Stracciatella, ihre Lieblingssorte. Wenige Meter weiter parkte der anthrazitfarbene Mazda, den sie sich in der Zwischenzeit von einer Autovermietung ausgeliehen hatte. Falls es neue Spuren gab, musste sie sich so schnell wie möglich bewegen können. Vor allem in einem Ort wie Prien war das ohne motorisiertes Fahrzeug schwierig.

»Die Verbindung zwischen den Mordfällen Elisabeth W. sowie Dietrich, Böck und Wolf. Das ist der Schlüssel. Wolf hat damals die Ermittlungen geleitet, soviel ist klar. Aber was ist mit den anderen? Und was hat Stanglberger mit alldem zu tun? Es bleibt keine Zeit mehr, Korbi. Stanglberger wird bald sterben, das spüre ich. Hast du die Rundfunkdaten der Tage ausgewertet, an denen Dietrich, Wolf und Böck ermordet wurden? Und von dem Abend, als Stanglberger verschwand?«

»Ach, Kaya. Ja, das habe ich. Da gab es keine Auffälligkeiten. Auf der Herreninsel haben sich natürlich unzählige Nummern an den Funkmasten eingeloggt, aber unter diesen den Mörder herauszufiltern ist ein Ding der Unmöglichkeit.«

Kaya zog die Stirn in Falten.

»Nach allem, was wir bisher wissen, hat der Mörder seinen Opfern nachspioniert. Er kannte ihre Gewohnheiten und Tagesabläufe. Ansonsten hätte er nicht gewusst, in welchem Forum er mit Dietrich in Kontakt treten kann. Oder wie und wann er unbeobachtet an Marianne Stanglberger und Heinrich Wolf herankommt. Hast du dir die Tage und Wochen vor dem Verschwinden der Opfer angesehen?«

Für einen kurzen Augenblick trat Stille ein. Kaya dachte bereits, die Verbindung wäre unterbrochen worden.

»Das ist eine sehr gute Idee, Prinzessin Kaya!«, stieß Korbiwan plötzlich aus.

»Dietrich war ein vorsichtiger Mann. Er hat sein Handy stets deaktiviert, wenn er sich mit jemandem zum Austausch von Kinderpornografie getroffen hat. Was ist, wenn unser Mörder genauso gewieft vorgegangen ist? Falls du eine übereinstimmende Nummer findest, die sich vor den Tagen der Taten öfter in der Nähe der Opfer eingeloggt hat, lass es mich wissen.«

»Das könnte eine Weile dauern, aber ich mache mich gleich dran. So etwas wie Feierabend kenne ich ja schließlich nicht.« Kaya stellte sich das sarkastische Zwinkern ihres guten Freundes vor und musste schmunzeln.

»Es könnte unsere letzte Hoffnung sein«, antwortete sie drängend.

»Ich melde mich, sobald es etwas gibt.«

»Danke«, hauchte die Kommissarin in den Hörer, doch Korbiwan hatte bereits aufgelegt.

Den Mann im grünen Jeep an der nächsten Straßenecke bemerkte sie nicht.

20. Juni 2023
17:05 Uhr

Annemarie Betz fühlte sich furchtbar. Drei Tage lang hatte sie sich das Hirn zermartert. Geplagt von schlaflosen Nächten, lagen dunkle Schatten unter ihren Augen. Der morgendliche Blick in den Spiegel hatte sie zutiefst schockiert. Ihre Haut war fettig und aschfahl, und in ihren Augen lag ein müder Glanz. Wie sollte das nur mit ihr weitergehen? Annemarie plagte ein schlechtes Gewissen; außerdem hatte sie schreckliche Angst, das nächste Opfer des Mörders zu werden. Seit drei Tagen hatte sie ihr Haus nicht mehr verlassen, und der Kühlschrank leerte sich allmählich. Dann wurde sie gleich nach dem Aufstehen auch noch in der Tageszeitung damit konfrontiert, dass eine Mitarbeiterin des Schlosses Herrenchiemsee spurlos verschwunden war. Es waren wahrlich gefährliche Zeiten in Prien am Chiemsee. Das Ganze musste endlich ein Ende finden.

So kam es, dass Annemarie sich abends auf den Weg zur Polizeiinspektion machte. Das cremefarbene Gebäude lag direkt am Ortseingang und nur einen Katzensprung von der rauschenden Prien entfernt.

Zitternd umklammerten ihre eiskalten Finger die alte Holzschachtel. Annemaries Brustkorb bebte, als sie ihre Finger um den Türgriff der Dienststelle legte. Ein starker Zweifel überkam sie. Tat sie wirklich das Richtige? Sie wollte sich gerade umdrehen und wieder gehen, da bemerkte sie die junge Frau hinter sich.

Kaya Benaty wollte gerade zur Polizeidienststelle, um ihren Kollegen von dem Mord an der kleinen Elisabeth zu berichten. Elisabeths Tod wies einfach zu viele Parallelen zu dem Mord an Robert Dietrich auf. Es handelte sich um eine Information, die sie Steinert und Wachtner nicht vorenthalten konnte, selbst wenn sie sich ungerecht behandelt fühlte.

»Guten Tag«, sagte Kaya freundlich, die der älteren Frau ihre innere Anspannung anmerkte. Annemarie räusperte sich und hoffte, dass sie den Kloß in ihrem Hals bald loswurde.

»Ich arbeite hier. Mein Name ist Kaya Benaty. Kann ich Ihnen helfen?«

Annemaries Griff schloss sich fester um die Holzschatulle. Ihre Augen wanderten hilfesuchend umher, doch ihre Lippen blieben versiegelt.

»Es ist alles gut. Sie können mir vertrauen.« Kaya lächelte.

Schließlich brach es aus Annemarie Betz hervor. »Ich habe wichtige Informationen zu dem Mord am Pfarrer Böck«, erklärte sie leise.

Wenige Minuten später saßen die beiden Frauen auf der Terrasse eines Cafés. Aufgrund ihrer Nervosität war der Hals der Rentnerin mit roten Flecken übersät. Ihr Atem ging schnell. Kaya bestellte zwei Cappuccino und redete ruhig auf Annemarie ein: »Hier ist es etwas gemütlicher als in einem stickigen Vernehmungsraum. Sie brauchen nicht aufgeregt zu sein, Ihnen wird nichts passieren. Ich bin Kommissarin bei der Mordkommission München.«

Die Kellnerin brachte zwei Tassen mit herrlich duftendem Kaffee. Um diese Zeit war es ruhig in dem Laden. Außer Kaya und Annemarie waren nur zwei Jugendliche anwesend, die sich gegenseitig aufzogen.

»Wird meine Aussage denn überhaupt nicht zu Protokoll genommen?«, fragte Annemarie verunsichert.

Kayas Lippen verzogen sich zu einem Grinsen.

»Das können wir gerne im Nachhinein machen. Zunächst

interessiert mich, was Sie wissen. Wieso musste Pfarrer Böck sterben?«

Annemarie nickte. Die Autorität der polizeilichen Staatsgewalt schüchterte sie ein. Auch wenn Benaty keine Uniform trug. Heftig zitternd überreichte sie Benaty die Holzschatulle mit den aufgemalten Intarsien.

»Was ist das?«, fragte Kaya, öffnete zugleich die Kiste und staunte. Die Holzbox war randvoll gefüllt mit beschriebenen Zetteln.

»Liebesbriefe. Von Werner Böck an meine gute Freundin Erika Winter.«

»Liebesbriefe? Von Pfarrer Böck?«, wiederholte Kaya ungläubig.

»Die beiden mochten sich schon zu Schulzeiten. Der Werner hat sich dann für die Kirche und den Zölibat entschieden. Als er Prien für das Theologiestudium verließ, ging es der Erika furchtbar. Aber das Schicksal hat die beiden einige Jahre später wieder zusammengeführt, als er in den Ort zurückkehrte, um Pfarrer in Mariä Himmelfahrt zu werden.«

»Das ist durchaus interessant«, gestand Benaty und massierte sich angestrengt die Schläfen.

»Wie lange ging diese Liebesbeziehung? Und wusste noch jemand davon?«

Annemarie grübelte einige Sekunden. »Über viele Jahre. Erika wollte auch nie einen anderen Mann. Sie hat immer so am Werner gehangen. Ich glaube, die Beziehung der beiden ging, bis Erika krank geworden ist. Das war eine richtige Tragödie. Sie hatte Brustkrebs und ist vor einem Jahr gestorben. Das hat uns allen den Boden unter den Füßen weggerissen.«

»Und diese Liebesbriefe sind der Beweis für die Beziehung der beiden.« Benaty nahm einige der Zettel heraus und überflog sie. Alle begannen mit »liebste Erika« und endeten mit »in ewiger Liebe, dein Werner«. Darin ging es um heimliche Treffen, aber auch um widersprüchliche Gefühle und das schlechte Gewissen des Pfarrers, weil er sein Gelübde gebrochen hatte.

»Der Werner hatte jahrelang eine Beziehung zur Erika, aber niemand wusste etwas davon. Ich war Erikas beste Freundin, und sie mir natürlich davon erzählt, doch ich habe das Geheimnis bis zum heutigen Tag für mich behalten.«

Kayas Gedanken rasten. Sie mussten Marianne Stanglberger unbedingt lebend finden, und sie hatte das Gefühl, gerade das entscheidende Puzzleteil zur Lösung des Rätsels gefunden zu haben. »Sie glauben, dass die heimliche Beziehung zu Ihrer Freundin der Grund ist, wieso der Pfarrer ermordet wurde?«

Annemarie Betz nahm einen großen Schluck von ihrem Getränk.

»Die Erika hatte zwei Kinder vom Werner.«

»Der Pfarrer hatte Kinder?«

»Ja, die Erika hat Zwillinge von ihm bekommen. Einen Jungen und ein Mädchen. Erikas Tochter wurde aber vor vielen Jahren ermordet. Auf der Herreninsel drüben! Genau wie der Schlossgärtner und der Marktgemeinderat Wolf. Das kann doch alles kein Zufall sein. Ich bin der festen Überzeugung, dass es der Karl-Ludwig war, Erikas Sohn. Der Junge war schon von Anfang an ein Einzelgänger. Ich habe der Erika immer gesagt, dass ihm eine Vaterfigur in seinem Leben fehlt. Und dass der Junge professionelle Hilfe braucht.«

»Karl-*Ludwig*?« Kayas Augen weiteten sich.

»Ja, die Erika fand den König Ludwig so toll. Da hat sie ihren Sohn nach ihm benannt. Ich glaube, Karl-Ludwig hat den Werner getötet, weil dieser ihn nie als Sohn anerkannt hat. Und den Wolf wegen der Sache mit seiner Schwester damals. Ich habe Angst, dass er mir auch etwas antut, um die Wahrheit zu vertuschen.«

Das große Ganze setzte sich vor Kayas Augen zusammen. Endlich gab es eine Verbindung zwischen den Männern.

»War *das* der Mord an dem 9-jährigen Mädchen vor 17

Jahren? War sie die Tochter des Pfarrers und ihrer Freundin?«

Annemarie nickte heftig.

»Das ist eine sehr wichtige Information, Frau Betz. Ich bin Ihnen unendlich dankbar, dass Sie den Mut aufgebracht haben, uns von diesem Geheimnis zu erzählen.«

Kaya sprang auf. Sie wusste, was jetzt zu tun war.

»Wir dürfen keine Zeit verlieren, wenn wir die verschwundene Frau noch retten wollen. Darf ich das behalten?«, fragte sie und deutete auf die Holzkiste. Betz nickte.

»Vielen Dank!«

»Aber ... was soll ich denn jetzt machen? Was ist, wenn ich die nächste bin? Bekomme ich denn überhaupt keinen Schutz?« Betz zeigte eine sorgenvolle Miene.

»Ich kümmere mich darum. Am besten Sie gehen jetzt erstmal nach Hause und öffnen niemandem die Tür. Falls es sich wirklich um diesen Karl-Ludwig handelt, dann holen wir ihn uns«, rief Kaya und stürmte mit dem wichtigen Beweis unter dem Arm davon.

20. Juni 2023
20:14 Uhr

Allmählich begann sie, sich in der Dunkelheit Figuren und Formen auszumalen. Eine Säge wurde zu den Fangzähnen eines feuerspeienden Drachens. Die Spitze einer Gartenschere verwandelte sich in den Hackschnabel eines Aasgeiers, der nur darauf wartete, ihr die zähe Haut vom erkalteten Leib zu reißen. Marianne glaubte, den Verstand zu verlieren. Darum träumte sie sich in die Vergangenheit. Das hielt sie am Leben. Ihre Tochter studierte zwar schon seit zwei Jahren in Berlin, und sie trafen sich nur an Feiertagen und in den Semesterferien, doch Marianne stellte sich ihr herzerwärmendes Lächeln vor. Der Duft ihres Haares, wenn sie ihr Kinn auf die haselnussbraune Mähne ihrer Tochter legte. Es erfüllte sie mit Licht und Wärme. Auch das Gewicht ihrer silbernen Halskette mit Herzanhänger verlieh ihr Kraft. Es war ein Geschenk ihres Mannes, das er ihr zum 20. Hochzeitstag überreicht hatte. Ingo würde sie in seinem Herzen behalten. Marianne wusste es. Die ekelerregenden Gerüche und die ständige Dunkelheit blendete sie weitgehend aus.

Marianne wollte mit positiven Gedanken abtreten. In ihr hatte sich der Glaube manifestiert, dass sie ihren allerletzten Gedanken mit ins Jenseits nehmen würde. Sie träumte von einem Ort des Friedens und des Glücks.

Den Hass in den dunklen Augen ihres Entführers wollte sie hinter sich lassen. Sie hatte ihn angefleht, sie gehen zu lassen, an sein Gewissen plädiert. Sogar geheult und gebettelt hatte sie. Ohne Erfolg. Vielleicht war dies der Weg, der ihr vorbestimmt war.

Nun wollte sie ihr letztes Stück Würde behalten. Sie würde durchhalten, bis das Ende kam. Und sie würde ihrem Ende erhobenen Hauptes entgegenblicken. Hin und wieder hörte sie draußen die Vögel singen. Dann keimte in ihr die Hoffnung auf, dass sich ihr Verlies möglicherweise doch nicht fernab der Zivilisation befand und die Kriminalpolizei sie noch rechtzeitig finden würde. In ihrem Kopf sah sie einen Suchaufruf mit ihrem Bild. Die Zettel prangten von jedem Schaufenster Priens. Dann verfiel sie in ein kehliges, nahezu hysterisches Lachen.

Sie hörte seine Schritte schon von Weitem. Die Finsternis der Bootshütte schwächte ihre Augen, doch ihre anderen Sinne waren ausgeprägter denn je. Das Quietschen der rostigen Metallriegel verriet ihr seine Ankunft.

Mit einem Knistern erwachte die Glühbirne des Schuppens zum Leben. Ihr Entführer wirkte gehetzt. Eine feuchte Strähne fiel ihm seitlich ins Gesicht. Unter seinen ausdruckslosen Augen zeichneten sich dunkle Schatten ab.

»Die Zeit zum Nachdenken ist abgelaufen. Heute Nacht wirst du sterben.« Die eisige Kälte in seiner Stimme verpasste Marianne eine Gänsehaut.

Sie nickte gefasst.

»Dann ist es so.«

Die Miene ihres Entführers veränderte sich. Er guckte sie forschend an. »Keine Gegenwehr? Hast du dich etwa bereits mit deinem Schicksal abgefunden?«

Marianne wandte sich von seinem bohrenden Blick ab. »Wenn ich heute sterbe, dann soll es so sein.«

Der Mann warf ihr ein zerknülltes Foto vor die Füße und lachte gehässig.

»Du hättest einfach reden sollen. Aber bis heute bist du dir keiner Schuld bewusst, oder? Ist dir überhaupt bewusst, wie viele unschuldige Leben du damit zerstört hast?«

Marianne spickte aus dem Augenwinkel auf das Bild. Die Aufnahme war bereits ziemlich verblichen, doch das Gesicht darauf erkannte sie sofort. Es hatte sich tief in ihr Gedächtnis gebrannt. Endlich begann sie zu begreifen, welcher Moment in ihrem Leben sie in diese Situation geführt hatte.

»Ich war mir nicht sicher«, erklärte sie mit brüchiger Stimme. Brennende Tränen schossen der Schlossverwalterin in die Augenwinkel.

»Ich hätte doch nichts mehr daran ändern können. Sie war doch bereits tot!«, rechtfertigte sie sich.

Der Entführer lächelte. Marianne fand, dass er etwas Diabolisches an sich hatte.

»Du hättest unzählige andere retten können.«

Er spannte seine Muskeln an und baute sich über ihr auf. Marianne presste sich mit dem Rücken gegen die Wand, rüttelte mit ihren mittlerweile tauben Händen an den Fesseln. In ihr stieg Panik auf.

»Jetzt ist es zu spät. Sowohl für sie als auch für dich, Marianne.«

20. Juni 2023
20:26 Uhr

Die Sonne stand bereits tief, als Kayas Handy endlich klingelte. Schon bald würde die Nacht den Chiemsee im Schwarz des klaren Sternenhimmels baden. Korbiwan berichtete ihr unterdessen, dass es tatsächlich einen Treffer gab. Eine Person, die sich in den Tagen vor den Morden an Wolf, Böck und Dietrich und der Entführung Stanglbergers ständig in unmittelbarer Nähe der Opfer befunden hatte. Kaya konnte ihre Aufregung kaum verbergen. Das Herz schlug ihr bis zum Hals, während sie unruhig durch ihr Hotelzimmer tigerte. Drei Schritte vor, zwei nach rechts und drei Schritte zurück, bis sie das Muster wiederholte.

»Wer ist es?« drängte sie Korbiwan, endlich mit der Sprache rauszurücken.

Korbiwan holte tief Luft. »Es war wirklich schwer, am Samstag um diese Uhrzeit jemanden von der Telefongesellschaft zu erreichen. Vor allem, wenn man keinen richterlichen Beschluss hat, aber ich habe meine Kontakte spielen lassen.«

Kaya atmete tief ein und aus, doch der Druck auf ihrer Brust wollte nicht verschwinden.

»Sein Name ist Karl-Ludwig Winter, 26 Jahre alt, Elektroinstallateur. Gemeldet in Prien.«

»Ich wusste es! Laut Annemarie Betz ist er der Sohn des Pfarrers.«

»Ich habe seine Akte vorliegen. Dieser Karl-Ludwig ist sogar polizeibekannt. Er war einige Male im Jugendheim, da seine Mutter nicht mit ihm fertig wurde. In seiner Jugend gab es wohl immer wieder kleinere Delikte. Die sind allerdings nirgends verzeichnet, da damals das Jugendstrafrecht angewandt wurde. Mit einundzwanzig hat er vier Monate wegen Körperverletzung gesessen. Seitdem ist er anscheinend sauber geblieben.«

»Adresse?«

»Soll ich nicht lieber Steinert und die Kollegen darauf ansetzen? Du kannst doch da jetzt nicht einfach hinfahren, Kaya. Der Mann ist bestimmt sehr gefährlich! Du bist weder offiziell befugt, den Kerl festzunehmen, noch trägst du eine Dienstwaffe bei dir«, warnte Korbiwan, doch Kaya befand sich bereits vollkommen in ihrem Tunnel. Sie sah nur noch die drohende Gefahr, die von Winter ausging. Außerdem blitzte das Bild einer völlig verängstigten Marianne Stanglberger vor ihrem inneren Auge auf. Ihre Gedanken überschlugen sich regelrecht.

»Gib mir seine Adresse, Korbi!«

»Na schön. Seine Meldeadresse schicke ich dir gleich zu; außerdem habe ich auf nicht ganz legalem Weg herausgefunden, dass Winter letztes Jahr eine alte Bootshütte am Rande des Chiemsees erworben hat. Wäre das nicht ein viel interessanterer Ort, um ein Entführungsopfer zu verstecken?«

Bei Kaya läuteten sämtliche Alarmglocken. Ihr sechster Sinn spielte verrückt. Winter passte ins Bild. Am liebsten hätte sie noch eine Weile über mögliche Motive und Verbindungen nachgedacht, doch dafür fehlte ihnen die Zeit.

»Danke, du bist der Beste! Gib die Informationen doch bitte auch an Steinert und Wachtner weiter. Ich habe die Kiste mit den Liebesbriefen des Pfarrers bei einem jungen Kollegen am Tresen der Dienststelle abgegeben. Darüber wissen die beiden also schon Bescheid. Aber warte bitte noch etwas ab, bevor du ihnen den Standort von Winters Bootshütte durchgibst. Ich möchte einen kleinen Vorsprung.«

»Bitte versprich mir, dass du vorsichtig bist, Kaya!«

»Vorsicht ist mein zweiter Vorname«, scherzte die Kommissarin und beendete das Gespräch, ehe Korbiwan noch etwas erwidern konnte.

20. Juni 2023
21:01 Uhr

Vor ihren Augen sprang die Ampel auf Gelb. Im Hintergrund wurde der Himmel immer düsterer, war mittlerweile bei einem verträumten Purpur angelangt. Es war spät. Die Menschen nutzten das milde Abendklima und erfüllten die Straßen Priens mit Leben. Kaya raste mit überhöhter Geschwindigkeit über eine unübersichtliche Kreuzung, erntete dafür wütendes Gehupe. Es war ihr egal. An der Stadtgrenze angekommen, trieb sie den Leihwagen zur Höchstleistung an. Sie trat das Gaspedal durch und lobte sich selbst dafür, ein Automatik-Fahrzeug gewählt zu haben. So musste sie sich immerhin nicht mit Schalten und Kuppeln aufhalten. Der Motor heulte auf, als der Mazda die Landstraße entlangschoss.

Eigentlich sahen die Dienstvorschriften vor, dass verdächtige Personen zunächst an ihrer Meldeadresse aufgesucht wurden. Doch Kaya war nicht im Dienst. Und ihr Bauchgefühl sagte ihr, dass sich Marianne Stanglberger in Winters Bootshütte befand. *Hoffentlich noch lebend.*

Die junge Kommissarin hatte keine handfesten Beweise dafür, dass Winter die drei Morde begangen hatte, nur ihre Intuition. Trotzdem plagte sie das Gefühl, zu spät zu kommen. Hätte sie sich in der Ermittlung nur nicht so in Einzelheiten verbissen, sondern schon früher das große Ganze betrachtet. Inzwischen war ihr größtenteils klar, wieso Dietrich, Wolf und Böck sterben mussten. Aber was war mit Stanglberger? Sie passte noch nicht ins Bild. Hoffentlich täuschte sie sich nicht. Ansonsten konnte sie ihren Job vergessen, und ihr Leben würde in Zukunft anders verlaufen. Und Marianne Stanglberger würde sterben.

Die Straße war trocken. Der letzte Regen lag zwei Tage zurück, also gab Kaya Vollgas. Die Zeit rann ihr durch die Finger wie die Körner einer Sanduhr.

Knapp eine halbe Stunde nach ihrem überstürzten Aufbruch erreichte sie die kleine Kate am Rande des Sees. Kaya starrte durch die Windschutzscheibe in die Dunkelheit hinaus. Hier endete der asphaltierte Weg. Sie befand sich in einer Zwischenwelt. Irgendwo zwischen Tag und Nacht. Zwischen Leben und Tod. Der Wind wurde stärker und ließ das Laub an den Bäumen erzittern. Es war, als rief der Sensenmann nach ihr. Neben der Kate parkte ein dunkler Jeep. Vielleicht grün oder blau, aus dieser Entfernung war es unmöglich, die Farbe abzuschätzen. *Wo hatte sie dieses Fahrzeug nur schon einmal gesehen?*

Sie stieg aus und schlich auf die Bootshütte zu, hinter der sich ein sichelförmiger Mond zeigte.

Mit dem Smartphone leuchtete sie den Weg vor sich aus, um nicht in ein Loch zu tappen. Das Risiko, dass der Mörder sie dadurch leichter entdecken konnte, musste Kaya auf sich nehmen. An der Hütte angekommen, legte sie ein Ohr an die hölzerne Wand und lauschte. *Stille.*

Nur das dumpfe Pochen ihres eigenen Herzschlags durchdrang die Ruhe der klaren Sommernacht. Fieberhaft überlegte Kaya, was sie nun tun sollte.

Etwa das Gebäude stürmen? Ohne ihre Waffe und ohne Verstärkung? Sie verwarf den Gedanken sofort wieder. Stattdessen bahnte sie sich vorsichtig ihren Weg um die Hütte herum. Plötzlich knackte irgendwo ein Zweig. Das Geräusch ließ Kaya ängstlich herumfahren. *Reiß dich zusammen, Kaya.* Sie versuchte, einen Blick in die Hütte zu werfen, doch die Fenster waren mit Brettern vernagelt.

Kaya konnte und wollte nicht wahrhaben, dass sie sich getäuscht haben sollte.

»Marianne, wo bist du?«, flüsterte sie verzweifelt.

Plötzlich vernahm sie ein bekanntes Surren aus der Nähe des Ufers. Sie lief los. Aus der zunehmenden Dunkelheit schälte sich die Silhouette eines Wasserfahrzeugs: ein Elektroboot, das anfuhr und Kurs auf die Herreninsel nahm. Eine schemenhafte Gestalt steuerte das Boot durch das dunkle Gewässer. Kaya stockte der Atem. Im hinteren Teil des Bootes machte sie einen Umriss aus, der zu einem menschlichen Paket gehörte. *Marianne Stanglberger.*

Die Kommissarin beschleunigte ihre Schritte, bis das Schilf sie letztendlich stoppte. »Mist«, entfuhr es ihr.

Hilflos starrte sie auf das Boot, das sich langsam entfernte. Für einen kurzen Moment überlegte sie sogar, hinterher zu schwimmen, doch dafür würde ihre Kondition nicht reichen. Sie blickte nach links, wo sich das Ufer in Richtung Prien im Dunkeln verlor. An der Stelle, wo das Elektroboot abgelegt hatte, entdeckte sie ein zweites. Kayas Herz machte einen Satz. Ohne einen weiteren Gedanken zu verschwenden, rannte sie auf das Boot zu, löste das Seil vom Dock und warf sich hinter das Lenkrad. Zu ihrem Glück steckte der Schlüssel. In ihrer Brust entflammte ein unbändiger Kampfgeist. So einfach würde sie Marianne Stanglberger nicht aufgeben.

20. Juni 2023
21:05 Uhr

Christoph Steinert fühlte sich angeschlagen und erschöpft. Missmutig biss er in sein Fleischkäsebrötchen, das die Bayern in ihrem lieblosen Akzent gerne als »Leberkassemmel« bezeichneten. Manchmal fühlte sich Steinert, als wäre er im falschen Bundesland gelandet, und oft dachte er daran, wie es wohl wäre, in seine Heimat zurückzukehren. In München war und blieb er ein Alien. Schon allein seines nicht vorhandenen Dialekts wegen. Auch die Berge und die Seen des Alpenvorlands konnte er nicht mehr sehen. Davon hatte er genug. In Bielefeld war die Erde zwar flach, dafür hatten sie aber einen wundervollen botanischen Garten, der im Sommer zum Flanieren einlud. Oder die Sparrenburg, die ihm aufgrund ihrer Rustikalität wesentlich besser gefiel als Ludwigs puppenhafte Märchenschlösser. In der Heimat war es doch immer noch am schönsten. Oft träumte er davon, sich von seiner Frau zu trennen und mit Agi durchzubrennen. Zurück nach Nordrhein-Westfalen, wo die Welt noch in Ordnung war. Die Vorstellung allein entlockte dem stämmigen Ermittler ein seliges Seufzen.

Wachtner hatte ihm versprochen, gleich zurück zu sein. Inzwischen telefonierte die Kommissariatsleiterin aber schon seit über einer Stunde mit der für den Fall zuständigen Staatsanwältin. So wie es aktuell aussah, würden sie ab dem nächsten Tag Unterstützung vom BKA bekommen. Das passte ihm überhaupt nicht. Nur ungern ließ er sich einen Fall vor der Nase wegschnappen. Schon gar nicht von solchen aufgeblasenen Anzugträgern. Die BKAler waren noch schlimmer als die internen Ermittler Emmerich und Bennet. Sie gehörten einer anderen Sorte Mensch an, wenn nicht sogar einer eigenen Spezies.

Bis auf die unglücklichen Kollegen der Nachtschicht war die Dienststelle der Priener Polizei wie ausgestorben. Es war so ruhig, dass Steinert sogar das Summen der länglichen Neonleuchten über ihm hörte. Hinter den Fenstern verfärbte sich der rosa Himmel in dunkle Blautöne. Wie lange sollte er denn noch hier sitzen?

Wachtner und er wollten sich gemeinsam die Holzschatulle ansehen, die Benaty am Abend in die Dienststelle gebracht hatte. Sie waren beide nicht zugegen gewesen, weil sie sich nach Loserths Fund auf die Suche nach Karl-Ludwig Winter begeben hatten, den Zwillingsbruder des vor siebzehn Jahren ermordeten Mädchens. Wie Robert Dietrich war die Kleine ebenfalls auf der Herreninsel ermordet worden. Auch sie hatte man mit eingeschlagenem Kopf und ertränkt aufgefunden. Heinrich Wolf hatte damals die Ermittlungen geleitet, konnte den Täter jedoch nie ermitteln. Steinert vermutete, dass der Pfarrer Böck und der pädophile Dietrich die Kleine töteten, nachdem ihr Missbrauchsversuch fehlgeschlagen war. Dietrichs Vorlieben waren durch die verstörenden Aufnahmen auf den VHS-Kassetten bewiesen. Für die pädophilen Neigungen des Pfarrers gab es noch keine Beweise, doch Steinerts sechster Sinn sagte ihm, dass er mit seiner Vermutung richtig lag. Die fehlenden Belege würde er schon noch herbeischaffen. Da die Mutter des Mädchens vor knapp einem Jahr verstorben war, blieb Karl-Ludwig Winter als einziger Hinterbliebener übrig. Von ihm erhofften sie sich wertvolle Informationen zu dem damaligen Fall und der möglichen Verbindung. Zu allem Übel konnten sie den jungen Mann jedoch an seiner Meldeadresse nicht antreffen. Also versuchten sie es bei seinem Arbeitgeber, einem Elektroinstallateur aus dem Nachbarort Bernau. Auch dieser konnte keine Angabe zu Winters Aufenthaltsort machen.

Der junge Mann war seit mehreren Wochen krankgeschrieben.

Steinert zerknüllte einen der längst vergilbten Liebesbriefe und warf ihn anschließend über den Tisch. Diese Schnulzen wollte er sich nicht mehr länger antun. Das, was sie hier veranstalteten, war doch keine richtige Polizeiarbeit. Die Liebesbriefe bewiesen zwar, dass Böcks ach so reine Weste doch nicht so sauber war, wie von den Leuten in Prien angenommen; sie waren aber an eine Frau namens Erika gerichtet, nicht an einen Minderjährigen.

Steinert wusste, dass er den Namen vor Kurzem erst gelesen hatte, konnte sich allerdings nicht erinnern, wo. Die vielen Berichte, Namen und Orte vernebelten seinen Verstand und verursachten ein unangenehmes Pochen in seinen Schläfen.

Der Kommissar raufte sich das lichter werdende Haar.

Was bildete sich diese Benaty eigentlich ein, einfach so mit dieser Kiste in die Polizeiinspektion zu marschieren und zu behaupten, darin wären wichtige Beweise? Sie war vom Dienst suspendiert worden, und gegen sie liefen interne Ermittlungen. Und trotzdem mischte sie sich ständig irgendwo ein. Steinert bekam langsam das Gefühl, dass diese Frau Ärger wollte. Er vertraute Benaty nicht. Zwar ging er nicht davon aus, dass eine schmächtige Frau wie sie zu solchen Taten fähig war – schon allein wegen der fehlenden körperlichen Kraft –, doch seine Überzeugung, dass sie irgendwie darin verwickelt war, hatte sich verfestigt. Möglicherweise kannte sie den Mörder aus ihrer Jugend und wollte ihn decken. Deshalb streute sie falsche Hinweise und sabotierte ihre Kollegen bei den Ermittlungen. So musste es sein. Die Benaty wollte sie auf den Holzweg führen! Vermutlich waren diese Liebesbriefe ebenfalls eine Täuschung. Steinert wollte sie gerade im Papiermüll entsorgen, da kam ihm der Einfall, dass diese falschen Beweise für Bennet und Emmerich noch wichtig sein könnten; also stellte er sie zurück auf den Tisch.

Aus dem Nebenraum drang noch immer Wachtners gedämpfte Stimme, als Steinerts Telefon plötzlich klingelte. Die Nummer auf dem Display war ihm unbekannt.

»Christoph Steinert«, bellte er in den Hörer.

»Herr Steinert? Sind Sie das? Hier spricht Korbinian Forgach vom Präsidium München.«

»Ja, hören Sie denn schlecht? Steinert am Apparat.«

»Sie müssen sofort aufbrechen! Der von Ihnen gesuchte Mörder hält die verschwundene Frau vermutlich in einem alten Bootshäuschen direkt am Chiemsee versteckt.«

Steinert verschluckte sich fast am letzten Bissen seines Brötchens.

»Was reden Sie denn da? Hören Sie mal, wenn das ein Scherz ist, dann ist es ein ziemlich schlechter.«

»Das ist kein Scherz. Ich arbeite in der IT-Forensik und habe über den Netzanbieter herausgefunden, dass ein gewisser Karl-Ludwig Winter in den Tagen vor ihrem Tod auffällig oft in der Nähe der drei ermordeten Männer war. Weitere Recherchen haben ergeben, dass Winter neben seiner Meldeadresse noch eine Bootskate direkt am Chiemsee angemietet hat. Die Zeit drängt! Sie müssen den Kerl sofort festnehmen.«

Steinerts Gedanken überschlugen sich.

»Warten Sie ... Karl-Ludwig Winter? Woher wissen Sie denn überhaupt von Winter? Und wieso wurde die Chefin noch nicht informiert?«

»Dafür bleibt jetzt keine Zeit. Ich schicke Ihnen die Koordinaten des Häuschens aufs Handy. Beeilen Sie sich!«

Im nächsten Augenblick war die Leitung tot.

20. Juni 2023
21:54 Uhr

Ihr Kopf dröhnte. Sie schnappte nach Luft, doch sie schaffte es nicht. Silbernes Panzertape verschloss ihren Mund. Atemnot. Das Beben ihres Herzens drohte, ihren Brustkorb zu sprengen. In dicken Tropfen lief der Schweiß von ihrer Stirn. Marianne zitterte. In ihren Ohren rauschte es. Neben dem stechenden Schmerz in ihrer Körpermitte brannten ihre Handgelenke, als die Fesseln immer weiter in die Haut schnitten.

Vorsichtig sog sie Luft durch die Nase, legte ihren Fokus auf das Ein- und Ausatmen.

»Keine Panik, es ist bald vorbei.« Sein eiskalter Tonfall störte die friedlichen Geräusche der Nacht.

Nachdem er sie mit einem kleinen Elektroboot auf die Herreninsel gebracht hatte, zerrte er sie eine Weile durch den Schmutz. Gelähmt vom Schmerz der Kieselsteine, die sich dabei unentwegt in ihre Haut bohrten, verlor Marianne ihren Orientierungssinn.

Sie wusste, dass Nachtwärter und Polizisten auf der Insel waren, konnte jedoch aufgrund des Panzerbandes nicht auf sich aufmerksam machen. Sie fühlte sich völlig entkräftet, als er an einem abgelegenen Ufer endlich von ihr abließ.

»*Er* ist hier auf dieser Insel gewandert. Genau dort, wo wir uns gerade befinden«, sagte er voller Begeisterung und Ehrfurcht.

»Meine Mutter hat ihn angebetet, seitdem sie ein kleines Mädchen war. Die Fantasie und Leidenschaft des Mondkönigs haben sie fasziniert. Und diese Faszination gab sie an uns, ihre Kinder, weiter. Meinen eigenen Vater habe ich nie kennengelernt. Erst auf dem Sterbebett gestand mir meine Mutter, wer er war. Deswegen stelle ich mir gerne vor, dass ich von Ludwig abstamme. Wir beide sind missverstandene Individuen, die nach Perfektion und Gerechtigkeit streben«, erklärte er, während er barfuß ins Wasser lief.

Marianne brachte nicht mehr als ein ängstliches Wimmern zustande.

»Weißt du eigentlich, dass König Ludwig II. ein Genie war? Die Menschen stempelten ihn als verrückt ab, attestierten ihm geistige Verwirrtheit, dabei waren seine Träume größer als die Vorstellungskraft dieser kleingeistigen Stümper. Ludwig scherte sich nicht um Macht und Reichtum. Es ging ihm darum, Schönheit in die Welt zu bringen. Sowohl mit seiner wundervollen Poesie als auch mit seinen Schlössern. Ludwig war ein Träumer. Ein Künstler, der selbst heutzutage noch seinesgleichen sucht.«

Im Angesicht des Mondes spiegelte sich der Wahnsinn in den Augen ihres Entführers wider. Marianne erschauderte und kämpfte gegen ihre zitternden Glieder an.

»Ich erinnere mich noch gut an den Tag ihres Todes. Es war einer unserer ersten Ausflüge auf die Herreninsel. Meine Mutter hatte uns das Schloss natürlich zuvor auf Bildern gezeigt, doch so imposant und wundervoll, wie es sich dann tatsächlich präsentierte, hätte ich es mir niemals ausgemalt. Kaum zu glauben, dass Ludwig nachts völlig allein durch die schier unendlichen Flure und goldenen Säle wanderte.« Er warf ihr einen durchdringenden Blick zu.

»Aber als Schlossverwalterin weißt du das natürlich alles.«

Als Marianne keine Reaktion zeigte, drehte er ihr den Rücken zu. Vor ihnen lag der Chiemsee, schwarz wie flüssige Kohle.

»Ich weiß, Ludwig ist im Starnberger See gestorben. Ich habe die Stelle oft besucht. Aber hier auf Herrenchiemsee fühle ich mich ihm verbundener. *Hier,* wo das Schloss seiner Träume entstehen sollte.« Der Mann senkte den Blick. »Leider ist es nie so weit gekommen. Übrigens glaube ich nicht an die Theorie, dass Ludwig Selbstmord begangen haben soll. Sein Arzt war bei ihm, als es geschah. Niemals hätte er diesen Mann mit in den Tod gerissen. Das entsprach nicht seinem Wesen. Es ergibt einfach keinen Sinn. Ludwig wurde ermordet. Ertränkt, um genau zu sein.« Er wandte sich wieder Marianne zu. Mit seiner ausdruckslosen Miene und der hellen Haut wirkte er auf sie wie ein Gespenst.

Behände fischte er einen Stein aus dem See. Ein unheimliches Lächeln umspielte seine Lippen, während er langsam auf Marianne zukam.

Sie begann, heftig zu zittern. Verzweifelt rief sie sich ihr Mantra ins Gedächtnis. *Positive Gedanken.* Sie wollte erhobenen Hauptes sterben. Allerdings wurde sie in ihrem finalen Moment doch noch von Angst und Panik überwältigt.

Just in diesem Augenblick segelte etwas in hohem Bogen über ihren Kopf hinweg, ein Stück Treibholz, das sein Ziel jedoch knapp verfehlte.

Ihr Entführer verfiel in schallendes Gelächter.

»Sieh an, sieh an. Ich habe nicht erwartet, dich hier anzutreffen, es überrascht mich nicht.«

Marianne war heiß und kalt zugleich. Sie schaffte es nicht, ihren Kopf zu wenden. Dann hörte sie die ihr bekannte Stimme. Ein Stein, so groß wie das Märchenschloss selbst, fiel ihr vom Herzen.

20. Juni 2023
22:03 Uhr

Am Schießstand lieferte sie stets zuverlässig ab, doch ihr Wurfarm ließ definitiv zu wünschen übrig. Kaya ärgerte sich, Winter mit dem Holz verfehlt zu haben.

»Es ist vorbei, Herr Winter. Lassen Sie Frau Stanglberger gehen! In knapp zehn Minuten wird die gesamte Polizei Priens hier sein«, log sie, selbstsicherer, als sie sich fühlte; dabei trat sie aus dem Schatten ins Mondlicht. Nun stand sie dem Mörder von Angesicht zu Angesicht gegenüber. Seine dunklen Augen und das spitz zulaufende Kinn kamen ihr bekannt vor. Sie erinnerte sich, sein Gesicht schon einmal auf der Insel gesehen zu haben, während sie das Schlosspersonal befragten.

»Kommissarin Benaty. Es freut mich, dass wir uns endlich persönlich kennenlernen. Und dann auch noch in solch einer besonderen Nacht.«

»Sie haben mich die ganze Zeit verfolgt, ist es nicht so?«

Kaya versuchte, den Mörder zu beschäftigen und seinen Redefluss aufrechtzuhalten, um sich rasch einen Überblick über die Lage zu verschaffen. Sie stand am Ufer. Ihr Boot hatte sie in einer Bucht geparkt, von der aus sie ungesehen an die beiden herankommen konnte. Nur wenige Meter trennten sie von Marianne Stanglberger. Sie konnte schwer einschätzen, wie schnell sich Winter bewegte, aber vermutlich würde er die Frau eher erreichen.

»Ich wusste, dass du meine Anwesenheit bemerkst. Selbst in Momenten, in denen du mich nicht sehen konntest. Wir haben eine Verbindung, Kaya. Wenn wir uns doch nur unter anderen Umständen kennengelernt hätten.«

Beim Klang ihres Namens aus dem Mund des Mörders stellten sich Kayas Nackenhaare auf.

»Elisabeth Winter war Ihre geliebte Zwillingsschwester. Der pädophile Robert Dietrich hat das kleine Mädchen vor siebzehn Jahren zur Vertuschung eines sexuellen Übergriffes ermordet, ist es nicht so? Heinrich Wolf hat bei den Ermittlungen versagt und konnte den Täter nie ermitteln. Das werfen Sie ihm zumindest vor. Und der Pfarrer ist Ihr leiblicher Vater. Dietrich muss ihm den Mord an dem kleinen Mädchen gebeichtet haben. Trotzdem ist Böck nie zur Polizei gegangen, obwohl es um seine eigene Tochter ging. Aber was ist mit Frau Stanglberger? Warum soll sie sterben? Und warum ausgerechnet jetzt? Seit dem Mord an Elisabeth sind immerhin achtzehn Jahre vergangen«, fasste sie zusammen, den Blick starr auf den Mörder gerichtet. Hinter ihr stieß Marianne Stanglberger ein schrilles Wimmern aus.

Irgendwo begann eine Nachtigall zu singen.

Ein lauer Wind ließ die Oberfläche des Chiemsees erzittern, während sich die Züge des Mörders in Schatten legten. Geräuschvoll fletschte Winter die Zähne.

»Siebzehn Jahre hat es gedauert, ja. Doch erst vor Kurzem habe ich herausgefunden, dass Dietrich sie ermordet hat. Und erst jetzt stehen mir die nötigen Mittel zur Verfügung, um meinen Plan zu vollenden.«

Bei den hasserfüllten Worten des Mörders wurde Kaya speiübel. Ihre Zunge war von einem widerlichen Belag überzogen.

»Wie haben Sie nach all den Jahren herausgefunden, dass Dietrich der Mörder Ihrer Schwester ist?«, hakte Kaya nach und zwang sich dazu, das Gespräch aufrechtzuhalten. Sie benötigte Zeit, um sich einen Plan zu überlegen, wie sie Winter überwältigen konnte.

Winter schnaubte verächtlich.

»Meine Mutter hat den Verlust von Elli nie verkraftet. Dieses Krebsgeschwür, das sie schließlich getötet hat, war eine langfristige Folge ihres Schmerzes. Sie hat mir und Elli immer verschwiegen, wer unser Vater ist. Erst am Tag ihres Todes rückte sie mit der Sprache heraus und verriet mir, dass es Böck ist. Der Pfarrer, den ich schon mein Leben lang kannte.«

Kaya konnte Winters Trauer nachvollziehen, seine innere Leere fühlen, verband sie doch selbst so viel Schmerz mit ihrem Heimatort.

»Nach dem Tod meiner Mutter vor einem Jahr begann ich dann zu recherchieren und fand heraus, dass es in Ellis Fall gravierende Ermittlungsfehler gab. Es wurden nicht einmal alle Mitarbeiter des Schlosspersonals befragt. Eine mittlerweile pensionierte Kartenverkäuferin berichtete mir, dass es damals Gerüchte gab, ein Mitarbeiter des Schlosses wäre mit Elli gesehen worden. Nachdem ich einige der damaligen Mitarbeiter observiert hatte, kristallisierte sich Dietrich heraus. Er war ein seltsamer Mann, ein undurchsichtiger Geheimniskrämer. Schließlich konzentrierte ich mich vor wenigen Monaten voll und ganz auf ihn und erfuhr von seiner Vorliebe für kleine Kinder, als ich in seinem Schuppen herumgeschnüffelt habe. Also nahm ich mir seinen Rechner vor, während er mit seiner Frau unterwegs war. In seinem Webseitenverlauf fand ich ziemlich interessante Seiten, doch seine Passwörter hatte ich nicht.«

Winter zeigte auf den Mond und redete sich immer mehr in Rage. Unterdessen schob sich Kaya Zentimeter für Zentimeter an Marianne Stanglberger heran. Die Wangen der Frau glänzten feucht.

»Ludwig hat mich geführt, ich weiß es. In diesem Forum gelang es mir schnell, Kontakt zu diesem perversen Schwein aufzubauen. Ich wusste ja, auf was er stand. Am liebsten hatte er Mädchen zwischen sieben und neun Jahren, wie er mir offenbarte. Außerdem erklärte mir Dietrich im Chat, wie man die VHS-Kassetten mit den Kinderpornos anhand weniger Worte in der Anzeigenbeschreibung von den gewöhnlichen Filmen unterscheiden konnte. Wenn davon die Rede war, dass es die Lieblingskassette eines Siebenjährigen war, der mittlerweile aus dem Alter herausgewachsen ist, bedeutete das zum Beispiel, dass in dem Film ein siebenjähriger Junge zu sehen ist, der inzwischen zu alt ist, um ihn auch real zu missbrauchen. Ist das nicht krank?« Winter lächelte schief. In seinen Augen blitzte eine Dunkelheit auf, die Kaya in Alarmbereitschaft versetzte.

»Also haben Sie sich Dietrich in dem Forum angenähert und ihn zu einem Treffen überredet«, schloss Kaya aus seiner Schilderung.

»Dieses Arschloch dachte tatsächlich, ich würde ihm eine VHS-Kassette verkaufen, auf der ein achtjähriges Zwillingspaar zu sehen ist.« Winter lachte gehässig. »Also trafen wir uns. Ohne die geringste Reue gestand er, öfter Kinder zu missbrauchen. Er gab damit an, sogar einige Filme selbst produziert zu haben. Und schließlich erklärte er mir auch, dass ihm nur einmal ein Fehler unterlaufen sei ...« Winters Stimme brach.

»Was ist mit Elisabeth passiert?«

»Er hat sie vollkommen willkürlich ausgewählt. Es war nur ein dummer Zufall. Sie stand plötzlich vor ihm und fragte ihn nach dem Weg zur Toilette, während meine Mutter und ich bereits im Schloss waren. Er führte sie an ein abgelegenes Ufer. Schlussendlich meinte er, sie hätte sich zu sehr gewehrt und zu laut um Hilfe gerufen, als er ihr die Kleider vom Leib riss. Da habe er panisch reagiert und ihr mit einem Stein auf den Kopf geschlagen.« Kaya spürte, dass es in Winter brodelte. All die Erinnerungen prasselten zum hundertsten Mal auf ihn ein, doch er sprach völlig emotionslos.

»Sie atmete noch. Das passte Dietrich nicht. Ihm war die Lust vergangen, doch er wollte nicht, dass Elli uns von seinem Missbrauchsversuch berichten konnte.«

»Deswegen hat er sie ertränkt«, führte Kaya aus.

Winter nickte knapp.

»Und Wolf? Wie Sie wissen, bin ich selbst einst mit ihm aneinandergeraten, weil ich der Ansicht war, dass er seine Verantwortung als Polizeichef nicht ernst genug nahm. Aber ich hätte ihm nie eine böse Absicht unterstellt.« Kayas Augen huschten nervös umher. Sie musste sich einen Vorteil verschaffen. Am besten eine Waffe, mit der sie Winter im Notfall abwehren konnte.

»Wolf war ein selbstgerechtes Arschloch! Er hat sich im Scheinwerferlicht gesonnt und sich von der Gesellschaft feiern lassen. Ihm ging es nie um Einzelschicksale. Elli war ihm vollkommen egal. Als er keine Hinweise auf einen Mörder fand, legte er den Fall einfach zu den Akten. Hätte er seine Arbeit richtig gemacht, dann wären viele Kinder verschont geblieben. Ihr Trauma geht auf Wolfs Kappe. Er dachte tatsächlich, dass er den Fall noch lösen kann. Ich habe ihn mit der Nachricht geködert, dass ich wisse, wer Elli damals ermordet hat. Trotz seiner Pensionierung war er Feuer und Flamme und hat sich auf ein Treffen allein eingelassen. Ich habe diesen Mann so sehr gehasst. Dafür musste er sterben. Aber Böck, den habe ich noch viel mehr gehasst!«

»Er war ihr Vater!«, kommentierte Kaya.

Winter nickte. »Das habe ich wie gesagt erst sehr spät erfahren. Sobald ich es wusste, habe ich ihn aus der Ferne beobachtet, den feinen Herrn Pfarrer. So gottestreu und doch so verdorben. Aber in einer Sache täuscht du dich, Kaya.«

»Ich höre.«

»Böck wusste nicht, dass Dietrich Elli ermordet hat. Er wusste lediglich von den pädophilen Neigungen Dietrichs und hat während ihrer unzähligen Beichtsitzungen versucht, ihm diese äußerst verwerflichen Gedanken auszutreiben. Wie du sicherlich bemerkt hast, hatte er dabei keinen Erfolg. Ich habe ihn nicht getötet, weil er nie für meine Mutter und seine Kinder da war. Böck musste sterben, weil er diesen perversen Drecksack Dietrich gedeckt hat. Er hätte Dietrich bei der Polizei anzeigen müssen, aber urplötzlich war ihm seine Pflicht Gott gegenüber wichtiger als der Schutz weiterer potenzieller Opfer.

Wobei ich sagen muss, dass es mir Genugtuung bereitet hat, meinen Erzeuger zu richten. Er hat mir das Leben geschenkt und ich habe seines genommen. Ist das nicht irgendwie poetisch?«

Sein Finger richtete sich auf Marianne Stanglberger, die angsterfüllt winselte. »Und jetzt stirbt sie!«

»Das werde ich nicht zulassen!« rief Kaya. Danach ging alles ganz schnell.

Die Kommissarin trat mit erhobenen Armen vor die gefesselte Frau. Winters Mundwinkel umspielte ein raubtierhaftes Grinsen. Dann setzte der Mörder zum Sprung an. Unter seinen Sohlen knirschte der Kies. Bevor er auf Kaya traf, schaffte diese sie es gerade noch, die Ellbogen hochzuziehen. Winter riss sie zu Boden und schlug mit unbändiger Kraft immer wieder auf sie ein. Die Spitzen der Steine unter ihr stachen in ihren Rücken, während sie versuchte, den Hieben des Angreifers auszuweichen.

Winter war ihr körperlich überlegen und gewann schnell die Oberhand. Ihr Nasenbein krachte, als seine Faust dagegen schlug. Kaya nahm den rostigen Geschmack von Blut auf ihrer Zunge wahr, gab allerdings nicht auf. Sie landete einen Treffer in die Magengrube Winters. Als Antwort erntete sie ein höhnisches Lachen. Panik ergriff Besitz von ihr. Plötzlich saß Winter auf ihr. Er drückte ihren Brustkorb fest zusammen und nahm ihr jegliche Möglichkeit zum Atmen. Sein starker Griff schloss sich um ihre Kehle und drückte zu. Mit der Luft wich das Leben aus ihren Lungen. Kaya schlug panisch um sich, begann heftig zu strampeln. Sie blickte in seine wahnsinnigen Augen, während vor ihren eigenen helle Punkte tanzten. Sie glaubte, den Ruf des Todes zu hören, spürte, wie eine taube Kälte ihre Gliedmaßen umschloss.

Kaya konnte nicht mehr. Der Kampf war vorbei. Sie war verloren.

Ihr wurde schwarz vor Augen. Ganz fern zerriss ein ohrenbetäubender Knall die friedliche Stille des Sterbens.

21. Juni 2023
10:25 Uhr

»Kaya?«

Johannes strahlte sie mit seinem breitesten Lächeln an. Es war das Lächeln, in das sie sich vor so vielen Jahren verliebt hatte – strahlend, warm und gütig. Seine dunklen Haare standen zerzaust von seinem Kopf ab. Er wirkte glücklicher denn je.

Hinter ihm brannte die Sonne auf den Chiemsee. Kaya grinste.

»Du hast es geschafft. Es ist endlich vorbei«, erklärte Johannes. Der sanfte Klang seiner dunklen Stimme verschaffte ihr eine Gänsehaut. Sie fand schon immer, dass sie etwas Beruhigendes hatte. Wenn er ihr sonst erschien, hatte er immer etwas Geisterhaftes, aber jetzt sah sie ihn in klaren Konturen vor sich. Er trug ein blütenweißes Hemd und Bluejeans. Unter ihren Füßen wackelte der Steg, während Kaya sich ihm näherte.

»Sind wir im Jenseits?«, fragte sie und kam sich sofort blöd vor.

»Ich denke nicht, dass es so etwas gibt. *Du* warst doch immer diejenige von uns beiden, die alles aus einer nüchternen Perspektive betrachtete. Was ist nur passiert?«

Kaya hob die Schultern und fiel ihrem Johannes in die Arme, drückte sich fest an ihn. »Ich habe so lange auf dich gewartet«, hauchte er ihr ins Ohr.

Sie sog den frühlingshaften Duft seines Hemdes ein und lächelte glücklich.

»Ich auch.«

Dann vernahm sie plötzlich einen dumpfen Lärm.

Viele Stimmen, die wild durcheinanderredeten. Die Worte konnte sie nicht verstehen.

»Was ist das?«

»Du musst es zu Ende bringen, mein Schatz.«

»Was muss ich zu Ende bringen?«

Sie blickte Johannes tief in die feucht glänzenden Augen.

»Johannes, was hat das zu bedeuten?«

»Du musst jetzt gehen, Kaya. Bring es zu Ende.«

»Nein, ich möchte noch nicht gehen. Ich will bei dir bleiben!« Sie klammerte sich fest an ihren Freund, dessen Silhouette sich allmählich auflöste.

»Johannes, neeeein!«, rief sie flehend. Sie wollte nicht gehen, wusste ja noch nicht einmal wohin.

Johannes' Gestalt verrauchte funkelnd. Die Morgensonne verlieh dem aufsteigenden Nebel einen goldenen Glanz, der sich langsam über Kaya legte. Tränen der Verzweiflung brannten in ihrem Gesicht. Die Wangen wurden ihr heiß. *Das ist nicht das Jenseits,* dachte sie traurig. *Es ist die Hölle.*

»Kaya?«

Sie öffnete die Augen. Eine Krankenschwester in weißer Uniform stand über sie gebeugt. Pernilla stöhnte erleichtert auf. In der Luft hing das markante Parfüm ihrer Mutter. Mehrere Blumensträuße zierten ihren Nachttisch, Kaya erkannte Tulpen, Vergissmeinnicht und Sonnenblumen. Das Atmen fiel ihr schwer. Es dauerte einige Herzschläge, bis Kaya die Halskrause bemerkte, in der sie steckte. Man hatte sie in einem Einzelzimmer untergebracht.

Sie wollte etwas sagen, brachte jedoch nur ein schwaches Krächzen hervor.

Pernilla strich zärtlich über Kayas Hand, in der ein Kanülenkopf steckte. »Es ist alles gut, mein Schatz. Bitte bleib ruhig. Du warst eine Zeit lang bewusstlos, aber die Ärzte sagen, das kommt alles wieder in Ordnung. Ich bin so froh, dass du endlich aufgewacht bist«, sagte Pernilla freudestrahlend.

Das Elektroboot. Karl-Ludwig Winter vor der nächtlichen Kulisse des Chiemsees. Marianne Stanglberger. Zahlreiche Bilder rauschten in Höchstgeschwindigkeit durch ihren Kopf. Kaya schluckte schwer. Es schmerzte. Die Krankenschwester reichte ihr eine Schnabeltasse, die sie gierig leerte. Schnell merkte sie, wie stark ihr Hals in Mitleidenschaft gezogen war.

»Falls Sie etwas benötigen, drücken Sie einfach die Klingel.« Die Frau in Weiß zeigte auf einen roten Knopf oberhalb des Bettes. Kurz nachdem die Pflegerin das Zimmer verlassen hatte, trat Wachtner in Begleitung eines älteren Herrn in weißem Kittel ein.

»Ich warte draußen«, verabschiedete sich Pernilla mit einem knappen Kopfnicken.

»Ich bin Dr. Heimann, Ihr behandelnder Arzt. Wie geht es Ihnen heute?«, fragte der Mann im weißen Kittel. Über seine dicke Brille hinweg musterte er Kaya skeptisch.

»Ging ... schon besser«, antwortete Kaya mit schwacher Stimme.

»Sie bekommen eine hohe Dosis Schmerzmittel. Das kann müde machen. Gönnen Sie sich etwas Ruhe, dann wird es Ihnen schon bald wieder besser gehen.« Der Arzt warf Wachtner einen geringschätzigen Blick zu. Die Kripochefin starrte mürrisch zurück, verzog dabei keine Miene. Schulterzuckend wandte sich der Arzt wieder an Kaya.

»Sie wurden stark gewürgt, doch die Atemwege sind größtenteils frei. Neben den Hämatomen und kleinen inneren Verletzungen findet sich eine Druck- beziehungsweise Klopfdolenz über ihrem linken Jochbein und der linken Schädelkalotte. Neurologisch werden Sie keine Schäden davontragen. Wir werden Sie zur Beobachtung aber noch einige Tage hierbehalten müssen«, erklärte der Arzt nüchtern. Kaya rang sich ein dankbares Lächeln ab. Wachtner legte eine Hand auf die Schulter ihrer Mitarbeiterin und wartete, bis der Arzt aus dem Zimmer war.

»Ihre Aktion war gefährlich, riskant und völlig hirnrissig!« Wachtners strafender Blick wanderte über Kayas Bett. »Allerdings konnten wir Winter aufgrund ihres mutigen Eingreifens dingfest machen. Er sitzt bereits in Untersuchungshaft. Und Marianne Stanglberger konnte unversehrt gerettet werden.«

Ein riesiger Stein fiel Kaya vom Herzen. Gleichzeitig merkte sie, wie die Müdigkeit sie übermannte.

»Winter schweigt, aber die Indizien sprechen für sich. Ich würde ja zu gerne wissen, wie Sie auf diesen Mann gekommen sind, Benaty.«

Kaya wollte Antworten, brachte allerdings nur ein benommenes Stöhnen zustande.

»Schon gut, Sie können alles erklären, sobald Sie wieder fit sind. Ich erwarte Sie nach Ihrer Krankschreibung zurück im Dienst. Die internen Ermittlungen gegen Sie wurden eingestellt.«

Über das Gesicht der Ermittlerin zog sich ein müdes Lächeln. Sie war froh, dass es endlich vorbei war.

»Das reicht fürs Erste ...«, meinte Wachtner, erhob sich und streckte den Rücken durch, »... aber vielleicht sollten Sie sich noch bei Ihrem Kollegen bedanken.«

Fragend hob Kaya die Brauen.

»Es war Steinert, der den Schuss auf Winter abgefeuert und Frau Stanglberger und Sie gerettet hat.«

Die letzten Worte bekam Kaya nur noch leise mit, denn der Schlaf zog sie bereits hinab in eine traumlose Welt.

03. Juli 2023
11:15 Uhr

»Du siehst schon viel besser aus!« Silke lächelte.

Kaya nippte an ihrem Cappuccino und ließ den Blick über den strahlend blauen Chiemsee schweifen. Sie erfreute sich an der Aussicht und dem charakteristischen Geschmack des Getränks. Das Café war Kaya zuvor unbekannt gewesen. Es hatte erst vor zwei Jahren eröffnet, wie Silke berichtete, war zwar klein, aber dafür sehr gemütlich. Kaya gefiel die behagliche Atmosphäre. Die Lage direkt am Chiemsee war ausgezeichnet.

An diesem Tag war Kaya in aller Frühe nach Prien aufgebrochen, um gemeinsam mit ihrer wiedergewonnenen Freundin ein spätes Frühstück zu genießen. Ihre Gedanken wirbelten jedoch unaufhörlich und trieben sie an wie eine Windmühle.

»Ich wollte dir noch einmal sagen, dass es mir wirklich leid tut. Ich wollte dich nicht verraten, hatte aber keine Ahnung, dass du suspendiert wurdest ...« Silke geriet ins Stocken. » Es hat mich einfach überrumpelt. Ich fühlte mich so vor den Kopf gestoßen.«

Kaya winkte ab. »Schon okay, Silke. Wirklich. Ich hätte es dir erzählen sollen. Ich bin dir deswegen auch nicht böse.«

Silke zögerte. »Wie geht es jetzt weiter? Wie ist es für dich, wieder zurück in München zu sein? Und wie fühlst du dich nach all den Ereignissen hier in Prien?«

Kaya überlegte lange. Sie erinnerte sich an alles, was sie seit ihrem Erwachen erfahren hatte.

Karl-Ludwig Winter hatte seine Morde von langer Hand

geplant. In seiner Wohnung konnten sämtliche Beweismittel sichergestellt werden. Fotos der Opfer, Notizen über deren Angewohnheiten. Sogar Heinrich Wolfs Terminkalender hatte er sich zu eigen gemacht. Winter musste mehrmals in die intimsten Räume seiner Opfer vorgedrungen sein. Falls seine Geschichte stimmte – und Kaya ging davon aus, dass sie das tat –, dann hatte Robert Dietrich die kleine Elisabeth Winter vor fast zwanzig Jahren auf dem Schlossgelände gesehen und unter Vortäuschung falscher Tatsachen an das Ufer des Chiemsees gelockt, wo er sie missbrauchen wollte. Daraufhin hatte die Kleine mehr Widerstand geleistet, als von Dietrich erwartet. Letztendlich tötete er sie, um seine Tat zu vertuschen. *Armes Mädchen,* dachte Kaya.

Winter gab Wolf die Schuld dafür, dass der Mörder seiner kleinen Schwester nie gefasst wurde und Dietrich weitere Kinderseelen schändete. Bei Böck war es etwas komplizierter. Zum einen hegte er einen Groll gegen ihn, weil er nie zu seiner Mutter und seinen Kindern stand. Vermutlich wusste Böck tatsächlich nicht, dass Dietrich seine Tochter ermordet hatte. Dietrich muss die Tat während der Beichte verschwiegen haben. Vielleicht hatte der Schlossgärtner versucht, seinem Drang zu widerstehen. Er hätte sich mal lieber psychologische Hilfe suchen sollen, anstatt auf die Kirche zu bauen. Schlussendlich musste Böck sterben, weil er Dietrichs pädophile Neigungen für sich behalten hatte. Stanglberger hatte Elisabeth gemeinsam mit Dietrich am Tag ihres Todes vom Schloss weggehen sehen. Der Polizei wollte sie diese Beobachtung nicht melden, da sie eng mit den Dietrichs befreundet war. In den darauffolgenden Jahren versuchte Stanglberger dann, das Gesehene zu verdrängen. Kaya bezweifelte, dass dies überhaupt möglich war. Marianne Stanglberger gab damals zu Protokoll, sich nicht sicher gewesen zu sein, was sie wirklich gesehen hatte. Außerdem wollte sie keinen unnötigen Streit mit dem befreundeten Ehepaar vom Zaun brechen. Winter hatte wohl von Wolf von der Aussage erfahren und schloss daraus, dass sie bei der Verschleierung der Tat geholfen hatte. Deswegen hat er sie auch als Einzige entführt. Er wollte aus ihr herauspressen, dass sie von Dietrichs Mord an der kleinen Elisabeth wusste und geschwiegen hatte.

Zumindest in diesem Punkt konnte Benaty Winters Groll nachvollziehen. Hätte Stanglberger damals ausgesagt, wäre es Wolf möglicherweise gelungen, Dietrich sofort festzunehmen. Das hätte vielen weiteren Kindern großes Leid erspart.

Zum Schluss waren es immer die kleinsten Dominosteine, welche die ganze Reihe zum Einsturz brachten.

Winter hatte sie alle entlarvt. Kaya musste gestehen, dass er unter anderen Umständen sicherlich ein hervorragender Ermittler geworden wäre. Augenscheinlich hatte der Tod seiner Mutter den Stein ins Rollen gebracht und etwas in dem jungen Mann verändert. Danach hatte er hartnäckig ermittelt, bis er der Wahrheit auf den Grund kam. Die Parallelen zwischen ihr und dem kaltblütigen Ludwig-Killer trieben waren nicht zu übersehen, was Kaya leicht frösteln ließ. Sie schüttelte den Gedanken ab und konzentrierte sich wieder auf Silke.

»München ist nach wie vor meine Heimat, aber ich brauche ganz dringend eine Auszeit«, antwortete Kaya gedankenverloren.

»Ich liebe meine Arbeit und fühle mich nach wie vor zur Polizistin berufen, aber die letzten Tage haben mich so einiges in meinem Leben überdenken lassen«, fuhr sie fort.

»Inwiefern überdenken?«, wollte Silke wissen.

»Dieser Fall hat mir gezeigt, dass es langfristig gesehen nichts bringt, die Geister der Vergangenheit zu verdrängen. Sie verfolgen einen auf ewig. Ich war noch fast ein Kind, als ich Prien verließ. Als Erwachsene habe ich jetzt einen ganz anderen Blick auf viele Dinge.«

Kaya spielte unter anderem auf das Verhältnis zu ihrer Mutter an. Pernilla hatte sich während ihres Krankenhausaufenthaltes rührend um sie gekümmert. Und das, obwohl sie sich dreizehn Jahre nicht gesehen hatten bzw. Kaya jeglichen Kontakt abgebrochen hatte. Die beiden Frauen näherten sich langsam wieder an. Auch mit den Zwillingen stand Kaya mittlerweile in regem Austausch und genoss die Vorstellung, ein gutes Verhältnis zu ihren Halbgeschwistern aufzubauen.

Inzwischen hatte sie auch mit ihrem Vater darüber gesprochen. Er hatte ihre Entscheidung, wieder in Kontakt mit ihrer Mutter zu bleiben, respektiert und sie wohlwollend unterstützt.

Silke begriff. »Schön, dass du wieder öfter in der Gegend sein wirst.«

Kayas Miene verdüsterte sich.

»Trotz allem möchte ich nach vorne blicken. Das Leben hat so viel mehr zu bieten als Schmerz, Verrat und Trauer. Leider übersehe ich das in meinem Beruf oftmals.«

»Das ist ein schöner Gedanke. Ich wünsche dir, dass es klappt.«

Abrupt wechselte Kaya das Thema: »Ich muss herausfinden, wie Johannes gestorben ist. Für meinen eigenen Seelenfrieden. Deine Beobachtungen in dieser Nacht werfen ein komplett neues Licht auf die Sache«, erklärte sie ernst.

»Es tut mir leid, dass ich nicht schon früher etwas gesagt habe.« Silke schluckte.

In diesem Augenblick klingelte Kayas Telefon. Es war Henry-Michel. Kayas Mund formte eine gerade Linie. In den letzten Tagen hatte sie kaum Zeit gehabt, um sich über ein weiteres Treffen mit dem Psychologen Gedanken zu machen. Der Fall hatte ihr alles abverlangt. Sie war Henry-Michel dankbar, denn ohne seine Hilfe hätte sie nicht so einen genauen Einblick in die Psyche Winters bekommen. Die Vergissmeinnicht im Krankenhaus waren von Henry-Michel gewesen. Woher er von ihrem Zustand wusste, hatte sie allerdings nicht herausfinden können. Henry-Michel schien aufrichtiges Interesse an ihr zu haben, und die Aufmerksamkeit eines so attraktiven Mannes war Balsam für ihre Seele. Auch wenn sie wusste, dass sie beide unter den aktuellen Umständen nie eine gemeinsame Zukunft haben könnten.

Kaya schob das Gefühl von sich, ihm wegen seiner Unterstützung bei der Klärung des Falls etwas schuldig zu sein. Bevor sie sich ihrer Zukunft stellen und ihre Gedanken über die Affäre mit Henry-Michel sortieren konnte, musste sie zunächst mit ihrer Vergangenheit abschließen. Sie musste mit Johannes abschließen. Kaya wischte die Gedanken beiseite und drückte den Anruf des Psychologen einfach weg. Jetzt war nicht der richtige Zeitpunkt dafür. Wenn es das Schicksal so wollte, dann würden sich ihre Wege erneut kreuzen.

Silke kniff die Augen zusammen, dann schmunzelte sie. »War das etwa ein Verehrer?«

Kaya lächelte. »So etwas in der Art. Aber das spielt gerade keine Rolle. Ich werde herausfinden, was damals mit Johannes geschah. Und wenn es das Letzte ist, das ich tue«, versprach die Ermittlerin entschlossen.

Eine hungrig dreinblickende Möwe landete nur wenige Meter entfernt auf der Balustrade und musterte die Frauen neugierig. Mit einem schwachen Lächeln zog Kaya die Schultern hoch.

08. Juli 2023
08:23 Uhr

Nach einer unruhigen Nacht schlug Kaya aufgekratzt auf dem Präsidium auf. Hinter ihrer Stirn pochte es unangenehm. Marion Gerner, die gute Seele des Hauses, begrüßte sie mit einem reservierten Lächeln im Empfangsbereich. Die Frau war schon seit mehr als dreißig Jahren bei der Polizei angestellt und hatte stets ein offenes Ohr für ihre Kolleginnen und Kollegen. Egal, ob es dabei um persönliche Belange oder Probleme bei der Arbeit ging. Kaya erwiderte die Geste und stellte sich vor den Tresen.

»Regina wartet schon auf dich.« Gerner spielte mit einer großen blonden Locke und deutete auf den Flur, in dem es nach Zitrusreiniger und Linoleum roch.

Auf dem Weg zu ihrer Chefin wiederholte Kaya die Worte, die sie sich die ganze Nacht über zurechtgelegt hatte. Mit bebendem Herzen schritt sie voran und hoffte, dass Wachtner ihrer Bitte zustimmte.

Schon von Weitem hörte sie aus dem kargen Großraumbüro der Ermittlergruppe lautes Gackern.

»Na, sieh mal an, wer wieder da ist!«, grölte Günther, ein stämmiger Mann mit Fuchsgesicht und lichtem grauem Haar. Er klopfte Steinert auf die Schulter, der sich neben ihm aufgebaut hatte. Yasin hämmerte unbeeindruckt auf seiner Tastatur herum. Unterschlesinger konnte sie nirgends entdecken.

»Du musst dem Christoph ja ziemlich dankbar sein, dass er den Fall aufgeklärt und dich vor diesem Psycho gerettet hat. Wirklich Wahnsinn, wie er das allein geschafft hat. Von dem kannst du noch viel lernen.«

»Ja, wirklich Wahnsinn«, erwiderte Kaya genervt.

Ihre Kollegin Sina verdrehte vielsagend die Augen. Kayas Herz flatterte, doch das lag nicht an der Ungerechtigkeit, die ihr widerfuhr.

Bevor ein weiteres Wort fiel, setzte sie sich in Gang und schritt zielsicher auf das Büro der Kripochefin zu, das direkt an das Gemeinschaftsbüro der Ermittler anschloss.

Sie klopfte zweimal kurz, wartete aber keine Antwort ab, sondern trat ein.

Regina Wachtner saß mit verschränkten Armen hinter ihrem Eichenholztisch und erwartete Kaya mit eisiger Miene. Die Chefin bot ihr einen Kaffee an. Sie nahm dankend an und schüttete den Espresso schnell hinunter. Wachtner redete gar nicht erst um den heißen Brei herum.

»Und Sie sind sicher, dass dafür *jetzt* der richtige Zeitpunkt ist?« In ihrer Hand hielt die Chefin des K11 einen gefalteten Briefumschlag.

Kaya atmete tief ein und aus, dann antwortete sie selbstbewusst.

»Absolut sicher. Ich muss das tun.«

Wachtner nickte und nahm einen Schluck aus ihrer Tasse. »Prien hat etwas in Ihnen ausgelöst. Ist es nicht so?«

Kaya konnte sich ein Lächeln nicht verkneifen.

»Mir ist klar geworden, dass ich ohne Prien nicht der Mensch geworden wäre, der ich heute bin. Die Kindheit prägt uns so sehr wie keine andere Zeit unseres Lebens. Und ich habe viel zu lange versucht, vor meiner Vergangenheit zu fliehen. Der kleine Ausflug in die Heimat hat mir gutgetan und mich daran erinnert, wo meine Wurzeln liegen. Bevor ich jedoch reinen Gewissens zurück zur Arbeit kehren kann, muss ich mich selbst sortieren. Ich brauche diese Auszeit.«

»Sie sind eine sehr intelligente Frau mit starkem Willen. Von daher steht Ihr Entschluss sowieso schon fest, egal, ob ich es genehmige oder nicht. Steinert mag den anderen hier weismachen, er hätte den Chiemsee-Mörder gefasst und den Tag gerettet, doch ich weiß, wie es wirklich war. Sie haben die Kiste mit den Liebesbriefen des Pfarrers abgegeben, Dietrichs VHS-Kassetten entdeckt und herausgefunden, wo Stanglberger gefangen gehalten wurde. Ich ziehe den Hut vor Ihnen, Benaty. Gute Arbeit!« Die Miene der Kripochefin wurde weicher.

»Ihr nächster Schritt verwundert mich keineswegs. Sie haben noch etwas zu klären, habe ich recht?« Kayas Lächeln wurde schmaler. Wachtners Scharfsinn erstaunte sie immer wieder. Kein Wunder, dass sie es in die Position der Kommissariatsleiterin geschafft hatte.

»Da gibt es durchaus einiges aus der Vergangenheit, was ich noch aufarbeiten muss. Allerdings freue ich mich schon auf meine baldige Rückkehr zum K11. Also, was sagen Sie?«

Wachtner leerte ihre Tasse, setzte eine nachdenkliche Miene auf und lehnte sich in ihrem Bürosessel zurück.

Kaya war bewusst, dass ihr Vorhaben nicht ungefährlich werden würde. Sie wollte Johannes' Tod im Alleingang aufklären. Vonseiten der Justiz erwartete sie sich dabei keine Unterstützung. Johannes' Tod war als trauriges Unglück zu den Akten gelegen worden, und selbst wenn Silkes Aussage einen Grund darstellte, um den Fall neu aufzurollen, so war die Aussicht auf einen Ermittlungserfolg nach all diesen Jahren sehr gering. Außerdem drängte alles in der jungen Ermittlerin danach, die Recherche selbst in die Hand zu nehmen. Sie musste es einfach selbst tun. *Sie* musste dem Mörder die Handschellen anlegen. *Sie* wollte das Zucken spüren, wenn sich das kalte Metall um seine oder ihre Haut schloss.

»Ich stimme dem Antrag auf unbezahlten Urlaub zu. Sie sind eine gute Polizistin, und ich möchte Sie auch weiterhin in meinem Team wissen, Benaty. Auch wenn das bedeutet, die nächsten Wochen auf Sie verzichten zu müssen«, antwortete Wachtner schließlich.

Kaya strahlte ihre Chefin an. Am liebsten wäre sie Wachtner in diesem Moment um den Hals gefallen, hielt es jedoch für unangebracht.

»Halten Sie sich jedoch jederzeit bereit, falls wir sie wegen Winter noch einmal brauchen. Es gibt immer noch viel zu viele offene Punkte, und die Staatsanwaltschaft möchte die Anklage so schnell wie möglich durchbringen.«

»Welche Fragen meinen Sie?«

»Am meisten beschäftigen mich die Verweise auf Ludwig II. Was wollte Winter uns mit seinen Botschaften nur mitteilen? Wäre Marianne Stanglberger sein letztes Opfer gewesen, oder gab es noch weitere Personen, denen er die Schuld am Schicksal seiner Familie anlastete? Und warum hat er ausgerechnet *Ihnen* Wolfs Handy untergejubelt? Manche Puzzleteile kann ich noch nicht zusammensetzen«, antwortete die Kripochefin.

»Hm ... Ich denke, seine Besessenheit von Ludwig hängt mit seiner Kindheit zusammen, mit der Begeisterung seiner Mutter für den Märchenkönig und dem tiefgreifenden Trauma, das er mit nur neun Jahren auf der Herreninsel erlebte, als man seine Schwester tot auffand. Dieses tragische Ereignis verbindet er noch heute mit dem Schloss Ludwigs und dem Märchenkönig selbst. Auch Ludwig ist ertrunken. Zwar starb dieser im Starnberger See bei München, aber die Parallele ist nicht von der Hand zu weisen.«

»Denken Sie, Winter hat sich im Wahnsinn des Mondkönigs wiedererkannt?«

»Gut möglich. Ich bin der festen Überzeugung, dass er Steinert und mich verfolgt hat, seitdem wir das erste Mal auf der Insel waren. Winters Gesicht kam mir sehr bekannt vor. Und das nicht aus der Vergangenheit, denn damals kannte ich weder ihn noch seine Familie. Mit Sicherheit wollte er unsere Ermittlungen sabotieren. Es könnte auch sein, dass er eine Verbindung zu mir spürte, da wir beide in Prien einen schmerzhaften Verlust erleben mussten. Meine Vermutung ist, dass er das Interview über den Tod meiner Jugendliebe, in dem ich mit Wolf hart ins Gericht gegangen bin, in dessen Haus gefunden hat. Aber das habe ich Bennet und Emmerich ebenfalls schon gesagt.«

»Ach, die beiden«, sagte Wachtner nickend.

»Unangenehme Zeitgenossen. Ich bin froh, dass wir die los sind«, fügte sie mit schmalen Lippen hinzu.

Kaya runzelte die Stirn. »Zumindest Bennet ist in Ordnung. Sie hat wirklich versucht, mir zu helfen. Obwohl sie ihre Zweifel an meiner Unschuld hatte.«

»Ich hoffe, wir bleiben erst einmal vor weiteren internen Ermittlungen verschont.«

»Hmm.« Kaya empfand genauso. Die Ermittlungen gegen sie hatten sie viel Kraft gekostet. Mit Sicherheit waren diese auch mit viel Papierkram für Wachtner verbunden.

»Werden Sie Ihre Auszeit in Prien verbringen?«

Matt lächelnd nickte Kaya.

»Ich habe nach vielen Jahren zurück zu meiner Mutter gefunden.«

Wachtner seufzte selig.

»Das ist schön. Ich wünsche Ihnen wirklich, dass Sie finden, wonach auch immer Sie suchen, Benaty. Und dann kehren Sie hoffentlich bald zu uns zurück.«

Kaya war sich nicht sicher, was die Recherchen zu Johannes' Tod mit ihr machen würden. Aber sie wusste, dass sie diesen Abschluss für sich selbst brauchte.

Wachtners Telefon klingelte. Kaya verabschiedete sich kurz angebunden und stahl sich winkend davon.

Während die Kommissariatsleiterin den Anruf entgegennahm, sah sie der jungen Kommissarin warm lächelnd hinterher. Kaya Benaty würde wiederkommen, dessen war sich Regina Wachtner sicher.

– Ende –